피크
Peak

젊은 작가 10인의 테마 소설집

피크
Peak

태기수
양유정
이기호
해이수
김이은
김서령
김설아
염승숙
명지현
강 진

현대문학

차례

.

파충류

태기수

이건 제 얘기일 수도 있고, 아닐 수도 있습니다. 이젠 기억도 희미하고, 어쩔 수 없이, 저도 모르게 조금씩 윤색하거나 군데군데 과장해서 말하는 부분도 있을 테니까요. 아, 알겠습니다. 솔직해져야겠지요. 어차피 가면을 벗어보이려고 왔으니까요.

때는 1975년, 무대는 어느 시골집입니다. 유신헌법, 긴급조치의 시대였다죠. 인혁당 사법살인이 벌어지고 장준하가 의문의 죽음을 당했던 해죠. 그런 거대한 시대 흐름과는 전혀 관련이 없습니다만, 아무튼 그랬던 때의 얘기입니다.

일곱 살 먹은 한 소년이 있습니다. 음…… 이놈이 당시에 무슨 짓을 했는지, 먼저 그 실상을 선생님께 보여드릴 필요가 있을 것 같네요.

자, 깜깜한 밤입니다. 소년은 노인네와 함께 안방에 누워 있습니다.

네? 그냥 노인네입니다. 그리고 옆방에는 한 여자가 갇혀 있습니다. 미친 여자입니다. 당시만 해도 미친 사람들을 거리에서 흔히 볼 수 있었지요. 그런 사람들을 치료하고 돌봐줄 의사나 적절한 수용시설이 별로 없었던 때였으니까요. 아무튼 그 여자의 울부짖음이 어둠을 흔들어 깨우고 있습니다. 연방 터지는 광포한 울부짖음이 밤의 고요와 적막을 갈가리 찢어발기지요. 그러면 어둠도 서서히 미쳐간답니다. 광기에 전염된 어둠은 불온하고 음습하지요. 그 어둠의 숨결에는 사람을 짐승으로 변하게 하는 마력이 숨어 있어요.

한번 상상해보시겠어요? 옆방 미친 여자가 수백, 수천 마리의 뱀으로 몸을 바꿔 벽을 타고 넘어와 소년의 이불 속으로 기어듭니다. 그러면 소년도 뱀으로 변신합니다. 뱀이 되어, 뱀들과 한데 뒤엉켜 물어뜯고 뜯기며 사투를 벌이지요. 소년은 한 마리 쥐가 될 수도 있습니다. 지렁이로 변할 줄도 알지요. 올빼미가 되어 어둔 하늘로 날아오른 적도 있다니까요. 모두 어둠이 지닌 마력 때문이랍니다. 소년은 어느새 어둠의 광기에 감염되고 만 거예요. 그 당시, 어둠은 소년의 지배자이면서 보호자나 마찬가지였습니다.

처 죽일 년! 하루도 편히 잠들 날이 없구나. 잠든 줄 알았던 노인네가 성마른 소리로 말합니다. 소년은 잠든 척, 숨을 죽이지요. 노인네가 앙상한 손을 뻗어 소년의 어깨를 잡아 흔듭니다. 소년으로선 노인네의 손길이 암시하는 명령을 거역할 수 없었어요. 거부하면 째지는 목소리로 욕설을 퍼붓고, 계속 거부했다간 다듬이 방망이로 죽도록 맞다가 쫓겨나야 했으니까요.

할 수 없이 소년은 눈을 부비며 자리에서 일어납니다. 방문을 열고 나서자 환한 달빛에 눈이 부실 지경이었습니다. 별들도 총총했어요. 그래서 더욱 화가 치밀었지요. 미친 짐승의 포효가 조금 잦아들더군요. 숨넘어갈 듯한 흐느낌이 이어집니다. 소년은 옆방 문 앞에 세워둔 기다란 대나무 막대기를 짜증스레 치켜들었습니다. 그리고 왈칵 방문을 엽니다. 여자의 흐느낌 소리가 뚝 그쳤습니다. 매번 그랬습니다. 정말 환장할 노릇이었지요. 막대기를 단단하게 움켜쥔 소년의 손아귀에서 저절로 힘이 풀려나갔습니다.

바투 세운 무릎에 얼굴을 묻고 앉아 있는 여자의 형체가 희끄무레하게 보입니다. 필사적인 몸부림, 처절한 울부짖음의 자취는 온데간데없었지요. 죽은 듯이 고요했습니다. 누군가 문만 열면 여자는 순종하는 노예, 풀 죽은 죄수가 되고 말았으니까요.

이 병동에도 독방이 있겠지요? 여자가 수감된 그 방은 감옥의 독방이나 다름없었습니다. 그리고 여자의 잠자리는 일종의 형틀이었지요. 누우면 다리가 닿는 지점에 굵다란 통나무가 대못에 박혀 고정되어 있고, 거기에 쇠사슬이 연결되어 있었어요. 그리고 쇠사슬은 여자의 발에 차인 족쇄와 연결되어 있었습니다. 여자가 몸을 움직일 때마다 쇳소리가 철컥거렸어요. 두 손은 철사 몇 가닥을 배배 꼬아 만든 줄에 친친 감겨 있었구요.

맞습니다. 눕거나 앉고, 무릎을 세우고 앉아 밥을 먹고, 가려운 데를 긁고, 간신히 요강에 앉아 대소변을 볼 수 있을 정도의 동작만 허용된 원시적인 형틀에 1년 가까이 묶여 지내온 여자. 산발한 머리, 핏기라곤 없이 검누렇게 변해버린 낯빛, 걸레처럼 너덜너덜 찢겨나간 치맛자락, 손톱으로 마구 할퀴고 쥐와 벌레에 물려 어디 한 군데 성한 구석이라곤 없는 몸뚱이를 지닌 여자. 그 여자가 바로 소년의 어머니였어요.

이 미친년아! 소년이 냅다 소리치며 막대기를 휘두릅니다. 통나무에 맞은 막대기의 울림이 방 안을 진동시키고, 고스란히 손으로 전해져 온몸을 후들거리게 했습니다. 여자가 움찔하며 슬며시 고개를 들었지요. 소년을 물끄러미 바라보는 듯했어요. 뭔가 묻고 있는 것 같기도, 무언가 할 말이 있는 것 같기도 한 얼굴이었어요. 물론 어두웠지만, 그쯤은 본능적으로 알아차리게 되는 거 아닌가요? 소년은 그 표정을 애써 외면해버립니다. 다시 막대기를 곧추세우고, 이번에는 여자를 직접 겨냥합니다. 일순 여자의 두 눈이 예리하게 번뜩였어요. 아, 그 눈동자, 펄펄 살아 있는 그 눈빛만 보면 소년은 그만 팩 돌아버리곤 했어요. 소년이 정신없이 여자를 후려칩니다. 있는 힘껏, 사정없이! 여자는 곧바로 달팽이처럼 몸을 곱송그렸어요. 그 자세로 묵묵히 매질을 감수하며 신음을 삼켜댔어요. 그럴 때의 여자는 모든 걸 놓아버린 사람 같았습니다. 한 달 전만 해도 소년이 막대기를 겨누면 금방이라도 덮쳐올 듯 으르렁거리던 여자였는데 말입니다.

예, 선생님. 안방 노인네가 여자의 시어머니 맞습니다. 소년이 한바탕 매질을 마치고 돌아오면, 그 노인네가 애썼다, 하면서 손을 내뻗어 소년을 가슴으로 바짝 끌어당겼어요. 등을 몇 번 토닥이다가 소년의 손을 잡아 이끌어 자기 가슴에 얹어놓았지요. 귀찮고 어려운 일을 수행하고 온 손자를 격려하는 노인네 나름의 방식이었던 것 같습니다. 소년은 노인네의 쪼그라든 젖가슴을 조몰락거립니다. 어느새 손에 힘이 들어가고, 노인네가 아픔을 호소합니다. 아야, 이놈아 살살 만져. 그러면서도 노인네는 저고리를 풀어헤치고, 소년의 상기된 얼굴을 젖가슴에 뭉갤 듯 밀착시켰습니다. 소년은 노인네의 가슴과 겨드랑이, 입과 머리카락에서 죽음의 냄새를 맡곤 했지요. 소년은 알고 있었습니다. 앞으로 노인네가 살날도 얼마 안 남았음을…… 소년은 건포도처럼 짜부라진 노인네의 젖꼭지를 입에 물었습니다. 조금은 충동적으로 그랬을 거란 생각도 듭니다. 노인네의 젖꼭지에서는 역한 냄새가 났어요. 소년은 얼굴을 잔뜩 찡그리며, 잘 익은 과일들을 연상했습니다. 복숭아, 자두, 사과, 딸기, 청포도…… 뭐든 상관없었습니다. 그러면 말라비틀어진 노인네의 몸에 생기가 돌며 나무처럼 가지가 뻗어나오고, 꽃이 피고 벌과 나비들이 날아들더니 어느새 열매를 맺곤 했어요. 척박했던 노인네의 과수원에 과일들이 풍성하게 열리는 겁니다. 황홀했습니다. 소년은 그 황홀경 속에서 향기롭고 달콤한 과즙을 쭙쭙 빨아 삼킵니다. 하하, 그렇게 긴장하실 것 없습니다. 변태적으로 보일 수 있다는 거, 저도 알고 있습니다.

그러고 있다 보면, 다시금 짐승의 소리가 벽을 타고 넘어왔습니다. 노인네는 다시 소년을 닦달하기 시작합니다. 저 웬수 같은 년! 또 시작이구나. 애야, 가서 저년 입 좀 다물게 해라. 소년은 끙, 하며 신경질적으로 자리를 박차고 일어섭니다. 속으로 웅얼거리며 이렇게 주문을 외우죠. 저 미친 여자는 구렁이다. 한 마리 쥐다. 그러면서 소년은 자기도 모르게 야옹, 울어대며 방문을 열고 나가는 겁니다.

모든 문제의 발단이 된 한 사건이 있었습니다. 그 일이 터진 날, 집 안은 여느 때와 다름없이 고적했습니다. 아버지는 집에 없었습니다. 읍내에서 양조장을 운영하느라 자주 집을 비웠어요. 여자는 안방에서 뜨개질을 하고 있습니다. 소년은 그 옆에 누워 지친 듯 늘어져 있었지요. 그러다 콧노래를 흥얼거려봅니다. 너무도 무료했거든요. 여자가 손놀림을 멈추고 소년을 가만히 내려다봤습니다. 여자의 입가에 쓸쓸한 미소가 스치듯 지나갔습니다. 여자는 지나치다 싶게 말이 없었습니다. 소리 내어 웃는 걸 본 적도 없었어요. 항상 거리감이 느껴졌지만, 그래도 소년은 그런 여자를 싫어하진 않았습니다. 그렇다고 좋아할 수도 없었어요. 약간 두려워했던 것 같습니다. 문득, 의문이 스쳐가기도 했지요. 무슨 말 못할 비밀이라도 간직한 사람처럼 보였거든요.

아, 당시 그 노인네는 옆방에 있었습니다. 담뱃대를 입에 물고 연방 빠끔거리고 있었을 겁니다. 놈들이 들이닥친 것은 바로 그런 때였어요.

그들이 문을 열고 들어섰을 때, 고요하고 잔잔하던 분위기가 일순 경직되어버렸습니다. 그쯤은 소년도 분명하게 감지할 수 있었어요. 여자가 놀라 나자빠지더니 뜨개바늘 쥔 손을 부들부들 떨어댔으니까요. 누, 누구세요? 새파랗게 질린 여자의 입술이 파르르 떨렸습니다. 소년은 어리둥절한 눈길로 여자와 놈들을 번갈아 쳐다보았습니다.

두 놈 다 얼굴에 검정색 스타킹을 덮어썼더군요. 그래서 얼굴의 도

드러진 특징이나 전체적인 인상 같은 건 파악하기 힘들었어요. 놈들이 무슨 옷을 입었으며 말투가 어땠는지도 이제 기억나지 않습니다. 한 놈은 키가 크고 날렵한 몸매에 팔다리가 길었어요. 그놈은 칼을 움켜쥐고 있었죠. 다른 한 놈은 상대적으로 키가 무척 작아 보였습니다. 몸도 둔해 보일 정도로 통통했어요. 그런데 어디서 구했는지 이 작달막한 사내가 수류탄을 들고 있는 겁니다. 소년의 관심은 온통 그 수류탄에 쏠려 있었어요. 수류탄을 직접 본 것은 그때가 처음이었습니다. 6·25 전쟁 당시에나 쓰였을 법한 세열 수류탄이었는데, 그게 살상용 무기라는 생각은 들지 않았어요. 아 물론이죠. 놈이 방에 들어서자마자 안전핀을 뽑아 보였어요. 안전손잡이가 튕겨나가고 5초 정도 지나면 꽝, 터지는 거죠. 예. 진짜 수류탄이었던 것 같습니다. 안전핀을 뽑는 순간 놈의 표정에 긴장이 스미고, 손을 약간 떠는 것 같았거든요. 그게 장식용 모조품이었다면, 놈의 연기력이 대단하다고 봐야겠지요. 하지만 소년의 눈엔 어른들이 심심풀이로 갖고 노는 장난감처럼 보였어요. 떼를 써서라도 손에 넣고 싶단 충동이 솟구칠 정도였지요. 그래서인지 놈들이 전혀 두렵지 않았습니다. 그냥 좀 짓궂은 어른들처럼 보일 뿐이었어요. 키다리가 들고 설치는 칼조차 그리 위협적으로 보이지 않았어요.

그런데 그게 아니었던 겁니다. 강도였어요. 키다리가 여자의 목에 칼을 들이댔을 때 소년은 비로소 사태를 대강 알아차렸어요. 둘 중, 리더는 통통한 사내였던 것 같아요. 놈이 말했습니다. 꼬마야, 너 노래 잘하더구나. 이번에는 숫자세기 놀이할까? 백까지 셀 줄 알지? 놈은 침착했습니다. 별로 서두르는 기색도 없었어요. 여자가 눈빛으로 말했습니다. 말 들으라고. 수상쩍은 기운을 감지한 노인네가 안방으로 건너온 것은 바로 그때였습니다. 이놈들아, 무슨 짓이냐? 발작하듯 부르짖는 노인네의 두 눈에 불이 켜진 것 같았습니다. 강단 있는 노인네였어요. 하지만 수류탄을 보곤 금방 겁에 질리고 말더군요. 키작은 놈이 왼팔로 노인네의 목을 휘감았습니다. 노인네가 심하게 버둥거렸어요. 수류탄에서 멀어지려고 애쓰는 것처럼 보이더군요. 놈이 성가시다는 듯 노인네를 패대기쳤습니다. 자제력을 잃고 만 거죠. 노인네는 그대로 팩 쓰러지고 말았어요. 기절이라도 한 듯 아무런 움직임도 없었습니다.

놈들은 장롱을 열더니 이불을 모두 꺼냈습니다. 그러더니 여자만 남겨놓고, 소년과 노인네를 이불로 덮어씌우더군요. 예행연습이라도 하고 온 듯했어요. 자, 꼬마야! 숫자놀이나 계속 해볼까? 수류탄 사내의 목소리가 들렸습니다. 하지만 도저히 소리를 낼 수 없었어요.

놈들이 노린 것은 바로 금고였습니다. 비밀번호를 대라며 여자를 위협하는 소리가 들렸어요. 그래요. 금고가 있었습니다. 그런 시골에는 전혀 어울리지 않는 물건이지만, 어쨌든 아버지가 사업을 하고 있었으니까요. 중요한 서류나 돈을 넣어두는 금고였어요. 다이얼을 돌려가며 숫자 세 개를 눈금에 맞추면 열리는 금고였는데, 그 안에 평소보다 많은 돈이 쌓여 있었다고 해요. 그걸 노리고 침입한 것이죠. 아버지는 양조장을 정리하고 인근 도시에 나가 방적공장을 세울 계획이었답니다. 섬유산업은 당시 정부가 전략적으로 성장을 주도했던 수출

산업 분야였죠. 그래서 양조장을 다른 사람한테 넘기고 받은 돈과, 다른 사람들에게서 투자받은 돈을 거기에 임시로 보관하고 있었던 겁니다. 정말 어리석은 짓이죠.

이윽고, 금고가 열리고 말았습니다. 계속 모른다고 버텼지만, 여자는 결국 놈들의 위협에 굴복하고 만 겁니다. 그럴 수밖에 없는 상황이었다고 생각합니다. 물론 좀 더 현명하게 대처했다면 금고를 지킬 수도 있었겠지요. 하지만 그런 기지는 아무나 발휘할 수 있는 게 아니죠. 소년은 놈들이 얼른 돈을 챙겨 꺼져주기만 바라고 있었습니다. 놈들만 사라져주면, 아무 일 없었던 듯 다시 이전으로 돌아갈 수 있을 줄 알았습니다. 그런 금고 따위가 집안의 모든 걸 쥐고 있으리라곤 정말 꿈에도 몰랐으니까요.

그런데 무슨 일인지 놈들이 돈을 자루에 쓸어 담고도 계속 머뭇거리는 게 아닙니까? 숨이 막혀왔습니다. 온몸이 땀에 흠뻑 젖어버렸어요. 여자가 제발, 제발…… 애원하는 소리가 들렸습니다. 놈들이 뭔가 엄청난 일을 저지르려고 하는 게 분명했습니다. 무언가로 여자의 입을 틀어막는 것 같았습니다. 더 이상 견딜 수 없었습니다. 그대로 있어선 안 된다는 생각이 들었어요. 망할 호기심 때문이었는지도 모르겠습니다. 소년은 천천히 이불을 들어올렸습니다.

아, 그냥 잠자코 이불 속에 있어야 했는데……. 놈들과 여자가 한 덩어리로 뒤엉켜 있는 장면이 희미하게 보였습니다. 여자의 머리는 키다리의 무릎에 얹혀 있었고, 두 다리는 수류탄 사내의 어깨에 걸쳐져 있었습니다. 입은 실뭉당이로 막혀 있고, 옷섶은 풀어헤쳐졌고, 내

의는 칼에 찢겨나가 있었어요. 키다리는 여자의 두 손을 모아 틀어쥐고, 다른 손으로 칼을 흔들어대며 히죽 웃고 있는 듯 보였습니다. 바지를 무릎까지 벗어 내린 수류탄 사내는 엉거주춤한 자세로 막 그 짓을 벌이려는 찰나였어요. 소년은 그 사내의 행위가 무엇을 의미하는지 어렴풋이 알 수 있었습니다. 훤히 드러난 여자의 젖가슴, 사내의 등을 타고 힘없이 늘어뜨려진 다리와 허벅지, 엉덩이가 차례로 보였습니다. 순간 여자가 번쩍 눈을 치켜떴고, 소년과 눈길을 마주치고 말았습니다. 그 당혹해하는 눈빛이라니…….

여자가 안간힘 쓰며 몸부림치기 시작했습니다. 칼이 여자의 목에 스치듯 스미고, 검붉은 피가 주르르 흘러내렸습니다. 아찔했습니다. 당황한 키다리가 여자의 손을 놓쳤습니다. 여자는 곧장 입에서 실뭉당이를 빼냈어요. 그러고는 비명인지 울음인지 모를 소리를 발악하듯 토해냈습니다. 동시에 소년이 울음을 터뜨렸습니다. 예상치 못했던 상황에 놈들도 크게 놀란 눈치였어요. 키다리가 서둘러 이불자락으로 여자의 입을 막았습니다. 수류탄 사내가 벌떡 몸을 일으켜 세웠습니다. 그러자 단단하게 발기한 놈의 짧고 뭉툭한 좆이 눈을 아프게 찔러왔습니다. 그걸 확 비틀어 잡아 뽑아버리고 싶었습니다. 키다리의 칼을 빼앗아 그 검은 살덩이를 싹둑 잘라버리고 싶었습니다. 놈이 다급히 바지를 추키더니 소년의 머리통을 발로 걷어찼습니다. 소년은 이불 위로 쓰러지면서도 놈의 좆을 노려봤습니다. 놈들이 여자와 소년을 발로 걷어차며 이불 속으로 굴려넣었습니다.

방문이 빌컥 열렸어요. 놈들이 우다닥 달아나는 소리가 들렸습니다. 놈들은 그렇게, 순식간에 사라져버렸어요. 마을 사람들 중 아무도 놈들을 본 사람이 없었답니다. 어떻게 그렇게 감쪽같이 사라져버릴 수 있었는지, 이것 또한 의문입니다. 나중에는, 동네 사람들 모두가 그 일을 공모했던 게 아닐까 하는 의심마저 들었어요.

그 뒤로 집안에 수류탄이 터진 것 같은 상황이 연이어 벌어졌지요. 아버지는 행방불명되었고, 여자는 서서히 미쳐갔어요. 그 뒤로 그 작자를 보지 못했습니다. 편지나 전화 한 통 받아본 적도 없어요. 완벽하게 사라져버린 겁니다. 아, 그렇진 않을 겁니다. 단지 그 충격 때문에 여자가 돌아버린 건 아니라고 봐요. 그 여자를 결정적으로 무너뜨린 건…… 노인네였습니다. 다시 그때 현장으로 돌아가보겠습니다.

놈들이 사라지고 나서야 노인네가 깨어났습니다. 여자는 그때까지 넋을 놓고 있었어요. 목에서 계속 피가 흘러나왔고, 벗겨지고 찢겨나간 옷도 채 수습하지 못한 상황이었어요. 아이고, 이를 어쩌나. 망했구나. 금고부터 확인한 노인네가 털썩 주저앉으며 울부짖었습니다. 그러던 노인네의 눈길이 적나라하게 노출된 여자의 몸으로 날아가 꽂혔습니다. 이런 죽일 년! 노인네가 고양이처럼 날렵하게 여자를 덮쳤습니다. 네 이년, 그놈들하고 붙어먹었구나. 여자의 머리카락을 쥐어뜯으며 죽일 듯이 몰아붙였습니다. 미친년! 금고도 네년이 열어줬지? 그놈들을 집으로 불러들인 것도 너지? 그놈들하고 작당한 거 맞지? 어서 말 못해! 여자는 아무런 말도 하지 못했습니다. 황당하고 억울한 표정이었습니다. 소년도 마찬가지였습니다.

노인네의 의심은 점점 부풀어올라 확신으로 굳어졌습니다. 의심이

의심을 낳으며 소문을 빚어내고 정교한 음모론으로 다듬어져가더군요. 물론 그 소문과 음모의 중심에 여자가 자리하고 있었고, 놈들이 조연으로 등장했습니다. 동네 사람들도 노인네가 의도적으로 퍼뜨리는 말에 감응하기 시작했습니다. 여자는 바람난 년, 공범으로 몰렸다가 흘레붙은 년으로 손가락질 받기도 하며, 이리 뜯기고 저리 뜯겼습니다. 소년도 여자가 의심스러울 정도였어요. 그때 소년의 눈에 비친 여자는 추해보였습니다. 더 이상 예쁘지도, 비밀스러워보이지도 않았어요.

여자의 수난은 거기서 그치지 않았습니다. 매일처럼 빚쟁이들이 찾아와 난동을 부렸어요. 노인네요? 저년이 빼돌렸다. 그러니 저년한테 받아내라, 하고는 자리를 피해버렸어요. 노인네는 빚쟁이들의 먹잇감으로 내줄 희생양이 한 사람 필요했던 게 아닌가, 하는 생각이 들어요. 할 수 없이 여자 혼자서 빚쟁이들의 패악을 감내해야 했습니다. 사기꾼 남편은 어디로 도망쳤냐? 돈을 다른 데로 빼돌린 거 아니냐? 어서 대라. 당신은 알고 있지 않으냐? 마구잡이로 몰아대며 머리끄덩이를 잡아 마당으로 끌어내리고 옷을 잡아 뜯고 얼굴을 할퀴고 심지어 추행까지 일삼는 자도 있었어요.

급기야 여자도 집을 나가고 말았어요. 가출은 아니었습니다. 이삼일 만에 집에 들어와선 종일 자고 일어나 다시 나가곤 했습니다. 차라리 아예 가출을 해버렸다면 뭔가 달라졌겠죠. 그때부터 어딘가 좀 이상하다 싶은 생각이 들기 시작하더군요. 일상적으로 해오던 일을 전혀 하지 않았어요. 머리도 안 감고 세수도 하지 않았습니다. 맥없이 앉아 헤실헤실 웃는가 하면 알 수 없는 소리를 정신없이 늘어놓곤 했죠. 가만히 들어보면, 완전히 횡설수설이었어요. 그런데다 여자는 집을 나갈 때면 꼭 소년을 데리고 가려 했어요. 노인네가 그걸 필사적으로 막았습니다. 그러자 노인네에게 대들기 시작하더군요. 더 이상 당하고만 있진 않았어요. 내 아들이다. 니가 뭔 상관이냐? 이런 미친년 봐라. 이젠 시어미도 몰라보는구나. 그러다 엉겨 붙게 되고, 아이구, 이년이 사람 죽이네, 하며 노인네가 자지러지면 동네 사람들이 달려왔습니다. 여자는 부엌칼이나 낫을 들고 와서 마구 휘저어댔습니다. 어느 누구도 감히 여자를 건드리거나 제지하지 못했습니다.

여자가 마을에 나타나면 소년은 다른 집으로 피해 달아나야 했습니다. 여자는 소년의 이름을 목 놓아 부르며 온 동네를 헤집고 다녔어요. 집집마다 무조건 쳐들어가 여기저기 들쑤셔놓았죠. 여자가 들이닥치면 얼른 옆집으로 숨어들었고, 산으로, 들로 달아나기 바빴어요. 괴기스러운 술래잡기였어요. 가슴이 얼마나 콩닥거렸는지 모릅니다. 어쩌면, 여자는 소년을 데리고 다른 곳으로 떠나려 했는지도 모르겠어요. 그때는 알 수 없었습니다.

그러다 결국 일이 커지고 말았습니다. 소년이 계속해서 접근을 피하자, 여자가 마을의 다른 아이를 납치하듯 데리고 다니기 시작했어요. 글쎄요. 아마 소년으로 착각했거나, 마을 사람들에게 앙갚음하려고 그랬던 것 같기도 해요. 어쨌든 그게 사단이었습니다. 아이가 사라질 때마다 온 마을이 들썩거렸어요. 여자의 등에 업혀 돌아온 아이는 완전히 얼이 빠져 있었죠. 경기를 일으키다 기절해버린 아이도 있었고, 일주일 가까이 끙끙 앓다가 간신히 깨어난 아이도 있었습니다. 여자 때문에 소년뿐 아니라 동네의 모든 아이들이 위험에 처하게 된 것이죠. 그 때문에 마을 사람들이 조치를 취하게 된 겁니다.

처음에는 그냥 방에 가두고 방문을 잠가두는 정도였습니다. 하지만 방문을 부수고 나가 또 아이를 데리고 사라졌죠. 새끼줄로 손발을 묶어봤지만, 그것도 소용없었습니다. 하루 만에 줄을 끊고 달아나버렸어요. 구속의 수단과 방법은 갈수록 강도를 더해갔지요. 철사와 개목걸이, 소와 말에게나 씌우는 굴레를 써보기도 했어요. 그러면서 최종적으로 형틀이 완성된 겁니다. 거기에 묶인 여자는 무기형을 선고받고 수감된 일급 살인자와 다름없었습니다. 그걸 지켜볼 수밖에 없었던 소년의 심정이요? 글쎄요. 기억나지 않는군요. 말하고 싶지 않습니다.

여자는 사육당하는 동물이었습니다. 아침저녁으로 양푼에 밥과 반찬을 쓸어 담아 방에 넣어줬죠. 노인네가 아침마다 요강을 비워줬고, 어쩌다 한 번 물에 적신 수건으로 여자의 얼굴과 몸을 닦아줬습니다. 노인네가 매질을 가하기 시작한 건 그때부터였습니다. 밤마다 바락바락 소리 지르며 욕설을 퍼붓고, 울고 불며 풀어달라고 애원하다가 분에 못 이겨 몸부림을 쳐댔으니까요. 차츰 불만을 토로하는 동네 사람들이 생겨났습니다. 자꾸만 항의가 들어왔어요. 제발 밤에 잠 좀 자게 해달라고 간청하는 사람도 있었죠.

차라리 죽어. 뒈져버려, 이년아! 네년이 뭘 잘했다고……. 노인네가 매질을 하며 자주 내뱉었던 말입니다. 노인네의 매질에는 증오가 실려 있었습니다. 원한 같은 거였죠. 그 한풀이를 여자에게 쏟아 부었던 겁니다. 거기에 그치지 않고 소년에게까지 그런 원한을 심어주려 했어요. 집요하고 잔인하기까지 했습니다. 매질을 소년에게 떠맡기려고 했거든요. 물론 처음에는 완강하게 거부했죠. 그러자 매질이 바로 소년을 향해 날아들었습니다. 많이도 얻어맞았죠. 노인네는 서커스단의 조련사 같았습니다.

그러던 어느 날 저녁이었습니다. 노인네가 억지로 소년을 옆방으로 이끌고 가더군요. 어떻게 하는지 자기가 가르쳐주겠다고 했습니다. 예감이 좋지 않았습니다. 비로소 올 게 오고야 말았다는 느낌이랄까요.

노인네가 조련사처럼 명령을 내렸습니다. 소년은 주춤하다가 노인네가 건네는 막대기를 손에 쥐었습니다. 다음 명령이 떨어졌습니다. 소년은 입을 악다물고 천천히 막대기를 치켜들었습니다. 손목이 부들부들 떨렸습니다. 그대로 노인네를 때려눕히고 싶은 충동 때문이었습니다. 그때 노인네가 성큼 다가와 막대기 들린 소년의 손을 움켜잡았습니다. 그리고 여자를 향해 막대기를 휘둘렀죠. 막대기는 여자의 어깨를 빗겨 나갔습니다. 여자는 조금 놀란 눈치였어요. 다시 같은 동작이 반복되었습니다. 그런데 여자가 막대기를 덥석 잡아버렸어요. 여자가 소년을 무섭게 노려보며 으르렁거렸습니다. 순간적으로 제정신이 돌아온 듯했어요. 그때처럼 여자가 두려웠던 적은 없었습니다. 어서 그 자리를 벗어나고만 싶었습니다. 눈앞이 캄캄했어요. 주위를 둘러봐도 어둠, 어둠뿐이었습니다. 그때였습니다. 소년의 눈에서 번쩍하며 섬광이 스쳐갔던 것 같습니다. 소년은 이미 제정신이 아니었습니다. 이야, 이야아 고함지르며 정신없이 막대기를 휘둘렀습니다. 무언가가 끝장나버린 느낌이었습니다. 가슴속에서 먹장구름이 몰려들고 천둥이 치며 번개가 번뜩거렸습니다. 세상이 하찮아 보였습니다. 아무것도 두려울 게 없었습니다. 뭔지 모를 쾌감이 뿌듯하게 스쳐갔습니다. 나중에 정신을 차리고 보니, 노인네가 그만 하라고 소리치며 앞을 막아서고 있더군요. 여자는 정신을 잃고 뒤로 나자빠져 있었습니다.

그 뒤론 아주 쉬웠습니다. 때가 닥치면 소년은 파블로프의 개처럼 짖어댔습니다. 여자가 소란을 피우면 반사적으로 막대기를 들었고, 기계적으로 매질을 가했습니다. 그리고 도피했습니다. 쥐의 소굴로 기어들어가고, 올빼미의 둥지로 날아올랐습니다. 노인네의 가슴에 열린 과일을 포식했습니다. 소년은 나른하고 무심한 고양이의 눈빛을 닮고 싶어했습니다. 그러다 정말 고양이가 되는 법을 터득하기에 이르렀습니다. 닭을 잡아 날로 먹었고, 토끼도 생으로 씹어 삼켰습니다.

아주 가끔, 여자가 두려울 때도 물론 있었습니다. 여자가 어쩌다 제정신을 차린 것처럼 보일 때, 갑자기 혼란스러워지면서 문득 공포가 몰려오기도 했어요. 또 뜬금없이 엄마 흉내를 낼 때가 있었는데, 그런 여자와 마주하기란 정말 곤혹스러웠습니다. 내 아들, 엄마한테 와봐. 젖 줄까? 하며 저고리 앞섶을 풀어헤칠 때는 정말 구역질이 날 정도로 징그러웠습니다.

그러다…… 마침내 그날이 오고야 말았습니다.

그날, 여자는 어딘가 좀 이상해보였습니다. 평소와 달리 조용했습니다. 죽은 듯이 고요했어요. 소년은 오히려 그 적막을 견디기가 힘들었습니다. 살금살금 다가가 문구멍을 통해 안을 엿보았습니다. 소년은 그만 화들짝 놀라고 말았습니다. 여자가 몰라보게 변해 있었어요. 산발머리는 단정하게 다듬어져 있었고, 얼굴도 예전의 낯빛을 회복한 듯했습니다. 간밤에 누군가 몰래 들어가 화장이라도 해준 것처럼 보였습니다. 기이한 느낌이었습니다. 그때 소년의 이름을 부르는 소리가 들렸습니다. 소년은 자기도 모르게 대답을 할 뻔했어요. 문을 조금 열었습니다. 자연히 고개가 숙여지더군요. 웬일인지 여자의 얼굴을 바라볼 수가 없었어요. 여자의 시선이 느껴졌습니다. 할 수 없이 고개를 들었습니다. 아, 그건 무슨 조화였을까요? 여자는 눈이 부실 정도로 아름다웠습니다. 사실 시골 마을에는 전혀 어울리지 않게 도시적인 여자였어요. 그 때문에 동네 아낙들의 시샘과 질투를 받기도 하고, 오해와 비난을 사기도 했습니다. 아직 젊고 아름다울 때였죠. 소년은 그날 본 여자의 모습이 가장 아름다웠다고 기억합니다. 소년을 한없이 초라하게 만들고 수치심을 자극하는, 그런 얼굴을 하고 있었습니다.

여자가 알 수 없는 눈길로 소년을 주시하고 있었습니다. 소년은 전에도 몇 번 그런 눈길과 마주친 적이 있었습니다. 뭔지 모르지만 어떤 갈망이나 원망이 가득 담긴 눈동자였죠. 그 눈길에 소년은 그만 충격을 받고 말았습니다. 비로소 알 것 같았거든요. 그 눈길의 의미, 그 눈동자에서 일렁이는 갈망이 무엇이었는지 뒤늦게 깨닫게 된 것입니다.

노인네도 뭔가를 예감했던 걸까요? 그날 점심 무렵에는 웬일로 대

아에 물을 떠서 옆방으로 가더군요. 머리를 감기고 팔과 다리를 씻겨주는 거였어요. 여자는 온순하게 몸을 맡기고 있었습니다. 뭔가 엄숙한 분위기가 흘렀어요. 노인네는 다시 안방으로 건너와 장롱을 열더니 새 옷을 꺼내 그걸로 갈아입혔어요.

날이 저물었습니다. 어둠이 닥쳐왔어요. 정말 이상한 밤이었습니다. 그날따라 너무 외로웠습니다. 밤이 영원히 지속될 것 같은 기분이었어요. 소년은 안절부절못하며 자리에 누웠다 일어서기를 몇 번이나 반복했습니다. 노인네는 모로 누운 채 고른 숨소리를 내며 잠들어 있었습니다. 아니, 잠이 든 것 같진 않았어요. 잠든 척, 모른 척하며 소년을 그대로 놔두는 것 같았어요. 그런데 낮에 마주친 여자의 눈빛이 자꾸만 떠올랐어요. 오줌이 마려웠지만 밖으로 나서기가 겁이 났어요. 어느 순간 희미하게 누군가의 소리가 들려왔습니다. 그 목소리의 주인이 노인네였는지, 아니면 여자였는지는 분명하지 않습니다. 하지만 뭔가 명확해진 느낌이 스쳐갔습니다. 노인네가 왜 그토록 냉혹하게 자기를 조련해왔는지 조금 알 것도 같았습니다. 소년은 입을 굳게 다물고 조용히 방문을 열고 나갔습니다.

먼저 마당 한가운데 서서 오줌을 눴습니다. 고개를 들어보니 세상이 온통 암청색으로 물들어 있었습니다. 맑고 순수해 보이는 색감이었어요. 그 암청색 기운이 몸 전체에 스며드는 듯했습니다. 조금 용기가 생기더군요. 든든했습니다.

어서 와라. 소년이 말없이 옆방에 들어서자 여자가 기다렸다는 듯 말했습니다. 확신이 담긴 목소리였어요. 올 줄 미리 알고 있었던 것처럼 말이죠. 소년은 좀 꺼림칙했지만, 꾹 참고 여자 가까이 다가갔습니다. 여자가 미소 띤 얼굴로 두 팔을 활짝 벌렸습니다. 쇠사슬이 둔중한 음향으로 덜그럭거렸죠. 소년은 무언가에 이끌린 듯 여자의 가슴에 푹 안겼습니다. 살냄새가 물큰했습니다. 비누냄새도 비릿하게 풍겨왔어요. 여자의 심장박동이 생생하게 들리더군요. 순간 소년은 가슴속에서 뭔가 울컥하며 들끓어오르는 걸 느꼈습니다. 오랜만에 느껴보는, 아주 낯선 감정이었습니다. 이놈아. 이놈 자식아! 여자가 탄식하듯 말했습니다. 그러더니 두 손으로 소년의 몸을 더듬기 시작했습니다. 쇠사슬 소리가 무척 신경에 거슬렸습니다. 소년은 여자에게 몸을 맡긴 채 가만히 있었습니다. 잠시 무거운 침묵이 흘렀습니다. 여자가 소년의 어깨를 꽉 움켜잡았습니다. 그러다 갑자기 목을 조여왔어요. 숨이 턱 막혔습니다. 죽을 것 같았어요. 소년을 죽이려고 했단 말입니다. 아니, 자기도 그렇게 해달라고 하는 것 같았습니다. 소년도 냉큼 손을 뻗어 여자의 목을 졸랐습니다. 손아귀가 아파왔어요. 여자가 캑캑거리며 몸을 버둥거렸습니다. 소년의 목을 조이던 손은 맥없이 풀려나가고 말았습니다. 여자의 목이 조금 길어진 것 같았어요. 아닙니다. 주저하지 않았어요. 거기서 그만 끝을 내줘야 한다는 생각밖엔 들지 않았어요. 더 이상 여자가 훼손되는 걸 원치 않았습니다. 무엇보다, 여자가 그걸 강렬하게 원하고 있다고 느꼈습니다. 소년은 그야말로 죽을힘을 다해 치달렸어요. 심장이 터질 듯하고, 온몸이 무섭게 팽창하는 것 같았죠. 어쩐지 기분이 별로 좋지 않았습니다. 소년은 그만 손을 풀고 여자를 거세게 넘어뜨렸습니다. 어둠 속에서도 여자의 얼굴이 환히 빛났습니다. 모든 게 수포로 돌아갈까봐 두려웠어요. 여자가 눈을 번쩍 뜨더니 쇠사슬로 소년의 목을 휘감으려 했습니다. 소년은 황급히 여자의 입과 코를 손바닥으로 틀어막았습니다. 여자가 매서운 눈매로 소년을 노려봤어요. 여자가 손을 휘둘러 소년의 턱을 가격했습니다. 소년은 무릎으로 여자의 가슴을 찍어 눌렀습니다. 아무래도 손으론 힘들 것 같아 여자의 베개를 빼내 얼굴을 덮어 눌렀습니다. 여자의 몸을 타고 앉아 계속 눌렀습니다. 정적이 흘렀습니다. 시간이 멈춰버린 것 같았죠. 어둠이 소용돌이치고 있었습니다. 여자의 몸도 요동치기 시작했습니다. 발버둥 치던 여자의 몸이 서서히 가라앉아갔습니다. 그만 베개를 치우자, 여자는 고요하게 잠들어 있었습니다. 그때서야 사타구니에서 극심한 통증이 느껴졌습니다. 알고 보니 자지가 터질 듯 발기해 있더군요. 혼란스러웠습니다. 오줌이 마려운 것도 아니었는데, 그놈이 왜 그렇게 달아올랐는지 정말 알 수 없었어요. 소년은 도망치듯 그 방에서 빠져나왔습니다.

소년이 안방으로 들어섰을 때 노인네가 몸을 움찔거렸어요. 그게 다였습니다. 아무런 반응도 보이지 않았어요. 소년은 막 격렬한 정사라도 치른 것처럼 나른하고 후련한 기분이었던 것 같습니다. 깨끗하게 정화된 느낌이라고나 할까. 아무튼 오래 미뤄둔 일을 끝낸 뒤처럼 뿌듯하기까지 했어요. 여자는 더 이상 갇혀 지낼 필요가 없게 되었으니까요. 소년이 영원히 풀어주지 않았습니까? 발길 닿는 대로, 가고 싶은 곳으로 훨훨 날아갈 수 있도록 해방시켜준 거죠. 당연하죠. 지금도 그렇게 믿고 있습니다. 그날 소년이 저지른 짓은 결코 살인이 아니었다고. 그 목 조름은 소년이 여자에게 해줄 수 있는 최선의 선택이었다고 확신합니다.

아뇨. 절대, 절대 그렇지 않습니다. 여자에게나 소년에게나 그건 선택의 문제였어요. 일종의 안락사 같은 겁니다. 그건 제가 여자에게 마지막으로 해줄 수 있는, 사랑의 한 방식이었습니다. 선생께선 지금 변명, 자기변론, 심리적 방어기제…… 그런 말들을 떠올리고 계시죠? 아닙니다. 선생님이 틀렸어요. 글쎄, 아니라니까요.

여자의 주검을 처음 확인한 사람은 노인네였습니다. 다음 날 아침 옆방을 살펴보다가 여자가 죽은 걸 알게 된 겁니다. 모르겠습니다. 그 영악한 노인네가 모든 과정을 몰래 지켜봤을지도 모른다는 생각도 해봤습니다. 안방으로 들어온 노인네가 소년을 물끄러미 쳐다봤어요. 별말은 없었습니다. 노인네는 사람들을 불러오기 위해 곧장 밖으로 나갔습니다.

시신을 수습하고 장례 준비를 하기 위해 동네 사람들이 하나둘 소년의 집으로 왔습니다. 그들 중에는 앞장서서 여자를 포박하고 감금했던 자들도 있었습니다. 그중 한 사람이 안방 문을 열고 편안하게 누워 있는 소년을 들여다보더군요. 저런 후레자식을 봤나. 지 에미 죽은 줄도 모르고……. 그가 혀를 끌끌 차대며 뇌까렸습니다. 소년은 계속 잠든 척 누워 있었습니다. 아무렇지도 않았습니다. 나른하면서도 평온한 기분이었지요. 물론입니다. 이상하게 마음이 평화로웠어요. 어떤 분노도, 울분도, 복수심 같은 것도 전혀 느낄 수 없었어요. 그러면서도, 이제 무슨 짓이든 저지를 수 있을 것 같은 기분이 들더군요. 그냥 별 느낌 없이, 아무런 감정도 없이 태연하게 다른 누군가를 죽일 수도 있을 것 같았습니다.

　노인네요? 삼 년 뒤에 여자를 따라갔습니다. 여자 때문에 제명에 못살 거라고 노래를 부르더니만, 결국 그렇게 된 셈이죠. 사고사였습니다. 소년을 두려워했어요. 밤만 되면 소년을 경계하며 피하려고만 했어요. 우습죠? 밥도 같이 먹지 않았고, 소년과 한방에서 잠드는 것도 꺼렸어요. 안방은 소년 차지가 되었습니다. 장례가 끝나자마자 옆방을 정리하고 수리하더니 아예 그 방에서 기거하기 시작했어요. 밤이면 방문을 걸어 잠그고, 수인囚人처럼 숨죽이며 지냈습니다. 소년에 대한 의심과 불신, 그 두려움 때문에 스스로 죽음의 길을 재촉했다고 봐야겠죠. 소년을 데리고 땔나무를 구하러 갔다가 산비탈에서 굴렀어요. 산자락에 여자의 무덤이 조성되어 있었죠. 무덤이 내려다보이는 지점에서 죽은 소나무 가지를 베다가 그만 낫을 떨어뜨렸어요. 소년이 무심코 낫을 집어 들었어요. 그걸 건네주려고 손을 뻗었는데, 이놈의 노인네가 얼굴이 하얗게 질려서는 뒷걸음치기 시작하는 거였어요. 그러다 발을 헛디뎌 굴러 떨어지고 만 겁니다. 소년이 내려가봤을 땐 이미 숨이 끊어져 있었어요. 그런 눈으로 쳐다보지 마세요. 정말…… 아무 짓도 하지 않았습니다. 그럴 틈조차 없었다니까요.

　피곤해보이시네요. 다 끝나갑니다. 조금만 더 귀를 기울여주세요. 이제 말씀드리겠습니다. 어쩌다 이런 곳까지 오게 됐는지…….

　제가 선생님을 찾아온 이유는……. 네, 그래야지요. 다 털어놓겠습니다. 선생님…… 언젠가부터 파괴적인 충동이 불시에 저를 방문하기 시작했습니다. 그럴 때면, 무슨 짓이든 저지를 수 있을 것 같은 기분이 들어요. 여자를 해방시켜주었던 그날처럼 말입니다.

어느 저녁 무렵이었습니다. 텅 빈 사무실에서 창문 밖으로 거리를 내려다보는데 한 사내가 유독 눈에 띄었습니다. 그런데 느닷없는 충동이 머릿속을 휘저어대는 겁니다. 저는 반사적으로 만년필을 손에 쥐었습니다. 손이 부르르 떨리더군요. 아무런 이유도 없었습니다. 그냥 그자의 가슴에 칼을 찔러 박고 싶어지는 겁니다. 마음의 상태요? 이해하기 힘드시겠지만, 평소와 다를 바 없습니다. 나른하고 무기력하지요. 한번은 전동차 안에서 젊고 예쁜 여자의 하얀 목을 훔쳐보다 그만 이성을 잃어버렸습니다. 홀린 듯 여자를 뒤따라 내렸지요. 그녀가 골목으로 접어드는 걸 보고 얼른 편의점에 들어가 사무용 칼을 사들고 나왔습니다. 그 칼로 여자의 희디흰 목을 그어버리려고 했습니다. 다행스럽게도 여자는 골목 깊숙한 곳에 있는 어느 빌라로 모습을 감춘 뒤였습니다. 대체 왜 이러는 걸까요? 통제하기가 점점 힘들어집니다. 엊그제는 공원에서 한 여고생의 목을 조르다 도망치기도 했습니다.

아뇨. 어디선가 본 듯한 얼굴들이었지만, 다들 처음 보는 사람들이었습니다. 그건 확실합니다. 네. 인정하겠습니다. 그래서 더 위험한 것이죠. 차라리 미쳐버리는 게 훨씬 안전할 것 같습니다. 네? 아니, 분노와 복수심의 귀환이라니요? 당치 않습니다. 그런 건 원래 있지도 않았는데요. 지금의 제겐 미워하고 증오할 만한 어떤 대상도 남아 있지 않습니다. 분노도 없고, 웬만해선 화도 잘 내지 않아요. 슬프지도, 기쁘지도 않아요. 감정이란 게 사라져버렸단 말입니다. 감정을 조율하는 뇌의 변연계가 파괴되었거나 아예 삭제되어버린 듯해요. 그렇습니다. 파충류처럼 말이죠. 이젠 꿈조차 꾸지 않습니다.

자, 선생님. 제 얘기는 여기까지입니다. 어떻게 하시겠습니까? 저를 한번 조련해보시렵니까? 제게 수갑을 채워 독방에 감금해보시겠어요? 과연 그런 조치로 저를 막을 수 있을까요? 마음만 먹으면 저는 얼마든지 그곳에서 빠져나갈 수 있을 텐데요. 어둠이 닥쳐오기를 기다리기만 하면 됩니다. 저는 어둠 속에서 뱀이 되고, 쥐가 되고, 고양이, 악어로도 변신할 수 있으니까요. 어둠 속에서 저는 얼마든지 자유로울 수 있습니다. 어둠 속에서는 마음먹은 대로 세상을 지배할 수도 있어요.

미리 말해두지만, 위험한 게임이 될 수도 있습니다. 자칫하면 선생께서 첫 번째, 아니 세 번째, 네 번째 희생자가 될 수도 있으니까요.

유학산

양유정

1

김金의 방에는 침대와 농이 하나씩 있었다.

장롱의 문은 거칠게 열린 채였다. 침대 위엔 여자가 있었다.

'…….'

그 방을 짙은 연기로 가득 채우며 김은 가느다란 담배를 피우고 있었다. 허공으로 뱉어진 담배 연기는 천장에서 커다란 원을 만들고는 주변으로 흩어졌지만 출구가 없어 이리저리 헤매다 그 아래로 천천히 내려앉았다.

출구를 만들어 탈출해야 하는 것은 담배 연기 말고도 하나가 더 있었으니, 김 그 자신이었다.

'…….'

김은 세 시간 전까지만 해도 지극히 일상적인 삶을 살아가던 보통의 젊은 사회인이었다. 그는 평범한 회사를 다니는 아주 평범한 직장인일 뿐이었다. 아침이면 정해진 시간에 일어나 세수를 하고는 출근을 준비했다. 그리고 저녁이면 퇴근하여 집으로 돌아왔다. 그에게는 주말을 보낼 적당한 취미도 있었다. 특별한 면이 없어 사람들에게서 큰 관심을 받는 편이 아니었고 그 자신도 다른 이들에게 관심이 없었다.

하지만 그것은 세 시간 전까지의 일상이었다.

문제는 침대 위의 여자였다.

김은 그녀에 대해 아는 것이 없었다. 단, 이십 대 초반에 짧은 생머리, 노란 상의에 짧은 청치마. 그뿐이었다. 이름이 무엇인지, 무얼 하며 살고 있는지, 집이 어디인지, 그 무엇도 알지 못했다.

일면식이 없는 그녀가 자신의 침대 위에 누워 있다는 것은 지극히 비정상적인 것이긴 하였지만 그보다 더 큰 문제는 이름을 알 수 없는 그녀가 지금은 살아 있지 않다는 것이었다.

'…….'

정말 죽일 의도가 있었던 것일까?

생각해보았지만 그것은 김도 알 수 없었다. 그 순간이 어찌된 것인지, 혹시 자신의 뇌에서 특이한 물질이 과다 분비되어 갑작스레 혼미한 상황에 빠져버렸던 것인지……, 김은 전혀 알 수가 없었다.

그가 기억하는 것은 몇 가지에 불과했다.

그녀는 김의 방으로 들어오자마자 한숨을 쉬고는 먼저 담배를 달라 하였다. 담배를 피우는 동안 단 한마디도 하지 않던 그녀는 꽁초를 비벼 끄고는 침대로 올라갔다. 그리고 그 몇 분 후였다.

여자는 두 손으로 김을 뒤로 밀쳐버렸다.

"뭐예요? 나 술 취한 거 몰라요?"

그 통에 김은 침대에서 거의 떨어지다시피 했다. 김은 예기치 못한 상황에 기분이 상해졌다.

그런데 난데없이 그녀는 울기 시작했다.

"……."

이렇게 서글피 우는 것은 이 여자의 평소 술버릇인가. 김은 그런 생각을 했다. 그렇게 이해라도 할 수 있었지만 문제는 그다음이었다.

점점 소리를 크게 하며 울던 그녀가 갑자기 핸드폰을 들어 어딘가로 전화를 하는 것이 아닌가. 그 모습에 김은 손을 뻗쳐 핸드폰을 가로채 침대 아래로 내동댕이쳤다.

"……."

"……."

그러고는 주먹을 들어 여자의 얼굴을 있는 힘껏 후려쳤다.

그녀는 잠시 동안 의식을 잃었다. 그 잠시 후 다시 눈을 뜬 그녀는 자신의 위에 있던 김에게 핸드폰이 어디 있느냐며 물었다.

"빨리 내놔! 어디 있어?"

김의 대답이 없자 그녀는 소릴 질렀다.

김은 그 말에 여자의 목을 조르기 시작했으니 방금 전의 말은 그녀의 마지막 것이 되었다.

'꿈이 아니었구나. 이건 현실이지 않은가.'

아직도 천장에서 맴돌며 출구를 찾지 못하는 담배 연기를 응시하던 김은 고개를 숙여 이제 하염없이 바닥을 내려보고 있었다.

그는 과거가 아닌 미래를 떠올려야 했다.

'이건 사고일 뿐이다.'

김은 생각했다.

'우연히 일어난 일로 내 삶이 뒤틀릴 수는 없는 노릇이다. 없었던 일로 해야 한다.'

이름을 알 수 없는 여자를 만나고 세 시간 뒤 김은 그렇게 결론지었다. 김에게 그 순간 가장 분명한 것은 살아야 한다는 것이었고 살기 위해선 뒤틀려진 그 무엇을 당장 바로잡아야 한다는 것이었다.

'…….'

서둘러 밖으로 뛰쳐나간 김은 마당 한구석에 있던 삽을 찾기 시작했다. 그는 한적한 시골에서 지붕이 기와로 되어 있고 마루 앞에는 조그만 뜰이 있는 전형적인 시골집에서 혼자 살고 있었다. 다행이지 않은가. 그에게는 오래전 부모가 사용하던 삽이며 낫, 곡괭이 따위의 농기구들이 있었다.

김은 마당에 주차되어 있던 그의 중고 디젤 승용차로 다가갔다. 그리고 트렁크를 열어 방금 찾아낸 녹슨 삽을 던져 넣었다. 다시 방으로 들어간 김은 먼저 소등을 하였다. 밤이 되면 적막해지는 곳이었지만 그렇다 하여도 이웃의 눈에 띌 수 있기 때문이었다.

김은 다시 침대로 가 팔로 여자의 등을 감아 일으켰는데 그녀는 생각보다 무거웠고 목이 뒤로 젖혀져 있어 다루기가 어려웠다. 그의 애초 계획은 침대 앞으로 끌어내 뒤로 돌아 그녀를 등에 업는 것이었다.

하지만 그 시도를 하기도 전에 그녀는 침대 밑으로 떨어져버렸다.

그녀는 바닥에 얼굴을 그대로 부딪쳤다. 그녀의 두 다리는 한동안 침대에 걸쳐져 있다 둔탁한 소리를 내며 아래로 떨어졌다.

'……'

손을 내밀어 여자의 얼굴을 돌리려는데 어떤 물기가 느껴져 김은 냄새를 맡아보았다. 그것은 피였다. 충격으로 피가 흐르고 있었던 것이다.

'피가 옷에 묻을 것이다.'

그는 생각했다.

'증거가 될 수 있으니 신중해야 된다.'

그는 업기를 포기하고 그녀의 두 손을 잡아 질질 끌며 마당까지 가기로 했다. 하지만 행동에 옮기니 그것도 쉬운 것은 아니었다. 특히 돌층계를 내려올 때는 그녀의 머리가 층마다 부딪히며 특이한 소리를 내었는데 그것은 느낌이 무척 좋지가 않았다.

그녀의 다리와 허리를 구부린 뒤 트렁크의 문을 닫은 김은 다시금 방으로 들어갔다. 외투를 걸치고 한 손에는 차의 열쇠를 움켜쥐었다. 다른 한 손은 그녀의 구두를 집었다.

그리고 마당의 차를 내려보았다.

'……'

차는 외부만 보아서는 아무런 문제의 낌새도 느낄 수 없었다. 그것은 지극히 정상적인 모습이었다. 그의 차는 어제도 한 달 전에도 지금처럼 마당에 있었다. 차를 감싸고 있는 풀의 냄새도 마찬가지였다. 그것은 내일도 같을 것이라고 생각한 김은 운전석에 올라탔고 이내 시동을 걸었다.

가고자 하는 곳은 유학산遊鶴山이었다.

그는 어릴 적 동네 친구들과 어울리며 유학산에 올라 갈대를 꺾기도 했고 눈싸움도 했다. 그곳은 그의 놀이터였다. 조금 더 커서는 산의 정상에까지 올라가게 되었는데 그곳에서는 전혀 생각지도 못한 넓은 세상을 만나기도 했다. 아주 먼 곳에 그가 가보지 못한 낯선 세상이 있었다.

그 후로는 산에 오르지 않았지만 산은 등산로가 개발돼 이젠 많은 이들이 찾는 곳이 되었다. 주말이면 중턱의 주차장으로 사람들이 몰려들어 소란이 일기도 했다.

산은 간혹 군인들과 함께 뉴스에 등장하기도 했다. 그곳은 전쟁 당시 수많은 젊은이들이 목숨을 빼앗긴 곳이었다. 인민군은 산을 넘기 위해, 그리고 국군은 인민군이 산을 넘지 못하게 하기 위해 서로가 목숨을 걸었다. 하지만 결과는 똑같은 죽음뿐이었다.

가까운 사단에서는 당시 죽은 군인들의 유해를 찾기 위해 인력을 투입하곤 했는데 그 소식이 간혹 뉴스에 나왔다. 뼈를 추스른 뒤 사람들은 인근의 전적기념관에서 추모식을 열어주었다.

어릴 적의 작은 추억이 있던 곳인데 어른이 되어 이곳에 낯선 시체를 묻으러 오다니, 그것은 불과 몇 시간 전까지만 해도 전혀 상상치 못한 것이었다. 불과 몇 시간 전까지만 해도 말이다. 더군다나 전쟁 당시 수많은 사람이 묻혔고 아직도 묻혀 있을 곳에 한 여자를 매장하러 간다는 것은 참으로 기이한 것이 아닌가.

그래도 유학산은 인간에겐 아주 넓은 곳이니 등산로를 벗어난 오지로 들어간다면 아무도 발견하지 못할 것이라는 게 김의 생각이었다. 그가 떠올린 곳은 어릴 적에 뛰어놀던 갈대밭에서 멀지 않았다. 그곳은 839고지라 불리는 정상 아래에 부채꼴 모양으로 넓게 형성된 지대로 등산로에서도 한참을 떨어진 곳이라 사람의 왕래가 없었다. 김은 산길을 통해 차가 갈 수 있는 곳까지 들어간다는 목표를 세웠고 갈대밭으로 들어간 뒤 그곳에서 기슭을 따라 좀 더 올라가볼 생각이었다. 그것은 무척 힘에 부치고 두려운 일일 것임이 분명했다. 하지만 다른 방법은 떠오르지 않았다.

그런데 김은 평생 겪어보지 못한 또 하나의 사건을 곧 맞이하게 되었다. 그것은 분명 타인에게만 해당되는 일이지 지금까지의 김의 삶과는 아무런 관련이 없는 일 중 하나였다. 전적기념관 근처의 삼거리에서 우회전하던 차량을 발견하지 못하고 그만 충돌하고 만 것이다.

'…….'

갑작스런 사고를 당하면 누구나 그런 것일까. 그 순간만큼은 김은 아무런 생각도 떠올릴 수 없었다. 그는 정말 꿈속인 것만 같은 무상의 세계에 빠져 있었다.

대체 얼마의 시간이 경과한 것일까.

알 수 없는 시간 후에 상대의 차에서 운전자가 내리는 것을 김은 보았다. 그녀는 운전석의 문이 찌그러져 제대로 움직이지 않는 것을 힘

겹게 열고는 아스팔트 위에 서 김을 바라보고 있었다. 마침 뒤쪽에서 오던 소형 트럭의 주인은 무슨 일인가 싶어 속도를 줄이더니 여자를 쳐다보았다. 하지만 그는 곧 요란한 엔진소음을 내며 가던 길로 내달렸다. 그 차의 번호판을 보고 있는데 여자의 차에서는 반대편에서 한 남자가 또다시 내렸다. 두 명이 타고 있었던 것이다.

'…….'

남자는 김을 향해 걸어오기 시작했다.

'사고 처리를 하지 않고 경찰에 신고부터 하는 것은 아닐까? 경찰이 이곳에 도착하게 된다면 어떻게 되는 것인가?'

경찰이 오더라도 트렁크를 조사할 이유야 없지만 그래도 운명은 알 수 없는 것이었다.

사실 누구의 과실인지는 따져보아야 할 문제였다. 교차로에서 일어난 사건이므로 반드시 그의 잘못이라고 볼 수는 없는 일이었다.

그제야 그런 생각이 드는데 상대 남자는 어느새 다가와 김의 튀어 올라온 보닛을 내려보고 있었다. 그리고 상대는 이내 얼굴을 들어 김의 얼굴을 바라보았다.

"……."

"……."

그렇다고 김이 이 상황에서 누구의 잘못인지 따지고 들 일도 아니었다. 합의를 하지 않고 경찰을 부른다면 그것은 아마 최악이 될 수 있으니 말이다. 그의 뒤에는 낯선 시체가 한 구 있었던 것이다.

'문제가 커지기 전에 여기서 달아나버리는 것이 좋지 않을까? 살인

범이 되는 것보다는 차라리 뺑소니 범이 낫지 않은가.'

몇 시간 전까지 아무런 일도 없어 무료해하던 김이 살인에 뺑소니까지 할 처지가 되어 있었다. 하지만 김의 생각은 현실의 문제를 정확히 반영한 것이라고 볼 수 있었는데 둘 중 하나를 고르라면 답은 너무도 분명한 것이라 사실 선택의 여지도 없었다.

"이봐요. 뭐합니까?"

그렇지만 상대는 문을 열어보라며 벌써 김의 차를 두드리고 있었으니 이 상황에서 도주하는 것도 아주 이상하게 되어버렸다. 머릿속 생각과는 달리 김의 손은 버튼을 눌러 창을 내리고 있었던 것이다.

"내리지 않고 뭐하는 겁니까? 사고 난 거 안 보여요?"

검정색 필름을 입혀놓은 유리가 아래로 내려가 사라지자 그쪽에서는 김과 비슷한 또래의 남자가 인상을 찌푸리며 안경을 위로 올리는 장면이 나타났다.

김은 이와 같은 경험을 가지고 있지 않았다. 그의 운전 경력에는 단한 번의 접촉사고도 있지 않았다. 이곳에서 서로의 과실을 증명해야 하는 것인지, 보험회사의 직원을 호출해야 하는 것인지, 그 과정이 대체 어떻게 되어 사고 처리가 되는 것인지 아무것도 알지 못했다. 그가 알고 있는 것은 단 하나, 그곳에서 최대한 빨리 벗어나야 한다는 것이었다.

"너무 급한 일이 있습니다."

김은 그렇게 운전석에 앉은 채로 상대를 올려보며 말했다.

"명함을 드릴게요. 나중에 연락주세요."

김의 말은 상대가 전혀 예상치 못한 것인지 상대는 한동안 김을 내려보며 아무런 말도 하지 못했다. 김은 그 짧은 틈에 지갑 속의 명함을 꺼내어 상대의 손에 쥐여주었다. 만약 이렇게 된다면 당장 사건 장소를 떠나도 뺑소니로 처리되지는 않을지도 몰랐다.

그렇다면 더 이상 생각할 것이 무엇이 있겠는가. 김은 오른발에 힘을 주었고 차는 그에 맞춰 덜컹거리더니 이내 삼거리를 지나 유학산을 향해 내달리기 시작했다. 백미러를 통해 상대 남자를 잠깐 보기는 했다. 그는 뭐라 소리치고 있었다. 하지만 들리지 않았다. 그는 손을 들어 거친 몸짓을 보이기도 했다. 하지만 그것은 중요한 것이 아니었다.

'오늘만 지나면 모두 과거가 되는 것이니 나는 평소와 다름없는 모습으로 살기만 하면 된다. 아무도 알지 못하는 것이라면 내게도 중요한 것이 아니다.'

그런데 갈대라는 것이 이렇게 거친 식물이란 것을 김은 미처 알지 못했다. 어릴 적 기억을 떠올리며 멀리서 바라보던 갈대는 이것이 아니었다. 해질녘 바람에 일렁이던 갈대들은 어떠했는가. 엷은 바람에도 한없이 흔들리며 파도를 이루던 모습은 언제나 김의 마음을 편하게 해주었었다. 하지만 그 숲에 들어오니 갈대는 가시가 달린 식물과 다름이 없었다. 김의 얼굴과 팔을 훑어 지나가는 것이 아니라 콕콕 찔러댔던 것이다. 거울을 본다면 분명 얼굴 여러 곳에 긁힌 자국들이 선명할 것이다.

갈대밭 너머 산으로 이어지는 바위에 몇 개의 커다란 발자국이 새겨져 있던 것을 김은 갑작스레 기억해냈는데 어쩌면 그것은 까마득한 과거에 살았을 공룡의 발자국일지도 몰랐다. 김은 그 바위에서 옆으로 조금 벗어난 곳에 여자의 시체를 묻을 계획이었다.

결코 쉬운 길은 아니었다. 계곡을 따라 갈대밭까지 차를 몰고 오는 산길은 정상적인 길이 아니어서 누군가의 시선을 끌기에 딱 좋은 경우라 할 수 있었다. 덩치 큰 승용차량이 갈대밭을 향하고 있으니 말이다. 물론 아무도 목격하지 못했을 가능성이 컸지만 차에서 내리고 주변을 두리번거린 것은 김에게는 정말 바보 같은 짓이었다.

'라이트도 끄지 않은 상태에서 멍청히 서 있었으니 나를 유심히 봐 달라고 공개한 셈이 되었다.'

김은 그렇게 생각했지만 이젠 어쩔 수 없는 일이었다. 인기척을 느끼진 못했으니 그 누구도 목격하지 않았기를 바랄 뿐이었다.

김은 소등을 한 뒤 한 치 앞도 보이지 않는 상태에서 트렁크를 열었지만 이내 그곳의 라이트가 켜져 황급히 닫았다. 하지만 이마저도 그 상황에선 특별한 방법이 없었다. 김은 다시 열어 여자의 시체를 재빨리 아래로 내리고는 또다시 서둘러 닫아야 했다.

갈대가 가시 달린 식물처럼 느껴진 것은 여자 때문일지도 몰랐다. 여자의 두 팔을 잡고 갈대밭 속을 헤쳐나가는 것은 김에게는 지나치게 힘에 겨운 일이었다. 그 힘겨움이 모든 정신과 근육을 긴장시킨 나머지 별것 아닌 것에도 민감해진 것일까.

'여자가 이렇게 무겁다는 것을 여태껏 몰랐다.'

그는 내내 그 생각이었다.

'죽는다는 것은 얼마나 허망한 것인가 말이다. 이렇게 쓰레기가 되어 버려지는 것이 아닌가.'

김은 두 팔을 잡아 질질 끌며 가는 것에 지쳐버려 이젠 여자의 양 겨드랑이에 손을 넣어 상체를 일으키고는 다시 끌고 가기 시작했다. 그것은 이전의 방법보다는 한결 수월했다. 그러고 보니 여자의 옷은 가슴 위까지 치켜올라와 이미 엉망이 되어 있었다.

드디어 그 공룡 바위에 도착해 여자를 눕혀놓았을 때 김은 온 몸이 땀으로 젖어 있었고 얼굴이며 옷에는 갈대의 잎과 털이 묻어 마치 험준한 산에 올랐다 내려온 사람 같았다.

그렇다고 일이 끝난 것도 아니었다. 김은 다시 차로 돌아가 삽을 꺼내와야 했고 다시 이곳에 와서는 땅을 파야 했다.

'한 시간이면 끝날 것이다.'

길을 되돌아가며 김은 생각했다.

'내일은 간담회 준비도 있지 않은가. 서둘러 마치고 집에 돌아가 쉬어야 한다. 잠을 자고 나면 없었던 일이 되는 것이다.'

하지만 오늘이란 날은 그에게 아주 특별하고도 놀라운 하루임이 분명했다. 차에 도착할 즈음 김은 예상하지 못한 낯선 경우를 또다시 만나게 되었던 것이다. 그것은 마치 이 세상의 움직임이 김의 삶과는 아무 관계가 없다는 것을 누군가가 반드시 증명이라도 하려는 것처럼 보였다.

"전화해봐. 여기 번호 있잖아."

김의 차 주위로 남자 등산객 두 명이 랜턴을 들고 서 있었던 것이다.

"그럴 필요 있어? 무슨 일이 있어 왔겠지."

보아하니 길이 아닌 곳에 차가 있음을 수상히 여겨 차창에 있는 연락처로 전화를 걸어보려는 듯했다. 사십 대의 전형적인 등산객인 그들은 가느다란 랜턴을 치켜들어 차창의 연락처를 비춰보기 시작했고 고개를 숙여 유심히 살피기도 하더니 이내 다시 랜턴을 내려놓았다. 랜턴의 불빛은 차를 비추다가도 갈대밭 속으로 파고들어와 땅에 엎드린 김의 머리카락을 비추기도 했다.

김은 핸드폰을 집에 두고 왔다. 그러니 벨이 울릴 일은 없을 것이다. 문제는 등산로에서 벗어난 곳이라 인적이 없는 곳임에도 불구하고 하필 이 시간 이곳에 두 등산객이 등장했다는 것이었다. 가장 좋은 것은 그들이 별일 없다는 듯 사라지는 것이었다. 하지만 만약 그렇지 않다면 과연 무슨 일이 생길지 그것은 누구도 알 수 없는 것이었다.

"경찰에 신고해야 하지 않을까?"

한 사람이 다른 이에게 말하고 있었다. 그것은 물론 최악의 경우였다.

"별일이야 있겠어? 배고픈데 어서 가자고."

다행히 한 사람은 그렇게 말했다. 하지만 연락처를 비추고 경찰을 부르자고 한 자는 집요한 면이 있었다.

"요즘 세상이 얼마나 무서운 곳인데. 게다가 사고까지 난 차이니, 무슨 일인지 알 수 없는 거야. 일단 경찰에 전화는 해보자구."

그렇게 말하며 주머니에서 핸드폰을 정말 꺼내는 것이 아닌가. 이런, 내가 저 둘마저 죽여버릴 힘이 과연 있을까. 김은 그런 생각까지 했지만 곧 다른 한 사람이 통화를 제지하여 신고는 무산되었다.

"정 그렇게 의심되면 차 번호하고 연락처만 적어 가. 경찰에 알리면 신고자를 조사한다고 얼마나 불러대는 줄 알아? 난 지금 배고파서 정신이 없단 말이야. 쓸데없는 상상하지 말고 어서 가자구."

그 말에 상상력이 풍부한 다른 등산객은 신고는 이제 포기했는지 핸드폰을 내려놓았다. 그런데 그 등산객은 차 번호와 연락처를 동료의 말대로 어딘가에 적어놓았다.

두 등산객이 사라질 때까지 김은 엎드린 그 자세로 계속 있어야 했는데 그들은 바로 가지도 않은 채 담배를 피워 물며 한참을 더 이야기를 나누었다. 이윽고 그들이 떠났을 때도 김은 그로부터 이십여 분은 더 엎드려 있어야 했고 일어났을 때는 원래의 모습대로 적막의 상태가 이어졌다.

김은 일이 예상대로 되어가지 않는 것에 문득 불길한 느낌이 들었다. 삼거리에서의 사고가 그랬고 두 등산객의 등장이 그랬다. 그 두 가지는 평소에는 절대 없던 일이었다. 그런데 이렇게 우연이 겹친다는 것은 의도대로 되지 않아 생기는 전혀 다른 그 무엇을 암시하는 것일지도 몰랐다.

'……'

김은 트렁크를 열어 삽을 꺼내 들었다. 곧 특유의 저음을 내며 닫히는 트렁크 소리가 고요함을 깨며 사방에 메아리쳤다.

두 시간 동안 땅을 팠다.

풀벌레 소리만이 가득했다. 이제 곧 여름이었다.

삽은 그에게 익숙하지 않은 도구였다. 김의 온몸은 땀으로 또다시 뒤덮였다. 하지만 구덩이의 깊이는 그의 하반신도 모두 들어가지 않을 정도였다. 두 시간 내내 힘들여 팠지만 그것밖에 되지 않았다. 바위가 튀어나왔던 것이다.

그렇다고 다시 시작할 수도 없는 노릇이었다. 그는 집으로 돌아가 휴식을 취하고 싶었다. 아침이면 어제처럼 출근 준비를 해야 했다.

'깊지는 않지만 여자가 누워 있기는 충분하니 이 정도면 됐다.'

김은 생각했다.

'모두 덮고 나뭇가지와 잎으로 가려놓는다면 그 누구도 찾지 못할 것이다.'

갑작스레 칠흑 같은 어둠이 되었다. 반달은 짙고 커다란 구름 속으로 몸을 숨겨버렸다. 그는 암흑 속에서 우두커니 선 채 풀벌레 소리에 귀를 기울였다. 그렇게 오 분여의 시간이 지났다.

다시 어렴풋이 세상이 보이게 되었을 때 김은 여자의 두 팔을 잡아 구덩이 쪽으로 끌고 왔다. 여자의 엉덩이를 오른발로 밀어버리니 여자는 그대로 구덩이 속으로 들어갔다.

김은 쪼그려 앉아 구덩이 속으로 손을 뻗치고는 라이터를 켜보았다. 여자는 얼굴이 정확히 하늘로 향한 채 마치 잠들어 있는 것처럼 눈을 감고 있었다. 여자는 고통 없이 편안히 죽은 듯했다.

다시 삽을 든 김은 이제 흙을 구덩이 속으로 넣기 시작했는데 이는 땅을 팔 때와는 달리 어렵지 않은 것이었다. 달빛이 사라져도 얼마든지 가능한 일이었다.

'이 세상엔 얼마나 많은 완전범죄가 있을까. 아무 증거도 없이 이렇게 산속에 묻어버린다면 도대체 누가 찾아낼 수 있단 말인가.'

그런 생각을 하며 구덩이를 메우고 있을 때 김은 그의 두 손에 흙이 아닌 어떤 물체가 삽에 담겼다는 느낌이 전해져 잠시 멈칫하였는데 그 상황에서 의문을 가질 필요는 없다고 생각하여 마저 흙을 담기로 하였다. 하지만 그것도 잠시 김은 이내 삽을 내려놓고 다시 라이터를 켜 이미 구덩이 속에 던져진 그 물체를 찾고 있었다. 곧 그의 손에 잡힌 것은 낡은 수첩과 알 수 없는 쇳덩어리 조각들이었다. 수첩은 이미 낡아 내부의 내용을 알아보기란 불가능한 것이었다. 하지만 비닐 표지의 굵직한 한자는 이해할 수 있었다.

'조국해방 13사단?'

언뜻 산의 역사적 사실을 떠올린 김은 쇳덩어리의 정체가 무엇인지 짐작이 가는 것이 있어 구덩이 속의 흙을 뒤지기 시작하였다. 하지만 단단한 그 무엇이 잡히지 않아 구덩이의 아래쪽까지 손으로 뒤적였는데 그곳은 여자의 얼굴이 있는 곳이었고 여자의 얼굴은 아직까지 흙으로 덮이지 않아 그 모습을 볼 수 있었다.

쇳덩어리를 찾지 못하여 다시 라이터를 켰을 때 김이 본 것은 여자의 얼굴이었다.

'……'

김이 알기로 여자는 잠을 자듯 눈을 감은 채 죽은 존재였다. 하지만 지금은 눈을 뜨고 있었다.

'…….'

여자는 현재의 상황이 결코 이해되지 않는 듯 두 눈동자를 좌우로 움직이며 눈을 감았다 뜨기를 반복하였다.

죽지 않았던 것이다.

김은 서둘러 일어났다. 그리고 삽을 들었다. 수첩과 쇳덩어리는 중요한 것이 아니었다. 그는 삽에 흙을 담고는 여자의 얼굴을 향해 쏟아 부었다. 그러자 얼굴의 반쯤이 가려졌다.

'…….'

다시 한 번 흙을 붓자 여자의 얼굴은 완전히 덮여 달빛으로도 그 옅은 모습을 볼 수 없었다. 하지만 구덩이를 다 채울 만큼 그 양이 많지 않아 여자를 덮은 흙들이 움직여대기 시작했다. 김은 이내 남아 있던 흙을 모두 구덩이에 채워 넣었다. 그것은 아주 재빨리 이루어져 마침내 구덩이가 완전히 채워졌고 김은 계획했던 대로 나뭇가지와 잎을 찾아 그 위에 펼쳐놓고는 발로 다져나갔다. 그러나 구덩이는 처음부터 깊지 않았다. 김은 안도할 수 없었다.

마침 그 주변에는 바위들이 많았고 그중엔 김의 몸무게에 가까울 만큼 무거워 보이는 것도 있었다.

'…….'

김은 그 바위를 자신의 힘으로 분명히 옮길 수 있을 것만 같았다. 평소에는 생각지도 않던 문제였다. 하지만 김은 확신할 수 있었다. 그것은 차라리 아주 쉽게 해결할 수 있는 일이었다.

그에게 가장 중요한 것은 자신의 삶으로 다시 돌아가는 것이었다.

2

'예감이 좋지 않다.'

그 생각은 두 명의 적군을 갑작스레 만나고부터 두서도 없이 더욱 반복되어 떠올려지는 것이었다. 여기엔 산을 감싸고 있는 까마귀의 울음소리와 이상한 곤충 떼들의 날갯짓도 한몫했다.

이런 느낌은 지금까지 단 한 번도 가져보지 못한 것이었다. 그는 승리에 기뻐했고 패배에 가슴 아파하는 평범한 병사 중 하나일 뿐이었다. 모든 병사들이 느끼던 것들은 김에게도 예외가 아니었다.

하지만 지금은 달랐다.

언제부터인가, 그는 현실로부터 멀리 벗어난 몽환 속 세상을 거닐고 있는 것만 같았다. 독한 주사를 맞았는지 정신이 혼미해진 것이다. 그는 다양한 감정이 변화무쌍하게 하루하루를 지배하는 전장에서의 모습에서 탈피한 다른 무엇이 되어 있었다. 이젠 그 끝이 보일 정도로 지쳐서일까.

"너희 세 명은 반드시 임무를 완수해야 할 것이다. 정상에 올라가 불을 피워라. 그 사실을 상부에 보고하면 곧 진격이 있을 것이다. 실수가 없도록 하라."

소대에 직접 내려온 사단본부 정찰과장의 말에 김은 이번 작전이 중요한 것이긴 하나 지금까지의 전투와는 차원이 다른 형태의 것이고, 또 위험하기 그지없어 불상사가 일어날 가능성이 무척 높을 것이라는 직감이 들었다. 명령의 핵심은 간단했다. 산의 정상에 아직도 적군이 남아 있는지, 아니면 소문대로 퇴각했는지 확인하라는 것이었다. 퇴각했다면 명령대로 불을 피워 신호를 보내면 되지만 그렇지 않다면 단 세 명으로는 어림도 없어 자칫 포로가 되거나 죽임을 당하기 쉬웠다.

김은 함흥 출신의 초병初兵 최崔와 아직 계급도 없는 한韓과 조를 이루어 달빛 하나 없는 새벽에 부대를 떠났는데 그들이 처음으로 마주친 것은 그토록 많은 동지들의 목숨을 앗아간 낙동강이었다.

"빨리 이리로 뛰어와요."

그 계급이 없는 한이 어둠 속에서 눈을 반짝이며 김과 최에게 재촉하고 있었는데 한이 있는 어귀는 가장 수심이 얕은 강 아래 길이 이어지는 곳이었다. 도하가 시작되는 지점이었다.

물이 허리께에만 와 강을 건너는 것에는 어려움이 없었지만 그들을 방해한 것은 다름 아닌 동료들의 시체였다. 이곳을 도하하다 적의 포격에 죽어간 이들이 수천에 달했던 것이다. 그 수천 중 대다수는 남쪽으로 떠내려갔다. 하지만 그렇게 되지도 못한 채 여전히 이곳에 머물고 있는 시체도 많았는데 그 수가 적어도 삼백은 되었다. 그들은 죽은 뒤 차라리 강물에 몸을 맡긴 채 바다로 사라지는 것이 좋았을 것이었다. 수십 일 동안 이어진 포격과 폭격으로 소중한 형체마저 잃어버렸기 때문이다.

김은 강을 모두 건넌 뒤 쉴 사이도 없이 곧바로 산을 향해 뛰어가기 시작했다. 모래로 뒤덮인 개활지라 엄폐할 곳이 한 군데도 없었기 때문이다. 다행히 어둠 속이라 적의 총격은 없어 어떠한 사고도 없이 김과 두 동료는 산의 초입에 도달할 수 있었다. 이제 동이 트길 기다려야 했다.

여름의 아침은 어제보다 더 일찍 찾아왔다. 온통 까만색이던 천지가 자주색이 되고 주홍빛을 띠는 것은 참으로 신기한 것이었다. 그 과정은 너무도 재빨리 이루어져 건너편의 아군 진지가 보일 정도가 되었는데 이쯤이면 정찰과장이 쌍안경을 들고 자신들의 동태를 살필 정도라고 봐야 했다.

여태껏 계란가루를 씹고 있던 최를 재촉해 일어난 김은 산길이 난 곳을 뒤돌아 작은 연못과 토끼풀이 군락을 이루고 있는 곳으로 걸어나갔는데 그곳은 그들이 부대를 떠난 후 첫 번째 사건과 마주친 곳이었다.

마치 무엇에 놀란 고라니가 네 다리를 황급히 어지럽히며 도망가는 것처럼 두 명의 적군이 뛰어가고 있었던 것이다.

역시, 좋지 않은 예감 그대로였다.

"멈춰!"

한이 기관단총을 겨누며 크게 소리친 것은 바로 직후였는데 김은 행여 한이 총을 발사할까 걱정되어 서둘러 그에게 다가가 총부리를 부여잡았다. 아군은 단지 셋일 뿐이었다. 하지만 적군은 수천이 될지도 몰랐다.

'바보 같은 놈들.'

이곳에 침투하여 포로를 획득하게 될 것이라곤 결코 생각해보지 못한 것이었다. 김은 고라니보다 더 애처로운 두 적군을 보며 그런 생각을 했다.

그저 뛰어갔으면 됐건만 멍청한 두 적군은 정말 한의 말대로 그 자리에 멈춰 움직이질 않았던 것이다. 최가 다가가 그중 한 명의 머리에 총을 겨누었고 곧 그 둘은 두 손을 머리 뒤로 한 채 무릎을 꿇게 되었으니 아무리 적군이라 하지만 이는 정말 어처구니없는 일이라 봐야 했다.

김과 한이 다가가자 포로는 이내 어깨를 들썩이며 떨기 시작했고 심지어는 엎드려 김의 군화를 두 손으로 부여안기도 했다.

"살려주십쇼. 제발 살려주십쇼."

이제 갓 열다섯 살이 되었을까. 대체 신발은 어찌했는지 둘 다 새까만 맨발이다. 군복은 입었지만 계급장도 없었고 군모도 착용하지 않았다. 한 명은 교모校帽를 썼고 한 명은 그것도 없이 까까머리였다. 교모에 中이라고 쓰여 있으니 이들의 며칠 전 과거는 떠올릴 것도 없었다. 대구의 중학교에 다니다 전쟁터로 끌려온 것이었다.

"목숨만은 살려주세요. 뭐든, 하라는 것 다하겠습니다."

이제 나머지 하나까지 엎드려 똑같이 군화를 부여잡기 시작했는데 그중 하나는 벌써 콧물까지 흘리며 울어대기 시작했다.

'참으로 나약하기 그지없는 적군이다.'

김은 그런 생각이 들었다.

'이들과 싸우면서 그토록 많은 목숨을 버렸구나.'

아무런 가치도 없는 한낱 총알받이일 뿐이었다. 아군은 미국의 전투기와 탱크에 맞서 싸우고 있는 것이지 이들은 아닌 것 같았다.

"소대 위치를 밝혀라. 그리고 여기서 뭘 하고 있었던 거냐!"

최는 총부리로 까까머리의 머리를 툭툭 치며 그렇게 말하고 있었다.

"너희 부대가 어디 있어? 아직 산에 잔뜩 진을 치고 있는 거야?"

이번엔 한이 합세했다. 한의 질문은 사실 이번 임무로 알아내고자 하는 것이었다. 그러나 돌아온 대답은 그들의 생명만큼이나 가치 없는 것이었다.

"우리는 아무것도 모릅니다. 여기 가라고 해서 왔을 뿐입니다."

교모를 쓴 포로가 얼굴을 들어 김을 올려보며 말을 했는데 그 어린 모습은 정말 아무것도 모르는 표정이었다.

"닷새 전부터 우린 아무 연락도 못 받았습니다. 먹을 것도 다 떨어지고……, 정말 모릅니다. 아무것도 모르니 제발 살려주십시오."

소문대로 적군의 부대가 정말 퇴각했다면 이 둘을 방치하고 그냥 떠나버렸다는 것이고, 어찌 된 것인지 사정을 모르는 포로는 처음의 명령대로 이곳을 그저 지키고 있는 셈이었다.

문제는 포로의 처리였다.

"이걸 받으시고 목숨만은 살려주십쇼."

까까머리 포로가 그 와중에 웃옷 주머니에서 만년필을 꺼내더니 초병 최에게 건넸다. 그는 머리를 땅에 조아린 채 두 손으로 만년필을 들어 최를 향했는데 최는 그것을 받아 바로 윗주머니에 넣었다.

포로를 진지로 데리고 가는 것은 있을 수 없는 일이었다. 이미 낙동강을 건넜으니 말이다. 그렇다고 놓아줄 수도 없는 일이었다. 그들을 놓아주었을 때 장차 어떤 사건이 일어날 것인지는 결코 예상할 수 없는 일이었다. 결국 죽여야 한다는 것인데 저 어린것들을 죽여서 뭘 할 것인가. 그것도 방법은 아니었다.

마침 한의 허리춤에 포승줄이 있어 김은 이 둘을 나무에 묶어놓고 산을 오르자 하였다. 만약 멀쩡히 다시 내려오게 된다면 그때 포로를 끌고 귀대하자는 것인데 최와 한 모두 동의했다. 명확한 것은 포로가 물과 음식을 섭취해야 살아남을 수 있다는 것이었지만 여름 뙤약볕 아래 목숨을 부지하는 것은 그들의 몫이었다.

"고맙습니다. 정말 고맙습니다."

포승줄에 묶이며 한 포로는 말했다. 어쩌면 이들은 총알 한 발에 머리를 관통당하여 죽는 것보다 더 비참하게 죽을 수 있음에도 땀과 눈물로 뒤범벅된 얼굴을 들어 김을 향해 그렇게 말하고 있었다.

산을 돌아 평지로 나아간 것도 한 시간이 지났다. 고약한 냄새를 쫓아온 까마귀들이 가끔 떼를 지어 울어댔다. 분명 산속에는 수많은 아군과 적군의 시체가 뒤섞여 있을 것이었다. 하지만 적군은 보이지 않았다. 저격도 없었다. 적들은 정말 퇴각한 것일지도 몰랐다.

뜨거운 태양이 하늘 한가운데에 있으려면 아직 멀었는데 김은 너무 많은 땀을 흘려 그의 옷은 방금 전 강에서 나온 사람처럼 젖었다. 아직 산도 오르지 않았다. 하지만 자꾸만 수통으로 손이 갔다. 이곳엔 냇가도 없었다. 물의 양을 조절해야 했다.

아니나 다를까, 산의 중턱쯤 이르렀을 때 물은 바닥이 났다. 이제 순간을 견디지 못한 대가를 치러야 하는 것인가. 그것은 최와 한도 마찬가지였다. 정상에 이르려면 아직 멀었다. 중턱 어느 곳에도 물은 없었다.

그곳에서 한참을 더 올라가니 정신만으로는 버틸 수 없는 지경이 되어버렸다. 김은 다시 강으로 내려가 물을 담아오는 방법을 떠올리기도 했다. 수통에는 단 한 방울의 물도 없었던 것이다.

"저기 좀 봐요."

한의 말이었다.

중턱부터는 바위 지대가 심하게 이어지고 있었다. 그중 어느 바위 너머로 수천, 수만 마리의 벌들이 떼를 지어 한곳에 모여 있는 것을 한이 발견한 것이다. 물론 그 소리는 중턱에 이르기 전부터 들려왔던 것이었다. 한은 그 지친 몸으로도 기어코 벌이 있는 곳으로 가고 말았는데 이윽고 한은 손을 들어 그쪽으로 오라 하였다.

김과 최가 본 것은 벌이 아닌 수만 마리의 파리와 시체 더미였다.

"……."

약 삼십 구의 적군 시체가 잔뜩 쌓인 채 그 위를 파리들이 새카맣게 덮고 있었던 것이다. 철모가 있는가 하면 아래에서 보았던 교모도 있었다. 이미 많이 썩어 까맣게 되어버린 시체가 있는가 하면 방금 전 죽은 것처럼 멀쩡한 시체도 있었다. 어느 시체는 소총을 두 손으로 끌어안고 두 눈을 부릅뜬 채로 있어 보니 그의 이마 한가운데에는 자그마한 총알구멍이 있었다.

"저기 수통……."

한의 말이었다.

시체들의 허리춤엔 저마다 수통이 있었던 것이다.

그 말에 김은 손을 내밀어 가장 가까운 곳의 수통을 집었는데 그 통에 파리들이 날아가더니 곧 그의 손과 팔목으로 달려들기 시작했다. 김을 시체로 알았던 것이다.

하지만 수통엔 김의 것과 똑같이 단 한 방울의 물도 없었다. 죽은 자 역시 극심한 갈증에 모든 물을 마셔버렸던 것일까. 그것은 두 번째 수통도 마찬가지였다. 이번엔 물은커녕 흙과 자그마한 돌멩이가 나왔다.

"물 있어요. 여기 찾았습니다."

한은 그렇게 말하며 수통을 들어 흔들어 보였는데 그곳에선 정말 물이 찰랑거리는 소리가 들려왔다.

"여기도 있어!"

이번엔 최가 외쳤다.

고통을 해소할 수 있다는 생각에 김은 지극히 원초적인 기쁨을 느꼈는데 그것도 잠시, 누군가 그의 바짓가랑이를 잡아 김은 화들짝 놀라 뒤로 넘어질 뻔했다.

시체 더미 아래 손 하나가 움직이고 있었던 것이다.

"……."

그 손은 살아 있는 자의 것이었다.

"……."

죽지 않고 살아 있으면서 시체 아래에 깔려 있었던 것이다.

한이 다가와 새카만 시체를 걷어 치워보니 옷깃에 중위 계급장을 달고 안경을 쓴 이가 나타나지 않는가. 그는 눈을 깜박이고 있는 살아 있는 사람이었다.

"물 좀 주시오."

그는 그렇게 말하고 있었다. 김과 최, 한은 서로를 바라보았다.

"한 모금이라도 좋으니, 제발 물 좀 주시오."

중위라면 소대장이나 중대장쯤 될 터인데 이자는 어찌하여 이 지경에 빠진 것일까. 김은 생각했다. 시체 더미는 분명 누군가 이곳에 의도적으로 쌓아둔 것이었다. 전투의 결과로 이렇게 산을 이루어 죽을 수는 없었다.

"우린 조선인민군 13사단 병사들이다. 너희 부대는 다 어디로 갔느냐! 밝혀라!"

김과는 달리 혈기가 충만했다고 해야 될까. 한은 시체나 다름없는 자에게 그렇게 묻고 있었으니 그것은 아무짝에도 쓸모없는 취조일 뿐이었다.

그런데 그 중위는 곧 죽고 말았다. 며칠을 이곳 시체 아래에서 버텨낸 것인지는 알 수 없었다. 그 며칠 동안 그는 많은 생각들을 했을 터인데 김이 물을 주자마자 죽고 말았다.

"뭐야?"

의아하다는 듯 최가 더 이상 움직이지 않는 중위에게 다가갔다.

"죽은 거야?"

최는 나뭇가지 하나를 들어 중위의 얼굴을 툭툭 치고 있었다. 하지만 아무런 미동도 없자 최는 그 나뭇가지를 멀리 던져버렸는데 그 통에 까마귀 한 마리가 울어대며 하늘을 향해 날아가버렸다. 김은 사단 수첩을 꺼내 중위의 이름과 그의 생김새를 적어놓았다.

이제 정상은 얼마 남지 않았다. 목표는 839고지라 불리는 곳으로 그곳에선 팔공산이며 대구가 조망된다 하였다. 그들에겐 총만 있을 뿐 등고선이 표시된 지도 한 장 없었고 나침반이나 쌍안경 하나 있지 않았다.

고지를 향해 올라갈수록 시체의 수는 많아졌다. 아군과 적군이 따로 구별되는 것도 아니었다. 그들은 뒤섞여 있었다. 그들 대부분은 옷이 타버린 알몸인 채로 새카맣게 화상을 입고 죽었는데 아군과 적군은 서로 화염방사기며 네이팜탄을 많이 사용했다.

도중 "펑" 하는 소리가 들려 김은 숨어 있던 적군이 수류탄을 사용한 것이라 생각하여 기겁하기도 했다. 그런데 최는 어디서 들었는지 그것은 수류탄의 폭발음이 아니라 시체의 배가 뜨거운 열기에 서서히 부풀어오르다 결국 터져버리는 소리라 하였다. 지옥이 따로 없었다.

갈증이 이어졌고 더위에 온몸이 지쳐버렸지만 김과 최, 한은 큰 불상사 없이 839고지에 이르렀다. 오후 네 시였다. 적의 부대는 그곳에 있지 않았다. 정상과 그 아래 넓은 고원에는 약 이백여 구의 아군 시체들뿐이었다. 그들도 아마 극심한 갈증에 허덕이며 이곳까지 올라왔을 것이지만 결국은 목표를 이루지 못한 채 그렇게 죽었다.

김과 두 병사는 그것 말고도 839고지에서 한 가지를 더 보게 되었는데 그것은 아무도 예상치 못한 것이라 도대체 어떻게 대처해야 하는 것인지를 알 수가 없는 것이었다. 서른 살이 되었을까. 해지고 더러워진 치마를 입고 머리까지 풀어헤쳐 귀신처럼 되어버린 한 여자가 노인 옆에서 하늘을 보며 하염없이 울고 있었던 것이다. 분명 인민군인 자신들을 보았을 것인데 여자는 아무도 없다는 듯 알아들을 수 없는 소릴 내며 곡을 하고 있었다.

"……."

김은 동료들처럼 지쳐 있었다. 노인은 땅을 짚고 일어서며 김에게 다가왔다.

"젊은이들, 제발 여기 와서 좀 도와주시오."

김은 서둘러 정상에 불을 피워 임무를 완수한 뒤 귀대해야 했다. 하지만 노인의 표정과 몸짓, 그리고 그가 입고 있는 꾀죄죄한 잠방이에는 어떤 간절함이 배어 있었다. 더군다나 김에게 다가온 뒤 그의 두 손을 움켜잡는 것이 아닌가.

"저 애기 좀 산 아래로 내려보내주시오. 이 늙은이는 이제 아무 기력이 없어 하늘을 보며 한탄만 할 뿐 아무것도 할 수가 없소. 그래도 저 젊은 애기는 까마득한 앞날을 살아야 하니 제발, 밑으로 좀 데려가 주시오."

그게 무슨 말인지 알 수 없어 사정을 물으려는데 노인은 두 손에 더욱 힘을 주며 초점 없는 눈으로 김을 올려보는 것이었다. 상투를 튼머리가 흐트러져 흰머리가 어지러이 이마를 덮고 있었다.

"벌써 산을 헤맨 지 닷새째요. 그동안 아무것도 먹지 못했습니다. 잠 한숨 못 잤습니다. 이대로 두면 저 애기는 여기서 죽게 될 거요. 젊은이들, 부디 저 애기 좀 살려주시오."

여자와 노인은 시체로 뒤덮인 산을 오 일째 헤매다 이곳 고지에 이르게 되었다는 것인데 과연 그것이 있을 수 있는 일일까. 오 일 전이면 적군이 주둔할 때가 아닌가. 김은 생각했다. 더군다나 아무것도 먹지 않은 채 이곳까지 왔다는 것은 연약한 여자와 노인에겐 어려운 일이었다.

노인은 알고 보니 여자의 시아버지였다. 그의 며느리는 그 오 일 전부터 울기 시작했고 그것은 지금까지 이어졌다.

"자식을 잃고 실성하지 않는 어미가 어디 있겠소. 저렇게 미쳐 천지를 원망하고 있으니 이 못난 늙은이가 뭐라도 해야 되건만⋯⋯, 죽어도 소용없는 이놈이 저 애기를 따라 같이 산을 헤매고만 있으니 이를 어쩐단 말이요."

격렬해지는 전투를 피하기 위해 피란을 떠나기로 한 노인과 며느리, 그리고 어린 손자는 군인들의 만류에도 불구하고 그 오 일 전 관선리觀船里라는 곳의 마을 사람들과 함께 낙동강을 건넜다고 했다. 마을에 머무르면 폭격에 살아남지 못할 것이라는 생각에서였다. 하지만 낙동강을 건너는 것도 목숨을 걸어야 하는 것이었는데 키 작은 여자에겐 강물이 목에까지 차 그 무서움이란 것은 이루 말할 수가 없었고 반대편의 군인들은 확성기를 들어 다시 돌아가라 외쳐대고 있으니 마음이 조급해져 그 두려움이 걷잡을 수 없게 되었다.

마침내 강을 모두 건너 사람들이 젖은 옷에 상관없이 사장沙場에 주저앉았을 때 그제야 여자는 등에 꼭 붙어 있던 아들이 없어진 것을 알고 허겁지겁 강으로 다시 뛰어들었지만 그 넓은 곳에서 아들은 보이지도 않을뿐더러 이미 아들은 저 멀리 떠내려갔을 것이니 시아버지조차 아무것도 할 수가 없게 되었다.

그때부터 여자는 실성하여 피란을 가기는커녕 산을 헤매며 울어댔다고 하니 이는 참으로 애통한 이야기이지만 김과 그의 동료인들 도리가 없는 것이었다.

"불을 피울까요?"

한의 말이었다.

"어서 불을 지르고 가자."

최가 답했다.

"가실 때 이 애기를 꼭 데려가주시오, 젊은이. 난 알아서 내려갈 것이니 이 애기는 손을 끌고 억지로라도 끌고 가주시오. 실성하여 미친 듯 울어대겠지만 상관 말고 데려가주시오."

노인은 다시 그렇게 말하며 김을 올려보았고 김이 시선을 피하자 최와 한을 번갈아 돌아보았다. 김은 노인의 뒤로 팔공산임이 분명한 산을 바라보며 그 너머 세상을 생각해보기도 했다. 그 시선 아래에는 여자가 있었고 여자는 하늘을 올려보다 흙을 손으로 움켜쥐며 내내 흐느꼈다.

"내 새끼, 어디에 숨었냐. 응? 밥도 먹고 쉬도 하고 어서 와서 얼른 자야지. 어디에 숨었냐, 내 새끼야……."

여자는 흙을 공중에 흩뿌려 바람에 날리게 했다.

'예감이 좋지 않았시만 여기까지 와서 임부를 완수했구나.'

김은 생각했다. 살아서 복귀한다면 적이 퇴각했다는 것이고 만약 죽는다면 적들이 남아 있다는 것이니 사실, 김이 어찌 되었든 그는 부대의 목표를 이루는 셈이었다.

'비라도 내리면 낭패다. 어서 불을 피우고 돌아가자.'

최와 한은 벌써 나무며 시체 옷가지 따위의 불에 탈 수 있는 것들을 정상에 모으고 있었다. 김 역시 나뭇가지가 많은 곳을 찾아 고지 아래로 내려갔다. 노인은 김의 뒤를 쫓았다.

내겐 너무 윤리적인
팬티 한 장

이기호

1

이것은 십수 년 전 어느 날, 내게 실제 있었던 일이다. 십수 년 전 일을 새삼 여기에 다시 꺼내든 이유는 간단하다. 그것이 내 안에서 아직 해결되지 않았기 때문이다. 이해되지 않고, 알 수 없는 것들을 해결하기 위해선, 우선 그것들에 대해서 차근차근 이야기해야 한다. 그것이 내가 알고 있는 유일한 윤리이다. 오직 그 윤리 때문에 이야기는 존재하는 것이다. 여기, 십수 년 전 어느 날, 숨 막힐 듯한 뙤약볕 아래, 씩씩거리며 어딘가를 향해 기어올라가고 있던 한 젊은 영혼의 기록이 있다. 내가 알고 싶은 것은 바로 그 '씩씩'이다.

2

십수 년 전 어느 날이라고 말했지만, 사실 정확한 날짜를 기억하고 있다. 내가 군에서 제대한 지 닷새 뒤에 일어난 일이니까, 정확히 일천구백구십사년 칠월 십일일, 일이었다. 삼십칠팔 도는 우습게 뛰어넘던 기록적인 혹서로 아주 유명했던 여름. 그 여름이 기억나지 않는 사람들을 위한 도움말 하나, 북조선 김 주석이 사망했던 바로 그 여름이었다(내가 제대하고 이틀 후에 김 주석이 사망했으니까, 그의 기일은 정확히 그해 칠월 팔일 토요일이다). 김 주석이 사망하고 다시 이틀 후, 나는 부랴부랴 서울 미아리 형 집으로 올라갔다. 마치 담배를 사러 나가는 사람처럼 조용히, 가방 하나 들지 않고, 부모님에게도 알리지 않은 채……

나의 서울행은 다름 아닌 김 주석 때문이었다. 신문과 방송에선 연일 조문을 가니 마니, 북조선 군부가 오판을 하니 마니, 전군 전투준비 태세가 진돗개 셋이니 둘이니, 떠들어댔다. 사람들은 당장이라도 전쟁이 터질 것처럼 라면과 생필품을 사재기했고, 미군애들 항공모함은 태평양을 오염시키며 동해를 향해 신나게 달려오고 있는 중이었다. 어느 누군가는, 중국이 이번 기회에 북조선을 합병할지도 모른다, 우리가 가만있으면 안 된다, 이번이 기회일지도 모른다, 라고 말하기도 했다. 그러니……

내가 좀 겁을 먹었겠는가. 전쟁이 발발하면 동원령이 떨어질 것은 십중팔구 자명한 일이었다(당시, 사회 분위기는 분명 그런 것이었다). 제대한 지 채 일주일도 못 돼서 다시 군대로 끌려 들어간다는 것은, 미안 너 다시 들어오래, 라는 말을 듣는다는 것은, 그건 너무 가혹하지 않은가. 사람 놀리는 것도 아니고……. 나는 징병 기피자의 비장하고 비굴한 심정으로, 서울행 버스에 올라탔다. 동원 명령서가 전달되지 못할 곳으로, 사람들이 많은 곳으로, 그곳에 꼭꼭 숨어 전쟁이 끝나기만을 기다리고 싶었다. 너무 나약하고 심하고 민감한 반응이 아니냐고? 물론, 그것이 전부는 아니었다.

3

아버지 또한 나의 이른 서울행에 단단히 한몫했다. 제대하고 돌아와 남들 하는 모양새 따라 큰절하고 무릎 꿇어앉은 나에게, 아버지는 대뜸 9급 경찰 공무원 시험교재와 교습 테이프부터 내밀었다.

"고등학교만 졸업해도 시험을 볼 수 있다고 하더라."

나는 멀거니 아버지가 내민 시험교재와 교습 테이프를 내려다보았다. 그리고 잠시 경찰복을 입고 있는 내 모습을 떠올려보았다. 곧 무너져내릴 것만 같은 파출소 낡은 책상에 앉아, 충혈된 두 눈을 비비며, 매일 똑같은 순찰일지를 매일 똑같은 필체로 작성하고 있는, 과중한 업무와 극악무도한 취객들의 고함소리, 노회한 파출소장의 잔소리를 매일 듣고 사는, 힘없고 쓸쓸한 순경을.

나는 아버지가 건네준 시험교재와 교습 테이프를 보면서, 어떤 위기감 같은 것을 느꼈다.

4

제대를 하고 집으로 돌아오는 버스 안에서 나는 막연하게나마 소설을 공부해보는 것은 어떨까, 하고 나름대로 심각하게 궁리했다. 입대하기 전, 남들 다 하는 진학도, 취직도 하지 못한 채, 하루 종일 골방에 엎드려 벽시계와 지리한 눈싸움만 반복하며 지냈던 적이 있었다. 문밖 출입도 거의 하지 않았고, 아주 늦게 일어나고 늦게 잤으며, 이틀에 한 번꼴로 세수를 하던 시절이었다. 해가 떠 있을 적에는 주로 쓸데없는 공상들을 했고, 한밤중이나 새벽 무렵에는 고등학교 때 쓰다 남은 공책 뒤쪽에 무언가를 깨알같이 적어나갔다. 무엇을 쓰겠다고 작정한 것도 아니었고, 또 그것이 무슨 내용이었는지 지금은 하나도 기억나진 않지만, 나름대로 진지했고, 그 일에 꽤 몰입해 있었던 것 같다. 그것밖에 달리 할 일도 없었으니까……

5

한번은 새벽 무렵 화장실을 다녀오던 아버지가 졸린 눈으로 내 방문을 열었던 적이 있었다. 나는 아버지가 방으로 들어온 것도 모른 채, 무언가를 열심히 적고 있었다.

"그게 뭐냐?"

그제야 나는 화들짝 놀라 쓰고 있던 공책을 가슴 아래로 감추었다. 가끔 밥상에 마주앉을 때마다, 내 속에서 어떻게 저런 게 나왔는지,

하는 자조와 탄식을 내 숟갈 위로 수북이 얹어주던 아버지였다. 아버지는 거의 반강제로 내 가슴 밑에 있던 공책을 뺏어들었다. 그러곤 마치 남파 공작원의 난수표를 해독하는 공안검사처럼, 이리저리 뒤적거리기 시작했다.

"이게 뭐냐고?"

"그냥, 아무것도 아니에요……."

"일기냐?"

아버지는 한 장 한 장 자세히 읽기 시작했다. 그건 분명 일기는 아니었다. 하지만 나는 몹시 부끄러웠다.

6

"그냥 소설이에요……."

내 입에서 어떻게 '소설'이라는 단어가 튀어나오게 되었는지, 그건 지금도 알 수 없는 일들 중 하나이다. 단지 당장의 부끄러움을 만회하기 위한 것이었는지, 그도 아니면 내 안의 어떤 다른 이의 목소리였는지, 그건 나도 잘 모르겠다. 어쨌든 나는 분명 '소설'이라고 말했다.

"소설?"

아버지는 공책에서 시선을 거둬 잠시 내 얼굴을 빤히 바라보았다. 그러곤 들고 있던 공책을 무덤덤한 표정으로 나에게 건네주었다.

"하여간 게으른 인간들이 하는 짓은 하나씩 다해보는구나."

나는 고개를 숙인 채 묵묵히 아버지의 말을 들었다.

"소설 좋아하면 폐병 걸린다더라."

아버지는 그 말을 끝으로 내 방에서 나갔다. 방문 밖에선 예의 또 '내 속에서 어떻게 저런 게 나왔는지' 하는 소리가 들려왔다.

7

몇 년이 지났지만, 아버지는 변한 게 없어 보였다. 그런 아버지에게 소설 공부 운운하면 되돌아올 소리는 뻔해보였다.

"너, 그러다 폐암 걸린다."

혹은,

"경찰관 되고 나면 소설을 쓰든 붓글씨를 쓰든 말리지 않으마."

나는 아버지가 건네준 시험교재와 교습 테이프를 내 방 책상 한 켠에 얌전히 쌓아둔 채, 다음 날 곧장 서울 형 집으로 도망쳤다.

8

당시 총각이었던 형은 무슨무슨 이동통신회사에 다니고 있었다. 나와는 성격도, 외모도 판이하게 달라 세들어 살고 있는 원룸도 깔끔했고, 차림새도 말끔했다(형은 고등학교 때부터 서울로 유학을 와, 그 뒤 쭉 혼자 지냈다). 어디어디 전자회사에서 최신형 워크맨이 시판되면 가장 먼저 구입해야 직성이 풀리고, 계절이 바뀔 때마다 유행 패턴을 예측하여 서너 벌의 옷가지를 사들이고, 그 추측이 맞아떨어지는 것을 즐거운 표정으로 지켜보는 것이 취미였다. 그래서였는지 나와는 통 대화가 없었다. 제대하고 처음 만난 나에게 던진 말이 고작, 샤워부터 하고 방에 들어와라, 였으니까.

9

사고가 일어난 것은 서울에 올라온 바로 그 다음 날이었다. 깨어보니 형은 이미 출근하고 없었다. 아침을 먹는 둥 마는 둥 다시 잠자리에 누웠다. 잠깐 켜본 TV에선 계속 김 주석 사망에 관련된 보도를 내보내고 있었다. 라면공장 사장이 나와 '요즘만 같으면 살 것 같다' 라는 다소 엉뚱한 인터뷰를 해, 기자를 당황시키기도 했다. 나는 다시 한참 동안 잠을 잤고, 여러 개의 꿈을 꿨고, 그래서 땀을 아주 많이 흘렸다. 그때 꿨던 내 꿈이라는 게 그랬다. 추리닝을 입은 채 김장독 안에 숨어 있던 내게, 어머니가 다가왔다. 어머니의 손엔 곱게 잘 다려진 군복이 들려 있었다. 어머니는 내게 '이 에미 걱정은 말고……' 하며 말끝을 흐렸다. 그 옆에서 아버지는 '난 또 네가 진짜 제대한 줄 알았지 뭐냐. 서류가 잘못된 거란다. 그냥 휴가 나왔다가 복귀하는 셈 쳐라.' 하며 흠흠, 헛기침을 해댔다. 아버지와 어머니 뒤에는 중대장이 양손을 허리춤에 댄 채 꼿꼿이 서 있었다. 그리고 그 옆에는 같은 날 전역한 동기생들이 오른팔을 씩씩하게 내저으며 '전우의 시체를 넘고 넘어'를 합창하고 있었다. 어머니의 손에 이끌려 김장독 밖으로 끌려나온 나는 '씨이 진짜, 사람 놀리는 것도 아니고……' 라고 말하면서 연방 팔꿈치로 눈물을 닦아댔다……

꿈에서 깨어보니 이부자리는 온통 축축하게 젖어 있었다. 시큼한 땀 내음이 풍겨져오기도 했다. 꿈이 좀 사납긴 했지만, 그래도 나는 그렇게 며칠 동안 죽은 듯이 잠만 자고 싶었다. 게으르고 게을러져 세상 사람들이 미처 나를 알아볼 수 없을 만큼 뚱뚱해졌으면, 경찰 공무원 신체검사에 탈락할 만큼 비만해졌으면, 하고 바랐다. 나는 서서히 입대하기 전의 나로 되돌아가고 있었다. 중간에 형이 한 번 전화를 했다. 늦을 거라고, 기다리지 말고 먼저 밥 차려 먹으라고 말했다. 그러곤 한참을 침묵하다가 얼마나 있다가 내려갈 거냐고, 너도 이제 정신을 차려야 하지 않겠느냐고, 다소 장황하게 말을 꺼냈다. 나는 졸음이 가시지 않은 목소리로 아주 짧게짧게 대답했다. 그게 마지막이었다. 그날, 내가 일상인으로, 온전한 스물네 살의 사회인으로 대화한 내용의 전부……

10

담배를 사러 나갔다. 문밖 출입을 극도로 자제할 생각이었지만 떨어진 담배 앞에선 배겨낼 재간이 없었다. 목 부위가 늘어난 면티와, 서랍장에서 찾아 입은 형의 다소 현란하고 화려한 색상의 반바지, 그리고 맨발에 슬리퍼 차림으로 원룸을 나섰다. 아무 생각 없이 원룸의 현관문을 닫고 계단을 한 걸음쯤 내려갔을 때, 그제야 나는 열쇠를 가지고 나오지 않았다는 것을 깨달았다. 형의 반바지엔 호주머니가 없었다. 내 손엔 달랑 천 원짜리 지폐 한 장과 라이터 한 개가 들려 있었을 뿐이었다(형의 원룸은 그때까지만 해도 최신식이었던 버튼식 자동 잠금 현관문이었다). 나는 형의 회사 전화번호도, 주소도 모르는 상태였다(형은 '삐삐'를 갖고 있었지만, 역시나 나는 번호를 외우고 있지 못했다). 아는 것이 하나 없으니…… 나는 좀 난감해졌다.

나는 현관문 앞에 쪼그려 앉아, 내가 알고 있는 번호를 조합해 이것저것 버튼을 눌러보았다. 고향집 전화번호, 형 생일, 아버지 생신, 내 생일, 혹, 광복절은 아닐까, 아니 형은 의외로 단순한 구석이 있을지도 몰라, 천사나 빵빵빵빵, 뭐 이런 게 아닐까?

그렇게 한참 동안 버튼을 누르고 있을 때, 형의 원룸 바로 옆 현관문이 빼꼼 열렸다. 하늘색 헤어밴드를 한, 이십 대 후반의 젊은 여자였다. 그녀는 막 밖으로 나오려다가 나를 발견하곤 그 자리에 우뚝, 멈춰 섰다. 그녀의 양손에는 쓰레기봉투가 들려져 있었다. 괜스레 당황한 것은 나였다. '허허, 이게 아니었네, 이게 아니었어.' 나는 그녀를 바라보며 일부러 사람 좋은 웃음까지 지어가며, 당황하지 않은 척 노력했다. 여자는 그런 나를 곁눈질로 바라보다가, 발걸음을 돌려 재빠르게 집 안으로 사라졌다. 덜컥, 여자의 현관문이 둔탁한 금속음을 내며 닫히고, 곧이어 서둘러 보조키 잠그는 소리가 들려왔다. 그러곤 아무 소리도 들려오지 않았다.

날씨는 조금 더 후텁지근하게 변해버린 것 같았다. 나는 천천히 계단을 내려와 손 그늘을 만들어, 형이 세들어 살고 있는 삼층짜리 원룸 건물을 노려보았다. 형의 방은 이층에 있었다. 잘만 하면 도시가스관을 타고 기어올라갈 수 있을 것도 같았다. 아니, 어쩌면 철사 같은 것으로 쉽게 열 수 있을지도 몰라. 이미 일은 벌어지고 만 것을 어떻게 하느냐. 나는 될 수 있는 한, 낙천적으로 생각하려고 애썼다. 담배를 피우면 좋은 생각이 떠오를지도 모르니, 담배부터 사기로 한 것이었다……

11

형의 집에서 가장 가까운 담뱃가게는 '신일슈퍼'였다. 말이 슈퍼지, 구멍가게 위에 간판만 큼지막하게 매달아놓고 무조건 슈퍼라고 우기는, 그 허다한 영세 상점 중 하나였다. 제대로 작동되지 않는 냉장고와, 선반 위에 초라하게 진열된 복숭아 통조림과 고등어 통조림, 파리 끈끈이의 무수한 주검들과, 어디선가에서 풍겨져 나오는 시금털털한 냄새. 담배만 팔지 않는다면 결코 들어가고 싶지 않은 가게였다. 가게 주인은 사십 대 후반의 부부였다. 그 더운 날, 그들 부부는 카운터 한 켠 얼기설기 만들어놓은 쪽방에 앉아 털털거리는 선풍기 바람을 쐬고 있었다. 남편은 뚱뚱한 부인의 무릎을 베고 누워 있었다.

돈을 받고 담배를 꺼내려던 부인이 한참 동안 내 행색을 위아래로 훑어보았다. 담배만 받으면 뒤돌아보지 않고 나가려던 나는 슬슬 짜증이 치밀어오르기 시작했다. 가뜩이나 열쇠 때문에 이미 한 번 잡친 기분이었다. 부인은 특히 내가 입고 있는 반바지를 유심히 살펴보았다.

"총각, 아무리 더워도 그렇지, 그렇게 빤스만 입고 돌아다니면 어떡해?"

처음, 나는 별일 아니라고 생각했다. 짧으면 무조건 팬티 아니면 수영복, 혹은 기저귀라고 생각하는 세대이니, 그냥 혀 몇 번 차고 등 돌려 잊어버리겠거니, 생각했다.

"이거 반바지입니다. 담배 빨리 주시겠습니까?"

제대한 지 채 일주일도 지나지 않았던 그때, 내 말은 거의 '다'나 '까'로 끝나곤 했다. 고치려 해도 잘 고쳐지지 않았던 화법.

"무슨 소리야? 빤스 맞구만. 젊은 사람이 우길 걸 우겨야지."

그제야 남편도 자리에서 일어나 부인 옆에 앉았다. 덩치도 왜소하고, 이마도 좁고, 눈꼬리만 길고 가늘게 관자놀이 쪽으로 뻗은, 의심 많고 호기심 가득한 얼굴이었다. 나는 아예 그들 부부를 무시하기로 마음먹었다. '빤스'라고 생각되면 생각하라지, 하는 심정이었다. 한데…… 담배를 안 주니, 돈은 냈는데…….

"이게 최신 유행이라 아주머니가 잘 모르실 겁니다. 올 여름엔 다 이런 반바지 차림으로 돌아다닐 겁니다."

나는 인내심을 갖고 부인을 설득시키려 했다. 하긴, 형의 반바지는 어른들에게 오해를 살 만도 했다. 허리선에 고무줄이 들어가 있고, 멋들어진 하와이안 비치가 알록달록 그려져 있었으니까(그것도 대부분 형광색으로).

"그게 무슨 해괴망측한 소리래? 무슨 지랄 났다고 사람들이 빤스만 입고 싸돌아댕겨? 총각이 잘 모르나본데, 이게 그, 그 뭐냐? 잉, 그래. 트, 트렁크 빤쮸, 트렁크 빤스 아냐?"

부인의 말에 나는 잠시 움찔했다. 부인의 입에서 나도 모르는 단어가 튀어나왔기 때문이었다. '트렁크 빤스'라니? 그런 건 들어본 적도, 입어본 적도 없었다. 그때만 해도 나는, 팬티라 함은 '쌍방울'이나 '백양'에서 나온 순면 백 퍼센트의 오각형 모양이 전부라고, 알고 있었다. 물론 거기에 색깔을 넣은 팬티가 있다는 것 정도는 알고 있었다. 내가 입대하기 전까지는 분명 그랬다. 나는, 부인이 무슨 엉뚱한 소리를 들었거니 생각했다. 트럭으로 한 무더기씩 떼다 파는 팬티가 있나, 그걸 두고 저렇게 열 내나, 했을 뿐이었다. 하지만 부인은 아주 단호했다.

"내, 얼마 전에 이 양반 모시메리 사러 신앙촌에 갔다가 그 집 여편네가 보여줘서 잘 안다니까. 길이도 딱 그 정도였어."

"아, 글쎄 아니라니깐요. 이건 반바지예요, 반바지! 그때 아줌마가 본 팬티 색깔이 이거랑 똑같아요? 정말 이 바지 천하고 똑같냐구요?"

나는 더 이상 밀려선 안 된다고 생각했다. 나는 목소리를 한 톤 정도 더 높였다. 그러자, 이상하게도 '다'나 '까'로 끝나던 화법이 사라져버렸다.

"아니, 뭐, 똑같은 건 아니지만……."

"그리고요, 아주머니, 전 이 바지 안에 팬티 입었단 말이에요. 이제 됐죠?"

나는 반바지의 고무줄을 퉁퉁, 튕기며 말했다. 생각 같아선 당장 반바지를 내려, 내 새하얀 팬티를 아주머니에게 보여주고 싶었지만, 옆에 있는 아저씨가 마음에 걸렸다.

"그러길래…… 왜 빤스 위에 빤스를 껴입고 싸돌아다니냔 말이지,

내 말은……."

평상시 같았으면 담배고 뭐고, 깨끗이 포기하고 뒤돌아 나왔을 것이다. 하지만 집은 잠기고, 달랑 들고온 담뱃값 천 원은 이미 지불된 상태이고……. 나는 잠시, 이 사람들 혹 이런 식으로 손님들 돈을 떼어먹는 게 아닐까, 제풀에 지쳐 성내면서 그냥 나가게 만드는 게 이 가게의 영업 방침이 아닐까, 뭐 그런 생각까지도 했었다.

12

아주머니가 내게 막 담배를 넘기려던 순간, 일군의 고교생들이 가게 안으로 밀려들어왔다. 교복을 입은 남자아이 셋, 여자아이 둘. 오늘 내가 빵빠레 하나씩 쏜다, 나는 구구콘이 더 좋다, 난 베스킨라빈스 아이스크림 아니면 안 먹는다, 그럼 처먹지 말고 우리 먹는 거나 구경해라, 등등, 좁은 가게 안은 학생들로 인해 금세 활어 경매장처럼 변해버렸다. 그 바람에 내게 담뱃갑을 건네려던 부인의 손이 다시 원위치로 되돌아가고 말았다. 돌이켜 생각해보면, 그때 화를 버럭 내며 가게를 나서는 게 옳았다. 낡은 가게 미닫이문에 발길질 한 번 하고, 침 한 번 뱉는 게, 그게 오히려 더 깨끗했을지도 모른다. 그런데, 그러질 못했다. 무슨 담배에 사무친 원한이 그리 많다고…….

"잉, 학생들 마침 잘 왔네. 저 총각이 현재 입고 있는 것이 반바지여, 트, 트렁크 빤쮸여?"

학생들의 시선이 일제히 내 반바지 쪽으로 쏠렸다. 보자마자 웃음을 터트리는 여학생, 고개를 좀 더 내 아랫도리 쪽으로 숙여보는 남학생, 심지어 직접 자기 손으로 만져보려는 '싸가지' 없는 학생까지…….

"트렁크 맞네."

"바캉스 가서 입는 반바지 아니야?"

"색상 좋고."

"아저씨, 이거 어디서 샀어요?"

나는 더 이상 참을 수가 없었다. 말없이 그들 모두를 노려보다가 부인 손에 들려진 담배를 거의 뺏다시피 해서, 밖으로 뛰쳐나왔다. 뒤에선 여전히 트렁크네 아니네, 섹시하네, 야하네, 하는 소리들이 들려왔다. 태양은 정확히 내 정수리께 도달해 있었고, 거리에선 고무 타는 냄새가 진동하고 있었다. 난, 결코 부끄러워서 뛰쳐나온 게 아니었다. 그들이 무슨 말을 하든, 나는 반바지라고 확신하고 있었다. 군에서 단체로 구입해 입었던 축구 유니폼 바지와 거의 같은 재질, 같은 길이의 반바지였다. 나는 단지 소란이 귀찮았을 뿐, 당당했다.

13

그러나, 그날의 불행은 그 정도에서 끝나지 않았다. 왜 그런 날이 있지 않은가. 오해가 오해를 부르고, 그러다 보면 정말 무엇이 오해이고 진실인지 엉망으로 뒤섞여버리는 날. 그날이 바로 그랬다.

담배는 샀지만 방으로 들어갈 일이 막막했다. 도시가스관을 타고 들어가기엔 내 운동신경이 미덥질 못했다. 그렇다고 형이 퇴근할 때까지 기다릴 수도 없는 노릇이고……. 나는 연방 담배만 피우며 원룸 건물 주위를 맴돌았다. 등 언저리는 금세 땀으로 홍건해졌고, 목덜미는 불에 덴 것처럼 따끔거렸다. 나는 거의 자포자기하는 심정으로 골목 한 켠에 놓여져 있던 쓰레기봉투들을 뒤적거리기 시작했다. 혹, 알맞은 크기의 철사 같은 것을 발견한다면, 분풀이하는 심정으로 열쇠구멍이라도 한번 쑤셔보리라, 하는 마음이었다.

얼마나 그러고 있었을까. 누군가 나를 지켜보고 있다는 느낌이 들었다. 뒤돌아보니 또 그 '신일슈퍼' 주인이었다. 이번엔 아주머니가 아닌, 아저씨. 그를 보자마자 나는 어떤 오기 같은 것이 발동했다. 나는 성큼성큼 그에게로 다가갔다.

"또 뭐요?"

나는 대뜸, 이제 막 세상에 출시된 송곳처럼 날을 세웠다. 그러나, 아저씨의 표정은 전혀 흔들림이 없었다. 뒷짐을 진 채 내 반바지와 얼굴을 찬찬히 훑어보았다. 그러곤 준비해온 결정타를 날렸다.

"네가 그놈, 맞지?"

14

신일슈퍼 주인아저씨의 말에 따르면, 당시 형이 살고 있는 동네 반경 십 킬로미터 이내에서 두 달 사이 네 차례나 성폭행 사건이 발생했다고 한다. 주로 혼자 사는 여자들을 대상으로, 벌건 대낮에, 증거도 별로 남기지 않고, 순식간에 범죄가 이루어졌다고 한다. 그러니까 슈퍼 주인아저씨는 나를 그 '용의자'로 확신하고 있었다.

"아까 우리 가게에 들어온 아이들이 그러는데, 머리 짧은 거며, 눈썹 진한 거 하며, 딱 몽타주 속 그놈이라는 거야. 그리고 그놈도 가끔 너처럼 빤스 차림으로 나타날 때도 있대. 빨리 일 치르고 도망가려고."

주인아저씨의 추측을 듣고 나니, 나는 오히려 더 기운이 솟았다. 내가 입고 있는 반바지가, 틀림없는 반바지라는 확신이 들었다. 부부가 온전한 정신을 가지지 못했구나, 하는 생각도 잠깐 머릿속을 스치고 지나갔다.

"그래서 절더러 뭘 어쩌라는 겁니까?"

"어쩌긴? 같이 파출소에 가야지. 가서 용서를 구하고 벌을 받아야지. 도망갈 생각은 행여 하지도 말어, 이 사람아! 내가 이래 봬도 해병대 출신이야!"

"조웃습니다! 가시죠, 파출소! 대신, 어르신이 틀리면, 어르신도 벌을 받아야 합니다. 아시죠, 무고죄!"

나는 바락바락 악을 썼다.

그렇게 해서 우리는 정말 미아 3동 파출소까지 가게 되었다. 가는 도중 아저씨는 행인 몇 명을 불러세워놓고, 내 반바지가 팬티인지 반바지인지, 의견을 구하기도 했다. 대부분의 사람들은 내 반바지를 한번 보고, 다시 우리 두 사람의 얼굴을 바라보고는 아무런 말없이 가던 길을 갔다(아, 그때마다 나와 아저씨는 또 얼마나 진지했던가!). 중년 아주머니 한 분은 '날이 더우니……' 하며 혀를 차기도 했다. 그러나, 우리 둘은 정말로 심각하고, 또 활기 넘쳤다.

15

후에 알게 된 사실이지만, 그때 북조선 군인들도 비상이기는 마찬가지였단다. 수령 동무의 사망을 틈타 남조선 괴뢰도당들이 기습 북침을 감행해올지도 모른다는 위기감에 밤낮없이 비상근무를 서야만 했단다. 그러니까 뭐냐, 둘 다 오해한 것이었다. 그 오해 덕분에 라면 공장 사장은 신이 났고, 이제 갓 제대한 예비역 병장들은 밤마다 악몽에 시달렸으며, 미군애들은 괜스레 바다를 오염시켰다. 그리고 나는…… 파출소까지 가게 되었다.

16

더위에 지쳐 있던 파출소 순경들은, 처음엔 한심스럽다는 표정을 감추지 않았다. 파출소가 '반바지와 팬티를 구별해주는 곳이냐'며 노골적으로 신경질을 냈다. 그러나, 아저씨의 입에서 '성폭행범'이라는 말이 튀어나오자마자 상황은 급작스럽게 달라졌다. 의경 한 명은 조용히 내가 앉은 의자 뒤로 다가와 섰고, 또 다른 순경 한 명은 파출소 출입문 앞을 막아섰다.

"아니요……. 자꾸 이 아저씨가 오해를 하시는데요……. 이게 정말 반바지거든요……."

경찰들의 변화에 나는 좀 당황을 했다. 말까지 더듬으면서 이 사람 저 사람 눈치를 살폈다. 그리고 급기야 고향 아버지에게 전화까지 걸게 되었다. 제대하고 나서 주민등록 신고를 제때 하지 않은 덕택에, 파출소 컴퓨터엔 내가 아직 현역 복무 중인 것으로 나타났다(짧은 순간, 경찰들은 나를 탈영병으로 오해하기도 했다). 경찰과 아버지는 오 분 정도 통화를 했고(그 와중에도 아버지는 전화를 건네받은 경찰에게 월수입과 근무 환경에 대해 이것저것 물어보아, 그를 난감하게 만들었다), 나는 열 손가락 모두 지문을 찍어야만 했다. 신일슈퍼 주인아저씨는 그 모든 과정을, 꿈에서 본 중대장처럼, 양손을 허리춤에 댄 채, 꼼꼼하게 지켜보았다.

"당분간 어디 먼 데 가지 마시고요, 일단 집으로 돌아가 계세요."

본청과 팩스를 몇 번 주고받은 경찰관 한 명이 내게 말했다. 나는 그에게 허리를 숙여 인사한 다음, 파출소 문을 밀고 밖으로 나왔다. 등 뒤에선 신일슈퍼 주인아저씨가 '아, 이 사람들아, 그냥 보내면 어떡해! 저놈이 그놈이 분명하다니까!' 하며 큰소리를 냈다. 나는 아무 말도 하지 않고 고개를 푹 숙인 채, 터덜터덜 슬리퍼를 끌며 원룸 건물을 향해 걸어갔다.

내가 좀 이상해지기 시작한 건, 아마 그때부터였던 것 같다.

17

다시 원룸 건물 앞으로 돌아와, 나는 털썩, 계단 입구에 쪼그려 앉았다. 여름 해는 길기도 하지, 태양은 아직 쨍쨍했고, 골목길은 지나다니는 사람 한 명 없이 한산하기만 했다. 길고양이 한 마리가 느적느적 담장 아래 그늘을 따라 걷고 있는 것이 보였다. 나는 그 풍경을 오랫동안 지켜보고 있다가, 툭툭, 엉덩이를 털고 자리에서 일어났다. 그리고 노란색 페인트가 칠해진 도시가스관 앞으로 다가가 섰다. 도시가스관은 아디다스 운동화 로고처럼 삼선으로 길게, 옥상을 향해 뻗어 있었다. 중간중간엔 반지처럼 생긴 고정핀이 부착되어 있었다. 나는 왼손으로 도시가스관을 잡고 이리저리 힘을 주어보다가, 폴짝, 슬리퍼를 신은 채 올라탔다. 형의 원룸 쪽 도시가스관이 아니었다. 바로 옆, 하늘색 헤어밴드를 한 젊은 여자의 원룸 방향이었다.

18

그건 지금 생각해봐도 좀처럼 이해할 수 없는 선택이었다. 어쩌면 이런 것이었을지도 모른다. 그녀의 원룸 창문을 타넘고 들어가서, 내가 지금 입고 있는 것이 반바지인가 팬티인가, 그것을 물어보고 싶었는지도 모른다. 그녀에게 그날 있었던 일을 하나하나 다 이야기해주고, 그녀의 답을 들은 후, 그녀가 아까 버리려 했던 쓰레기봉투를 대신 버려주고 싶었는지도 모른다……. 아니, 어쩌면 그 당시에 나는 일을 확 저지르고 싶었는지도 모른다. 내가 원하든 그렇지 않든, 나는 이미 그렇게 규정되어버렸다는 자의식이 머릿속에서 쉬이 떠나지 않았다. 분명, 나는 반바지라고 생각해서 입었는데, 정말 당당했는데, 어찌된 일인지 파출소 문을 밀고 나오는 그 순간부터 모든 것이 다 희미해져버리고 말았다. 내가 모르는 또 다른 내가 있어, 팬티만 입은 채 골목길을 활보하고, 혼자 사는 여자들의 뒤를 쫓고, 강제로 침입하고…… 그러곤 다시 아무 일 없다는 듯 팬티를 입고 나오고……. 나는 아무것도 확신할 수가 없었다. 누군가 계속 나를 지켜보는 것만 같았고, 그 눈길을 참고 견디는 것이 고통스러워, 차라리 그 기다림을 확 끝장내버리는 것은 어떨까, 하는 생각도 계속 이어졌다……

그러나…… 도시가스관을 타고 이층까지 올라간다는 것은 생각처럼 그리 쉬운 일이 아니었다. 타본 사람들은 잘 알겠지만, 손이 미끄러운 것도 미끄러운 것이었지만, 무엇보다 뜨거운 것이 문제였다. 한나절, 여름 햇살에 잘 달궈진 도시가스관은 이제 막 프라이팬에서 건져낸 소시지 같았다. 한 손, 한 손, 뗄 때마다 앙다문 어금니에선 바람 빠지는 소리가 절로 튀어나왔다. 그래도 '씩씩', 나는 하늘을 향해 뻗은 두 팔을 내리지 않았다. 연방 미끄러지면서도, 슬리퍼 신은 발로 벽을 디디며, '씩씩', 조금씩 조금씩 이층을 향해 올라갔다. 하늘은 명랑하게도 높고 푸르기만 했다. 붉은색 담벼락에선 이상하게도 비린내가 나고 있었다.

19

"너 지금 거기서 뭐 하냐?"

그때 형이 나를 제일 먼저 발견하지 않았다면, 글쎄…… 그다음 일은 어떻게 됐을지, 나로서도 장담할 수가 없다. 그 여자에게 뛰어들어가 이야기를 했을 수도, 검사 앞에 끌려가 이야기를 했을 수도, 혹은 동료 수감자들에게 신고식처럼 이야기를 했을 수도 있다. 그러나, 지상에 서 있는 형의 얼굴을 보는 순간, 양 어깨에서 힘이 쪽 빠져버렸다. 좀 전까지도 아무렇지 않던 허리가 아파왔고, 현기증이, 두통이, 중력이, 우르르, 한꺼번에 나를 덮쳐왔다. 나는 쪼르르르, 미끄러지다시피 해서 지상으로 내려왔다(그 덕분에 정강이에 찰과상이 생겼다). 꽤 많이 올라간 거라 생각했는데, 내려와 보니, 불과 내 키 높이 정도였다.

그때 형은 고향 아버지의 전화를 받고, 부랴부랴 택시를 잡아타고 돌아오는 길이었다(그 덕택에 나는 이렇게 활자로 이야기할 수 있게 되었다). 형은 잠시 나를 바라보다가, 말없이 원룸 계단을 올라갔다. 그러곤 내 앞에서 신경질적으로 버튼을 누른 후, 다시 회사로 돌아가버렸다. 그때 형이 누른 버튼 번호는 '0315'였다. 후에 알고 보니, 그건 형의 전역 날짜였다.

20

원룸 안으로 들어온 후, 나는 반바지 차림 그대로 형의 침대 아래 누웠다. 그리고 오랫동안 TV를 보았다. TV에선 조총련계 재일동포 아저씨가 화난 표정으로 인터뷰를 하고 있었다.

"우리 조선 옛말에 절대로 상종하지 못할 놈을 상갓집 앞에서 춤추는 놈이라 했습니다."

벽 저편, 옆 원룸에선 희미한 음악 소리가 들려왔다. 나는 그 음악 소리에 맞춰, 퉁퉁, 반바지의 고무줄을 튕겨보았다. 경쾌하게 퉁퉁. 세상은 아무것도 달라지지 않았다. 나는 그렇게 오랫동안 퉁퉁, 거리다가 그대로 까무룩, 잠이 들고 말았다.

21

그때 꿈에서, 나는 북조선 김 주석을 만났다. 김 주석을 보자마자, 나는 반사적으로 군에서 배운 태권도 '태극 1장' 자세를 취했다. 한데, 자세히 보니, 김 주석도 나도, 모두 하얀 팬티 차림이었다. 나는 부끄러운 마음이 들어 엉덩이를 조금 뒤로 뺐다. 그러나 여전히 '태극 1장' 자세는 풀지 않았다. 김 주석은 그런 나를 오랫동안 지켜보다가, 툭 한마디 내뱉었다.

"거, 동무래 윤리적인 반동이구만."

심 주석은 그렇게 말한 뒤, 천천히 뒤돌아 걸어갔다. 나는 그의 뒷모습이 희미해질 때쯤 되어서야, 이얍, 하고 허공에 발차기를 한 번 했다. 발은 간신히 허리선까지만 올라왔다가 내려갔다. 몰랐는데, 내 하얀 팬티엔 찔끔, 누런 오줌자국이 묻어 있었다. 나는, 김 주석이 그 오줌자국을 보고 그런 말을 했구나, 생각했다. 그래서 좀 부끄러워졌다.

22

눈을 떠보니 이미 한밤중이었다. 언제 들어왔는지, 형은 침대 위에서 쌕쌕, 잠들어 있었다. 형광등은 꺼져 있었지만, TV는 그대로 켜져 있었다. 정규방송이 끝난 TV에선 어지러운 주사선만이, 머리카락처럼 이리저리 일렁거리고 있었다. 나는 그 모습을 한참 동안 지켜보다가 조용히 볼륨을 줄였다. 그리고 그 자세 그대로 형에게 물었다.

"형, 자……?"

"……"

형은 대답 대신 끙, 신음 소리 같은 것을 내면서 등을 돌려 누웠다.

"나, 정말 궁금해서 그러는데, 응?"

"……"

"이거, 이거 말이야…… 정말 팬티야?"

침대에선 아무 소리도 들려오지 않았다. 주사선은 쉬지 않고 계속 좌에서 우로 흘러갔지만, 내겐 그저 그 자리 그대로, 멈춰 있는 것처럼만 보였다. 나는 계속 형에게 물어보았다.

"속옷은 속에 입는 옷이 맞잖아? 그치, 형? 그래야 속옷이 되는 거잖아, 응?"

나는 조금 더 목소리를 높이며, 계속 형에게 묻고 또 물었다. 대화도 통 없던 형이었지만, 그 순간만큼은 그 누구보다도 소중한 존재처럼 여겨졌다. 나는 오래전 헤어졌다가 다시 만난 이산가족처럼 두서없이 말을 했다.

한데, 깊이 잠들어 있는 줄로만 알았던 형이 갑자기, 툭, 한마디 던졌다.

"미친 새끼……."

그걸로 끝이었다. 형은 더 이상 말하지 않았고, 나도 그 순간부터 입을 닫아버리고 말았다. 형의 그 말 이후, 갑자기 모든 것이 원상태로 되돌아온 것만 같았다. 나는 숨을 죽인 채, 계속 TV만 바라보았다. 주사선은 언젠가 TV에서 봤던 하와이 해안가처럼, 잔잔하게 파도치고 있었다.

23

사 년 전까지인가, 나는 쭉 그 반바지를 입고 지냈다. 하와이안 비치는 여전했지만, 형광색은 빛이 좀 바랬다. 형은 그 반바지를 아예 나에게 줘버렸다. 나는 그날 이후, 형에게 그 반바지가 정말 반바지인지, 그도 아니면 트렁크 팬티인지 묻지 않았다. 그냥 반바지라고 믿었다. 세월이 지나 나 또한 트렁크 팬티라는 것을 입고 살게 되었지만, 그 반바지가 트렁크 팬티인지 아닌지는 지금도 잘 분간되진 않는다.

그래서 그냥 분간하지 않기로 마음먹었다. 다만 그 반바지는 철저히 집에서만 입었다. 몇 년 전 여름에는 하도 더워서 팬티도 벗어버리고 그 반바지만 입고 지내기도 했다. 그제야 그 반바지는 내게 팬티가 되었다.

그러나, 나는 지금도 궁금하다. 그날 오후, 나를 '씩씩' 거리게 만들어, 노시가스관을 타고 올라가게 만든 것은 무엇일까? 그것이 반바지일까, 팬티일까, 김 주석일까? 십수 년이 지난 지금까지도, 이야기를 다 끝낸 지금까지도, 나는 그것을 잘 모르겠다. 혹시, 니코틴 때문은 아닐까?

絶頂

해이수

第一章. 處刑當日

　어둠이 걷히자 참형 판결을 받은 우리 넷은 옥사에서 끌려나왔다. 말을 탄 사령 넷을 비롯해 창칼로 무장한 군졸 쉰여 명이 동원될 만큼 호송은 삼엄했다. 우리는 줄줄이 포승에 엮여 간밤에 쌓인 눈을 밟으며 걸어야 했다. 무거운 족쇄 탓에 걸음을 뗄 때마다 살갗이 벗겨진 발목에서 피가 흘러내렸다. 양발 사이의 쇠사슬이 돌부리에 걸려 한 명이라도 버둥거리면 우리 넷은 일제히 눈밭에 고꾸라졌다. 그때마다 욕설과 함께 발길질과 호된 매질이 날아왔다.

　맨발에 와닿는 눈은 전혀 시리지 않았다. 이렇게 걸어서 벌판을 가로질러 산 하나를 넘을 수도 있을 것 같았다. 숨을 크게 들이쉬면 코피가 터질 것 같은 겨울 새벽의 차가운 공기는 눈물이 날 만큼 달콤했다. 암청색의 얼어붙은 지평선 너머로 동이 터오는 주홍빛 하늘은 장

려했고 멀리서 이른 아침밥을 짓느라 연기를 피워올리는 촌가의 굴뚝이 사뭇 애틋했다. 이렇게도 고요한 새벽이 생의 마지막 날이라는 사실을 믿을 수가 없었다. 입에서 더운 입김이 길게 뿜어져 나왔다. 아직 나는 살아 있었다.

처형장은 옥사와 오 리쯤 떨어진 들판이었다. 임시로 마련된 형장에 우리는 한 걸음 건너 무릎이 꿇렸다. 처형지이자 매장지임에 분명했다. 충장 이충, 맹장 박찬, 경호관 한청은 눈밭 위에 무릎을 꿇자마자 의연히 눈을 감았다. 지략과 용력을 갖췄을 뿐만 아니라 지난 삼년간 셀 수 없는 기습과 전투에서 맹위를 떨치던 최고의 장수들이었다. 이런 비참한 최후를 그 누구도 꿈꾸지 않았을 것이다. 휘하의 군관들은 진압 당시 전사하거나 이미 처형된 상태였다. 무구한 병사들 중에는 적군에 흡수된 자도 있으나 대부분은 노예로 전락했다. 전멸이나 다름없었다.

정면으로 보이는 얕은 둔덕 위에 처형관의 좌석이 차려졌다. 곧이어 형리 넷이 구령에 맞춰 단두대의 나무바퀴를 밀고 들어와 처형관석과 우리 사이에 배치했다. 단두대가 행여 눈밭 위에 미끄러지지 않도록 큰 돌을 가져다 고인 뒤 그들은 작동을 점검했다.

힘에 겨운 듯 두 명의 형리가 동아줄을 끌어당기자 묵중한 칼이 천천히 들어 올려졌다. 길이가 두 자쯤, 너비가 여섯 치쯤 되는 칼은 시퍼렇게 날이 벼려 있었다. 형리가 끝까지 줄을 당겼다가 놓자 틀 머리까지 한껏 잡아당겨진 칼은 무서운 속도로 곤두박질쳤다. 그리고 굉음을 내며 바닥을 치고 낮게 튀어 올랐다. 제아무리 굵은 황소의 목이라도 단칼에 떨어질 만했다.

　의연히 눈을 감고 있던 장군들은 이 광경을 보자 어느새 얼굴에 공포가 서렸다. 처형에 이르는 과정을 고스란히 지켜보는 일은 의외로 고통스러웠다. 먼저 형장의 이슬로 사라진 수하들도 이 자리에서 같은 절차를 겪고 저 단두대에서 목이 떨어졌을 것이라 생각하니 비로소 몸이 떨리기 시작했다.

　두웅― 두둥― 두웅― 긴 북소리가 울렸다. 금빛 갑옷을 입은 적국의 왕을 비롯하여 적장 다섯이 입장했다. 완전무장한 일백여 명의 군졸들이 두 세 걸음 건너 도열하여 형장을 에워쌌다. 적왕이 가운데 의자에 착석하자 적장 다섯이 이어서 착석했다. 익숙한 듯 과정은 소리 없이 신속히 진행됐다.

　적왕이 눈짓을 하니 형리 넷이 한 수형자의 사지를 각각 붙잡은 채 형장 가운데로 들고 나왔다. 죄인의 다리가 땅에 닿지 못하도록 한 조치였다. 마치 도살 직전의 짐승처럼 온몸이 발가벗겨져 결박된 사내는 처형관 앞의 눈밭 위에 내던져지듯 부려졌다. 자결을 방지하기 위해 입에는 재갈이 물려 있었다. 형리들은 단두대 옆에 억지로 사내의 무릎을 꿇렸다. 우리에게는 오직 사내의 등만 보였다. 붉은 갑옷을 입은 적장이 명령했다.

　"괴수는 고개를 들어 뒤를 보라."

　사내는 꿈쩍도 하지 않았다. 적장이 턱짓을 하자 형리 넷이 사내를 들어 우리를 향해 무릎을 꿇렸다. 곧 건장한 형리 하나가 뒤에서 한 팔로 억세게 사내의 목을 감아쥐고 다른 손으로 머리카락을 움켜쥐어 우리에게 얼굴을 확인시켰다. 도저히 믿을 수가 없었다. 상처투성이의 알몸은 바로 우리의 왕이었다.

"오, 왕이시여!"

그 모습을 보자마자 충장 이충이 쉰 목소리로 부르짖으며 울음을 터뜨렸다.

"이런 죽일 놈들!"

분을 이기지 못한 맹장 박찬이 자리를 박차고 일어서려다가 군졸이 내려친 창봉으로 어깨를 찍히고는 그 자리에 고꾸라졌다.

"이 무례한 놈들! 왕에 대한 최소한의 예의를 갖추지 못하겠는가!"

경호관 한청은 발가벗겨진 왕의 모습이 차마 처참했던지 이를 악물고 소리쳤다. 순간 얼굴을 가격당한 한청은 윽, 소리와 함께 입에서 피를 뿜으며 눈밭 위에 나자빠졌다.

나는 속에서 올라온 쓴물을 삼키며 눈을 질끈 감았다. 지금 무릎을 꿇고 있는 자가 정말 나의 왕이란 말인가? 저토록 초라한 몸뚱어리가 한때 삼천의 군사들을 일사불란하게 호령하던 우리의 수장이었던가? 항상 승리의 기대를 저버리지 않는 지도자, 어느 곳에 있어도 어떤 일이 생겨도 절대 상대방에게 굴욕적으로 패배해서는 안 되는 실력자, 그가 바로 우리가 기대한 왕이었다.

"오, 나의 왕이시여!"

충장 이충이 목 놓아 부르자 뒤에 선 군졸의 칼집이 이충의 옆구리를 가격했다. 이충은 숨이 막힐 듯 모로 쓰러지면서도 울음을 그치지 않았다. 아무리 울부짖어도 왕은 눈을 뜨고 우리를 바라보지 않았다.

다만 한마디도 없이 고개를 숙이고 있을 따름이었다.

왕의 약속이 떠올랐다. 어떠한 경우에도 우리의 목숨만은 구하겠다는 왕의 마지막 약속. 지난 밤, 맹장 박찬과 충장 이충이 그 약속을 의심할 때 나는 그들의 불신을 얼마나 나무랐던가. 그러나 이제 와서 보니 그들의 불신을 꾸짖던 나의 신념이란 참으로 초라하고 감상적인 낙관에 지나지 않았다. 지금 저토록 결박된 알몸뚱이로 어떻게 우리를 구한단 말인가. 교활한 발언으로 적왕과 적장의 마음을 회유할 것인가. 아니면 이 상황을 전복시킬 군사를 비밀리에 매복시켰단 말인가. 우리가 모르는 신묘한 도술과 둔갑술이라도 보일 셈인가. 모두가 불가능했다.

"바로."

붉은 갑옷을 입은 적장이 명하자 형리 넷은 왕을 들어 다시 처형관을 향해 돌려 앉혔다. 눈밭 위에서 사지를 단단히 결박당한 왕의 발가벗은 몸뚱어리는 차라리 애처로웠다.

사실 왕은 전지전능한 존재가 아니라 평범한 인간에 불과했다. 하지만 그는 위대한 전망과 구체적인 계획을 가진 개혁가였다. 우리가 목숨을 다해 왕을 따랐던 이유는 출중한 무예나 학식 때문이 아니라 그가 심어준 열정과 용기가 새로운 세상을 여는 데 실현 가능했기 때문이었다. 그저 잘 먹고 잘 싸는 생리적 욕망, 질병과 재해로부터 편히 사는 안전의 욕망에만 사로잡혀 있던 우리에게 그는 차원 높은 정신 공동체의 실현 욕망을 불러일으켰다. 인간과 여느 동물의 가장 큰 차이는 신념을 위해 자신의 목숨을 버릴 줄 아는 것임을 알려준 이도 그였다.

그러나 이제 그 이상은 한낱 깨어나야 할 백일몽이 되고 말았다. 패배한 왕은 곧 자신의 수족과 같은 핵심 수하 네 명의 목이 차례차례 떨어져나가는 장면을 지켜볼 것이다. 그것은 그 어떤 혹독한 고문보다 왕의 고통을 극도로 가중시킬 것이다. 적왕은 어떤 상황에서 왕이 가장 큰 고통을 받는지 철저하게 파악하고 있는 자였다.

이제껏 한마디도 없던 적왕은 조용히 입을 열었다.

"일부 철없는 자들이 자네를 왕이라 불렀던 모양이네. 허나 조정은 자네를 다만 반역도당의 괴수로밖에 여기지 않으니 부디 대접이 소홀타 섭섭해하지 말게. 마지막으로 할 말이 있는가?"

왕은 낮은 음성으로 담대하게 입을 열었다.

"나는 죽음을 당당히 받아들일 것이오. 허나 저들은 아무런 죄가 없소."

"저들의 죄라면 단지 헛된 꿈을 꾼 두목의 말에 취했을 뿐이겠지."

"맞소. 저들의 죄라면 그저 내가 꾼 꿈에 잠시 철없이 도취됐을 따름이오. 신의로 얻은 친구와 충의로 맺은 신하를 둔 사람은 잘 알 것이오. 자신으로 인해 무구한 이들이 희생되는 고통이 어떤 것인지. 그러니 마지막 부탁이 있소."

그때 하늘에서 목화솜 같은 함박눈이 한점 한점 떨어지기 시작했다.

第二章. 處刑前夜

사흘 전, 경호관 한청이 만신창이가 되어 옥방에 내던져졌을 때, 우리는 그 자리에서 절망하고 말았다. 한청은 왕의 그림자와 다름없었고 그가 잡혔다는 것은 곧 왕의 존위가 어떤 상황인지 짐작케했다. 왕이 옥을 깨뜨려 우리를 구하러 오리라는 희망은 깨지고 만 셈이었다. 뿐만 아니라 만약 왕이 투항했다면 지난 삼 년간 사력을 다해 전개된 우리의 혁명이 불발로 끝났음을 의미했다.

"한청, 이제야 정신이 드는가? 이게 어찌된 일인가?"

충장 이충이 한청을 감싸안아 일으켰다. 최고 호위무사 한청은 얼마나 혹독한 고문을 받았는지 거의 이틀을 꼬박 혼수상태로 누워 있다가 겨우 눈을 떴다. 한청은 정신을 차리고 우리를 알아보자 무릎을 꿇고 엎드려 울었다.

"죄송합니다, 장군!"

경호관 한청이 울자 맹장 박찬은 채근했다.

"이보게, 그만 울고 어서 말해보게. 도대체 왕은 어찌 됐는가?"

"끝내 투항하셨습니다."

한청은 말을 마치고 다시 엎드려 울었다. 최악의 일은 사실로 드러났다. 예상한 바였으나 한청의 입을 통해 왕의 투항 소식을 직접 접하니 가슴이 미어질 듯했다. 충장 이충이 자신의 가슴을 내려치며 훌쩍거렸다. 맹장 박찬이 다시 물었다.

"왕은 지금 어디 계시는가? 눈물을 거두고 어서 답을 해보게."

"포박되어 투옥됐습니다."

우리 셋의 눈동자가 서로 공중에서 아프게 부딪쳤다. 맹상 박찬이 도저히 믿을 수 없다는 듯 한청에게 달려들어 멱살을 쥐고 흔들었다.

"포박? 자네 제정신인가? 지금 그걸 믿으란 겐가!"

왕이 포박됐다는 말은 나조차 믿을 수가 없었다. 왕은 본영이 세워진 팔악산의 험준한 지형지세를 손금 보듯 파악하고 있었다. 그런 왕의 지휘 덕분에 지난 삼 년간 적군의 여러 차례 대규모 맹공에도 본영은 깨지지 않고 건재했다. 대비한 퇴로와 도피처를 적절히 이용하면 적군의 공격망 정도는 가벼이 따돌릴 수 있음을 우리는 알고 있었다. 한청의 멱살을 쥐고 흔드는 박찬을 나는 진정시켰다. 그리고 차분히 물었다.

"선뜻 이해가 되지 않으니 자세히 고해보게."

한청은 눈물이 고인 눈을 들어 나를 바라보더니 고개를 외면하며 어쩔 수 없다는 듯 고했다.

"원장 최명이 적과 내통하고 있었습니다."

거우 진정을 되찾은 박찬이 자리에서 벌떡 일어나 한청의 따귀를 갈겼다. 박찬이 하지 않았다면 내가 따귀를 때렸을지도 몰랐다. 그만큼 한청의 말은 들을수록 충격적이었다.

"최명이 내통을 했다고! 이놈이 아직도 제정신을 못 차렸구나!"

박찬의 호통에 한청은 목소리를 높여 또박또박 말했다.

"사실을 말씀드리는 것입니다. 현지 지리와 진영의 내부사정 그리고 왕의 전략에 가상 밝은 원장은 생포 직진을 기의 처음부터 끝까지

진두지휘했습니다. 원장의 관할 구역인 동쪽 진지가 가장 먼저 함락됐고, 적의 최정예 병사들이 왕의 퇴각로를 통해 밀려들어왔습니다."

집어삼킬 듯 눈을 부라리던 박찬은 털썩 주저앉고 말았다. 충장 이충이 나서서 물었다.

"최명이 어찌 그런 일을! 더욱이 왕의 퇴각로는 하나가 아니지 않은가?"

조금 전만 해도 눈물이 고였던 한청의 눈은 어느덧 분노에 이글거렸다.

"주위의 만류에도 불구하고 왕은 마지막까지 원장의 작전을 믿었습니다. 왕의 두 가지 패인은 원장을 끝까지 신뢰했다는 점과 자신이 배반당했다는 사실을 안 뒤에도 퇴각하지 않았다는 점입니다."

왕은 그랬을 것이다. 옆에서 겪지 않아도 충분히 짐작할 만한 상황이었다. 문득 나는 회임한 왕비의 근황을 물었다.

"왕비는 어떻게 되었는가?"

"오직 한 사람 왕비만이 다른 비밀 퇴각로로 탈출했습니다."

왕비가 살아나간 일만은 그나마 다행스러운 소식이었다. 왕이 생포됐다면 이제 우리를 기다리는 것은 반란도당의 참형뿐이었다. 끝내 충장 이충은 비탄에 잠겨 고개를 떨어뜨렸다.

"아, 우리의 거사는 마침내 이렇게 끝이 나고 우리는 패장으로 죽겠군요!"

한청은 목에 힘을 주어 그 말을 반박했다.

"장군, 왕께서는 아무도 실패자가 아니며 다만 우리는 이 일의 시도에 실패했을 뿐이라고 하셨습니다."

이충은 절망적인 어투로 한청의 말을 눌렀다.

"곧 목이 떨어질 판인데, 그 말로 위안을 삼으라는 겐가? 우리는 한 낱 치욕스런 대역 죄인으로 남을 걸세."

골똘히 생각에 잠긴 맹장 박찬은 여전히 모르겠다는 듯 고개를 좌 우로 가로저었다.

"상장, 왕이 최명을 끝까지 믿었다는 점은 납득할 만하지만 퇴각을 하지 않은 점은 도저히……."

나는 대답했다.

"왕이 퇴각을 포기한 이유는 우리들 때문일 수도 있소. 우리가 참패 하여 투옥됐다는 소식을 왕은 이미 알고 있을 테니까."

맹장 박찬은 눈을 동그랗게 뜨고 놀란 듯 물었다.

"그럼 왕은 우리를 위해 우리와 함께 죽기로 작정이라도 했다는 뜻이오?"

이때, 한청이 급하게 끼어들었다.

"장군, 함께 죽는 것이 아니라 왕께서는 장군들의 목숨만은 살린다고 약속하셨습니다."

박찬은 한청의 대꾸가 갑갑한 듯 버럭 고함을 내질렀다.

"이런 답답한 사람, 자네는 생각이 있나! 왕이 생포됐다면 지금쯤 운신이 어려울 정도로 혹독한 고문을 받았을 테고 온몸이 형틀에 묶였을 텐데 도대체 무슨 수로 우리 모두를 구한단 말인가?"

한청은 대답을 못하고 얼굴이 붉어지며 고개를 숙였다. 충장 이충이 내게 물었다.

"상장은 왕의 약속에 대해 어떻게 생각하십니까?"

내가 아는 왕은 타고난 승부사였다. 지략가와 책사들이 합리적인 근거와 이론을 들어 도무지 불가능하다고 반대하던 전술을 감행하여 승리한 일도 적지 않았다. 왕에게는 범인의 식견으로 볼 수 없는 것을 들여다보고 추진하는 독특한 능력이 있었다. 그것은 천재성이라기보다 신념과 몰두의 힘이었다.

"자네들, 신념의 위력은 언제 나타나는지 생각해보게. 처음엔 모르지만 죽음에 가까이 갈수록 힘을 발휘하는 것이 신념이네. 자네들은 왜 새삼 왕의 약속을 의심하는가?"

맹장 박찬은 기어들어가는 목소리로 토를 달았다.

"상장, 그래도 이 상황에서 그 말을 믿기가 저는 좀……"

나는 이충과 박찬을 돌아보며 나무랐다. 왕은 얼마나 자주 위험에 처한 우리를 구해주었던가. 지난 삼 년간 생과 사의 고비를 넘길 때마다 우리는 왕이 우리를 구하겠다고 약속하지 않았음에도 절체절명의 순간에 이르면 왕이 도우러 올 것을 믿었다. 그러나 지금은 왕이 지키겠다고 약속했음에도 불구하고 왜 믿지 못한단 말인가.

"자네들은 벌써 잊었나? 신념이란 이해와 합리를 넘어선 것임을!"

두 장군은 나의 꾸짖음에 외면을 하고 몸을 돌려 앉았다.

나는 한청을 옥방의 귀퉁이로 데려갔다. 왕의 두 가지 실수 중 내게는 오히려 첫 번째가 의문이었다. 왜 왕은 최명을 마지막까지 믿었는지 이해할 수 없었다. 나는 그 까닭을 한청에게 조용히 물었다.

"네, 상장, 저 역시 생포되기 직전 같은 질문을 왕께 한 적이 있습니다."

"그랬더니 뭐라 대답하시던가?"

"왕은 그 질문을 받자 눈을 감으시며, 우리에게 가장 슬픈 일은 '나'라는 한계를 뛰어넘지 못한다는 사실이네, 라고 대답하셨습니다."

나는 옥방의 벽에 기대어 눈을 감았다. 많은 질문이 꼬리를 물고 이어졌다. 만약 내가 원장 대신 왕의 측근에 남았다면 이런 실패는 벌어지지 않았을까. 원장이 나를 대신하여 북서지역으로 전출됐다면 우리의 혁명은 성공했을까. 그렇다 하더라도 왕의 말처럼 나는 나대로 '나'의 한계를 넘지 못한 실수를 저지르고 말았을까. 약 일 년 전 북서지역으로 파견 명령이 떨어졌던 날이 떠올랐다.

第三章. 刎頭飛鷹

이 년간의 전투에서 연승하여 세 개의 성을 복속시킬 무렵이었다. 포장 최필이 적장 정영을 생포한 일이 있었다. 적장 정영은 분쟁지역의 고향에 성묘를 하러 왔다가 포장 최필 수하 군졸의 기습 검문에 걸려 간단히 사로잡히고 말았다. 정영은 민간인 복장이었고 아무런 무기를 지참하지 않은 상태였다. 우연히 그물에 걸려든 고래나 다름없었다.

최필은 원장 최명의 형으로 성향이 유달리 급진적이고 포악했다. 적장 정영을 생포한 최필의 기세는 하늘을 찌를 듯했다. 그러나 적장의 처리 문제는 간단치가 않았다. 무엇보다, 정영을 감금하거나 처형하면 적국의 분노를 자극하여 분쟁지역이 초토화되기 십상이었다. 총공격을 받는 최악의 상황도 배제할 수 없었다. 그렇다고 무작정 돌려보내면 다시 우리 군사와 양민을 해할 게 뻔했다. 마지막으로, 적장을 회유하여 아군 편으로 만드는 것이 최선의 방법이나 이는 거의 불가능했다.

포장 최필과 원장 최명 형제는 정영을 처형함으로써 우리 군의 기세를 상승세로 이어가자고 강력히 주장했다. 반면 나를 비롯한 충장 이충은 일정 조건을 전제로 정영을 돌려보내자는 안건을 제시했다. 정영으로 하여금 분쟁지역의 평화협정을 이끌어내도록 하여 무의미한 전력 소모와 양민 학살을 줄이고 전력 투입이 시급한 다른 지역에 힘을 집중하는 방안이었다. 결과적으로 왕은 정영을 돌려보냈다. 적장의 목 하나를 베는 것보다 분쟁지역에 평화를 정착시키는 일이 급선무였다.

그 부렵 우리가 진영을 재정비한 팔악산의 세밀 지도가 완성되었다. 공격과 방어 진지 구축 및 퇴로 확보를 위해서는 팔악산의 지형지세 파악이 필수였기에 적잖은 공력을 투입한 사업이었다. 본영 마루에서 완성된 지도를 놓고 작전을 짜던 중, 송골매 한 마리가 길게 울부짖는 소리가 들렸다. 그 매는 왕이 오랜 시간 길들인 애완동물이자 통신 전령이었다. 먼 지역 간의 전문을 전달하는 일에 요긴하게 쓰였고, 말을 타고 달리는 중에도 왕의 어깨를 떠나지 않을 정도로 충성심이 강했다.

송골매가 울며 마루로 날아들자 호위를 위해 서 있던 포장군이 칼을 빼들어 매의 목을 공중에서 내리쳤다. 순식간이었다. 매는 머리를 섬돌 위에 떨어뜨린 채 날개를 파닥거리며 마루를 날아다녔다. 장군들의 어깨 위를 비행하는 동안 사방에 피가 튀었다. 새로 제작된 지도 위에도 핏방울이 뿌려졌다. 끝내 매는 머리를 잃고도 정확하게 왕의 어깨를 찾아서 내려앉았다. 그리고 힘이 다했는지 왕의 품 안으로 굴러떨어졌다.

송골매의 다리에는 적장 정영이 분쟁지역의 평화협정을 곧 성사시킬 예정이라는 전갈이 달려 있었다. 바라던 희소식임에도 우리는 마냥 환호할 수 없었다. 왕의 매를 포장군 최필이 베어버린 어이없는 일이 벌어졌기 때문이었다. 왕은 한마디도 포장군을 나무라거나 그 까닭을 묻지 않았다. 다만 평화협정에 관한 안건을 우리에게 밝힌 뒤 묵묵히 매의 끊어진 몸을 챙겨들고 자리에서 일어났다. 양지바른 곳에 묻어주기 위해서였다.

엉뚱하게도 이틀 뒤, 포장군 최필은 자결 상태로 발견되었다. 진영을 꾸린 이후 가장 당혹스러웠던 사건일뿐더러 엄청난 병력 손실이기도 했다. 최필을 장사 지내던 날, 동생 원장 최명은 술에 취해 독기를 품은 눈으로 나를 비난했다.

"이번 일로 너는 두 명의 장수를 놓쳤다. 적군의 장수는 풀어줌으로써 놓치고 그 일로 자신의 전과를 인정받지 못한 아군의 장수는 억울한 자결을 함으로써 놓치고 말았다. 이것이 네가 원하던 전략과 전술인 게냐?"

최명의 비난은 깊은 상처를 남겼다. 소문은 빠르게 돌아 최명과의 사이는 점점 악화되었다. 그런 분위기가 반영됐는지 최명 수하의 병사들과 나의 병사들은 사소한 일로 다투고 의심을 일삼았다. 의심은 기강을 분열시켰고 분열은 갈등을 불렀으며 곧 갈등은 대립을 일으켜 파멸로 직결될 게 불 보듯 훤했다. 더욱이 얼마 후에 적장 정영이 무리한 평화협정을 이끌어내려다 오히려 간자로 몰려 처형됐다는 비보는 나를 번민에 빠뜨리고 말았다. 그런 고민 중에 왕의 부름을 받았다.

"상장, 부디 괴로워 마라. 애석한 일이지만 포장에겐 그런 자결이 차라리 나을지도 모른다. 저 정도의 그릇이면 언제고 깨지기 마련이다. 중요한 순간에 일을 그르치며 깨지기 전에 이쯤에서 깨진 것은 그나마 다행이다. 그리고 적장 정영의 죽음은 목숨을 가벼이 여기는 저들의 간악함에 문제가 있는 것이지 애초부터 우리의 소관이 아니었다."

왕의 말은 큰 위안이 되었다. 그러나 번민이 완전히 사라진 것은 아니었다.

"상장, 그대에게 오래전부터 새로운 일을 맡기고 싶었다. 따르겠는가?"

나는 점두했다.

"북서지역으로 가라. 현재 가장 취약한 곳이다. 그대가 충장 이충과 함께 가서 우선 진지와 방어선을 구축하라. 곧 지원군이 합류할 것이다. 그곳에서 그대는 부디 머리로 생각하지 말고 손과 발로 생각하라."

북서지역은 사막 지대였다. 그 명령은 어떤 면에서 좌천과 다름없었다. 이는 실상 원장과의 서열 2위 경쟁에서 패배를 의미했다. 그러나 나는 순종했다. 순종은 자신의 생각과 부합하고 자신에게 유익하며 자신이 할 만하다고 여길 때만 하는 것이 아니기 때문이었다. 나는 곧 충장 이충과 함께 군사를 꾸려 북서지역으로 향했다.

낮에는 작열하는 태양 아래서 훈련과 진지를 구축하고 밤에는 모래폭풍 속에서 경계를 게을리 하지 않았다. 날이 갈수록 내 피부는 속살까지 검게 타들어가고 굵어진 손의 마디마다 굳은살이 박였다. 나는 병사들과 새로운 지역의 작전을 수립하거나 가상전을 대비하며 무작정 버틸 수밖에 없었다. 그러나 일 년이 다 가도록 본영에서는 아무런 지원과 협조가 없었다. 나는 왕을 향해 자주 마음속으로 외쳤다.

'왕이시여, 이 육체적 고통의 시간을 회피하지 않도록 힘을 주십시오. 저의 협소한 저울을 내려놓게 하시고 부디 이 고단한 인내를 기억해주십시오.'

충장 이충은 간혹 이렇게 불평했다.

"도대체 여기서 얼마를 더 썩어야 합니까? 왕은 우리를 잊으신 게 분명합니다!"

그때마다 나는 대답했다.

"자네는 지금 대가를 지불하고 나중에 누리는 것이 좋은가, 아니면 지금 누리고 나중에 대가를 지불하는 게 좋은가? 결정하게. 고난이 없으면 축복도 없지 않겠는가?"

사막에 해가 저물면 온기를 잃어가는 모래알을 맨발로 밟으며 지평선까지 걷곤 했다. 하늘과 땅이 맞닿은 지점에 서면 오직 별빛과 바람 소리뿐이었다. 그곳에서 나는 왕과 나누었던 문답을 되새기곤 했다.

"인간인 우리가 할 수 있는 최대의 투쟁은 무엇입니까?"

"인간 최대의 투쟁은 바로 자기와의 대결이네. 그 자기와의 대결이 타인을 위한 것이라면 더할 나위 없이 훌륭하지. 그것이 바로 인간이 짐승과 다른 유일한 차이점이라네."

"그렇다면 이 투쟁에서 우리가 얻을 수 있는 것은 무엇입니까?"

"투쟁이 없었다면 얻을 수 없었던 것을 얻는 것이 바로 우리가 얻을 수 있는 궁극의 것이네. 투쟁의 열매보다 그 과정에 더 많은 양분이 있지."

"저는 과정의 양분을 무시하지는 않으나 종국의 열매, 그중에서도 패배가 두렵습니다."

"패배를 예감하면서 시작하는 투쟁도 있네. 다만 우리가 할 수 있는 최대의 준비는 피할 수 없는 패배에 직면했을 때의 가치 있는 자세를 미리 생각하는 정도일 뿐이지."

"왕이시여, 저는 여전히 부족하여 그 말의 진의를 모르겠습니다. 몰라서 괴롭습니다."

"현장에서 실력을 쌓도록 하게. 깨닫고 인식하게. 머리가 아니라 몸을 통하여 생각하게! 실력은 현장에서 그대가 겪는 그 두려움과 괴로

움의 시간까지 모두 포함되네."

　그러나 적은 현장에 단 한 번도 출몰하지 않았다. 이 사막을 건너서 적이 나타날지는 그야말로 미지수였다. 고단한 진지구축과 훈련은 매일 반복됐다. 눈에 보이지 않는 적과 매일매일 대치한다는 것은 허망하고 두려운 일이었다.

　"자네, 싸움에서 가장 무서운 적이 무엇인지 아는가?"

　"모르겠습니다. 왕이시여, 미욱한 저는 모르겠습니다."

　"고독이네. 바로 자네 안에 있지."

　왕의 목소리가 마치 옆에서 들리는 듯했다. 나는 정신을 차리려 머리를 세게 가로저으며 주위를 둘러보았다. 옥방 창 너머의 하늘은 박명에 푸르스름했다. 충장 이충, 맹장 박찬, 경호관 한청은 각자 방의 한 귀퉁이를 차지하고 앉아 눈을 감고 있었다. 처형 직전의 단잠을 즐기는 것인지, 기도를 하는 것인지, 아니면 나처럼 지난 일을 떠올리고 있는지 알 수가 없었다.

　우리를 패배로 이끈 원장 최명의 내통은 여전히 납득할 수 없는 일이었다. 최명은 왕과 함께 투쟁의 시작부터 삼 년을 동고동락한 최측근이었다. 전폭적인 신임을 받던 장군이었을뿐더러 왕의 진의와 이 혁명의 대의를 가장 밀접한 거리에서 수행한 지지자였다. 그 누구보다 왕의 가르침과 철학을 많이 목격하고 감동받은 수제자와 다름없었다.

　그런 그가 어떤 이유로 왕을 배신하고 적과 내통했단 말인가? 단지 삶에 대한 집착만으로 보기에는 아연한 구석이 많았다. 그는 전투에서 누구보다 생명을 걸고 싸운 자였다. 그렇다면 자신이 한 공동체의 지도자로 선택받지 못했다는 것에 대한 질투 때문이었을까? 왕 또한 실패하고 죽을 수밖에 없는 유한한 존재임을 밝히려는 욕망 때문이었을까? 고민에 고민을 거듭하는 사이 새벽이 다가오고 있었다. 간혹 들려오는 사령들의 명령에 따라 형리들의 발놀림이 분주해지기 시작했다.

第四章. 切頂進步

갑자기 수형자 한 명이 결박당한 채 소란스럽게 형장 안으로 끌려나왔다. 봉두난발에 얼굴을 가려 알아볼 수가 없었다. 반항이 어지간히 심해서 끌려나오는 내내 형리들에게 몽둥이질과 발길질을 당했다. 날아오는 매질에도 봉두난발은 아랑곳 않고 사력을 다해 고래고래 소리를 질렀다.

"목숨을 바쳐 충성한 대가가 겨우 이것이냐! 장부의 신의를 이토록 저버리다니! 네가 그러고도 한 나라의 임금이라 할 수 있느냐!"

놀랍게도 목소리의 주인공은 원장 최명이었다. 최명의 고함질은 사령 하나가 칼집으로 복부를 힘껏 내리찍자 신음과 함께 잦아들었다. 아니, 최명의 버둥거림은 발가벗겨진 왕의 무참한 모습과 무릎이 꿇린 우리를 목도하고는 끝내 멈추고 말았다. 최명은 자신의 영달을 위해 우리의 대의를 버리고 적국에 붙었으나 결국 적국에서도 버림받은 게 분명했다. 토사구팽 당한 셈이었다.

적왕이 차가운 표정으로 최명을 향해 말했다.

"네 놈이 왕이라 부르던 자가 여기 있고, 생사고락을 함께한 동료가 여기 있다. 이들과 한날 죽자고 맹세했을 터인데 이렇게 한날 죽게 배려했으니 나는 나름대로 장부의 신의를 지킨 셈이다. 나의 신하와 백성에게도 너의 결말을 보여줄 필요가 있다."

최명은 자신이 배반한 왕과 우리들 앞에서 차마 적왕에게 더는 항변하지 못했다. 형리 둘이 말을 잃은 최명을 끌어냈다. 최명을 우리 쪽으로 옮길 때, 총장 이충은 가래침을 모아 그의 얼굴에 내뱉었다.

"이런 죽일 놈!"

이어서 분을 못 이긴 맹장 박찬이 고함을 지르며 최명을 향해 일어나자 군졸 하나가 창봉으로 어깨를 내리찍었다. 박찬은 그 자리에서 고꾸라졌다. 경호관 한청은 최명을 노려보며 목이 찢어지도록 악을 썼다.

"어찌 왕과 우리를 팔아넘긴 배신자와 함께 죽겠는가! 지금 당장 내 목부터 베어라!"

적왕은 마지막 순간까지 우리의 분열을 꾀하고 있었다. 최명이 내 앞을 지나갈 때 나 역시 그를 저주하고 싶은 충동이 일었다. 그러나 이미 엎질러진 혁명의 꿈 앞에서 그런 분풀이는 헛되이 여겨졌다. 나는 그저 최명의 얼굴을 잠깐 응시했다. 최명은 내 옆의 한 걸음 건너에 무릎이 꿇렸다. 다만, 그가 그토록 분투하고, 모략하며, 간교했던 그 모든 노력의 마지막 지점이 겨우 처형장에 마련된 내 옆자리라는 사실이 안타까울 따름이었다.

적왕은 차분한 시선으로 왕을 내려다보았다. 그리고 조용한 음성으로 명했다.

"마지막 부탁이 있다고 했던가? 어디 그 부탁이나 말해보라."

왕은 고개를 들어 대답했다. 왕의 음성은 낮았으나 한 치의 떨림도 없이 명료했다.

"비록 도당으로 몰렸으나 수장 대 수장으로서, 나아가 장부 대 장부로서 나의 마지막 간곡한 청을 들어주시오."

왕은 이어서 말했다.

"저 단두대에서 목이 베어진 뒤 나는 내 목을 들고 부하들 앞을 걸어갈 것이오. 부탁하건대, 그 앞을 지나쳐간 부하의 생명만은 살려주시오. 이것이 전부요."

형장은 순간 정적에 휩싸였다. 판관석에 앉은 적왕도, 적장들도, 사령들도, 형리들도, 에워싼 군졸들도, 우리들도 왕의 부탁을 듣고 잠시 말을 잊고 말았다. 함박눈은 송이송이 떨어져 적왕의 금빛 갑옷 위에 내려앉았다. 단두대의 형틀 위에도 말의 안장과 군졸들의 투구 위에도 눈은 소리 없이 내려 모든 쇠붙이를 덮어갔다. 내리는 눈발 속에서 다만 어떤 판단이 떨어질지 기다릴 뿐이었다.

"네 이놈! 지금 여기가 어딘지도 모르고 그런 요상한 말을 지껄이는 게냐!"

정적을 견디기 힘들었는지 적왕 우측의 장수가 호통을 쳤다. 좌측의 장수 또한 그 말을 이어받아 간언했다.

"전하, 저자는 지금 마지막 부탁을 빌미로 얕은 수를 쓰려 하니 부디 괘념치 마시고 처형을 빨리 집행하십시오!"

적장의 호통에도 왕은 굴하지 않고 고개를 들어 적왕만을 주시했다. 그러고도 다시 한참의 정적이 흐른 뒤에 적왕은 껄껄껄 웃음을 터뜨렸다. 적왕은 죽음에 임박한 한 목숨의 비장한 부탁에 관대한 호기심이 들었는지, 아니면 그런 허황된 일은 절대 벌어질 수 없다고 판단했는지 고개를 끄덕였다. 여러 명의 장수가 동시에 호소했다.

"전하, 아니 되옵니다!"

적왕은 손을 들어 낮고 준엄하게 명했다.

"도당 괴수의 포승을 끊어라!"

형리 하나가 칼을 뽑아 나서더니 왕의 포승을 끊었다. 그러나 다리에 채운 족쇄만은 그대로 두었다. 왕이 자리에서 일어나자 형리 셋이 그 위엄에 눌린 탓인지 섣불리 왕의 몸에 손을 대지 못했다. 왕은 족쇄의 쇠사슬을 철썩거리며 알아서 단두대 앞으로 천천히 걸어갔다. 적왕이 고개를 끄덕이자 붉은 갑옷을 입은 적장이 큰 소리로 명령했다.

"처형을 시작하라!"

두웅─, 두웅─, 두웅─ 북소리가 울려퍼졌다. 사령이 붉은 깃발을 들어올리자 형리 넷이 구령에 맞춰 단두대의 동아줄을 끌어당겼다. 시퍼렇게 갈린 묵중한 칼날이 형틀을 타고 공중으로 올라갔다. 칼이 틀 머리에 닿자 왕은 허리를 굽혀 형틀 위에 자신의 목을 얹었다. 충장 이충, 맹장 박찬, 경호관 한청이 이를 앙다물며 오열했다. 나는 어떤 기적을 간절히 염원했다. 이 최악의 상황을 뒤집을 만한 어떤 예기치 못한 반전을 기대했다.

적왕이 고개를 끄덕이자 사령은 붉은 깃발을 힘껏 내렸다. 동시에 형리들은 칼날을 붙들고 있는 동아줄을 놓았다. 순식간에 칼날은 묵직한 굉음을 내며 공중에서 바닥으로 곤두박질쳤다. 우리는 이를 악물며 눈을 질끈 감았다.

둔탁한 소리 뒤에 눈을 떴을 때, 왕의 머리는 떨어져나와 눈밭 위를 데굴데굴 구르고 있었다. 그것은 누군가 함부로 발로 차버린 물건 같았다. 왕의 머리카락은 눈을 하얗게 뒤집어쓰고 왕의 눈은 부릅뜬 채 하늘을 바라보고 있었다. 그 광경을 목도하는 것만으로도 무참했다. 칼날이 자신의 살을 비집고 목뼈를 부러뜨리는 순간에도 왕은 눈 하나 깜빡이지 않았던 것이다. 참고 참았던 충장 이충이 몸서리를 치며 울부짖었다.

"오, 왕이시여!"

형리들은 줄을 당겨 칼날을 다시 공중으로 들어올렸다. 그리고 한 명이 단으로 올라와 목이 떨어진 것을 확인했다. 그 순간 왕이 형틀 위에 굽혔던 허리를 일으켰다. 왕의 목에서 핏줄기가 분수처럼 솟아올랐다. 칼날의 동아줄을 잡고 있던 형리들이 손을 놓으며 그 자리에 주저앉았다. 칼날이 바닥을 치자 확인을 위해 단 위에 올랐던 형리가 괴성을 지르며 뒤로 나자빠졌다.

왕의 몸은 천천히 단두대를 걸어 내려와 두 팔로 눈밭 위에 떨어진 자신의 머리를 주워들었다. 그리고 무릎을 꿇고 있는 우리 쪽으로 걸어왔다. 왕의 알몸은 온통 붉은 피를 뒤집어쓰고 있어서 차라리 유령 같았다. 족쇄의 쇠사슬이 소리를 내며 한발 한발 다가오자 우리 뒤에서 창칼을 든 병졸들이 하나같이 겁에 질려 뒷걸음질을 쳤다.

왕은 두 손으로 자신의 머리를 들고 충장 이층 앞을 지나갔다. 이어서 맹장 박찬 앞을 천천히 걸어갔다. 경호관 한청을 지날 때 피 묻은 왕의 쇠사슬은 매우 느리게 눈을 쓸었다. 왕이 내 앞에 이르렀을 때 나는 왕의 눈동자와 마주쳤다. 시뻘겋게 핏줄이 터진 왕의 눈동자는 몹시 슬프고 고단해보였다. 내 눈에서 뜨거운 눈물이 뺨으로 흘러내렸다. 나는 울먹였다.

"오, 오, 왕이시여!"

너무 많은 물음이 뜨거운 목구멍으로 한꺼번에 몰려들었다. 실패를 알면서도 감행할 수밖에 없는 전투 속에서 당신은 얼마나 고독했습니까. 왕이시여, 고백하건대, 당신으로 인해 새로운 세계의 눈을 떴으나 그 눈뜸은 동시에 새로운 불안이었습니다. 어쩌면 원장 또한 당신의 가장 가까운 자리에서 가장 먼저 그 불안을 감당할 수 없었을 것입니다. 너무 높고 완전한 세계를 지탱할 자신이 없었을 것입니다.

힘이 다했는지 왕의 한쪽 무릎이 내 앞에서 풀썩 꺾였다. 한쪽 무릎이 꺾이자 다른 쪽 무릎마저 맥없이 꺾였다. 왕은 마치 숨통이 끊기기 직전의 짐승 같았다. 왕은 무릎걸음으로 기어서 내 앞을 지나치더니 끝내 원장 최명 앞에 멈춰 섰다.

왕의 눈동자는 원장을 무연히 응시했다. 최명을 꾸짖는 것인지 어떤 말을 전하는 것인지 도무지 알 수 없었다. 원장 최명은 그 눈을 마주보다 못해 목청이 찢어질 듯 괴성을 지르며 고개를 눈밭에 처박았다. 왕은 무릎걸음으로 원장 최명 앞을 가까스로 기어간 뒤 풀썩 엎어지고 말았다. 왕의 손에서 굴러 떨어진 머리가 눈밭 위에 핏줄기를 그리며 나뒹굴었다. 이제 왕의 눈은 고단한 듯 질끈 감긴 채 함박눈이 쏟아지는 하늘을 향해 있었다. 우리는 모두 엎드린 채 눈물을 흘리며 통곡했다.

*

사흘 뒤, 나를 포함한 다섯 명의 장수들은 발뒤꿈치가 칼로 끊긴 채 방면됐다. 왕의 사체는 수레가 주로 다니는 자갈길 아래에 묻혔다. 소와 말과 바퀴가 늘 짓밟고 다녀 능욕하게 하기 위해서였다. 나는 수소문하여 간신히 목숨을 건진 왕비를 찾아내어 보필했다. 그런데 왕의 후손들은 공통적으로 몸에 이상 징후가 나타났다. 아들인 경우 하나같이 관절 사이에 자갈만 한 혹이 생겼다. 특히 손목 관절 부위에 돋아난 구슬 크기의 반만 한 혹은 이들의 징표와도 같았다.

이 기이한 현상을 어느 신묘한 무녀는 자갈밭 아래 매장된 왕의 원한이 유전됐기 때문이라고 풀이했다. 그럼에도 불구하고 왕의 후손들은 신체적 능력뿐만 아니라 정신적 능력이 탁월했는데, 그들은 자신의 골격을 통해 세월이 흘러도 왕이 끝내 이루지 못한 위대한 전망을 기억했다.

* 1937년 독일 뮌헨에서 있었던 '디츠 슈빙부르크 반란죄'의 내용을 일부 모티프로 차용함.

잃어버린 몸을
찾아서

김이은

*

어떤 소리가 달팽이관을 지나 몸속으로 흘러들었다. 들렸다고 하기보다는 소리가 들어왔다고 하는 게 더 맞는 말이다. 감각이 예민해진 탓이다. 귓바퀴가 저절로 쫑긋 섰다. 고막이 크게 열리면서 소리의 힘이 증폭됐다. 밝은 감색의 올이 굵은, 주렴처럼 느껴지는 무엇이 눈앞을 가리고 있다. 누군가 서성이는 발걸음 소리가 마치 먼 데서인 듯 희미하게 들렸다. 소리와 함께 내 몸이 출렁, 흔들렸다. 보이지 않는 소리를 느끼고 있자면 결국 모든 소리에 불안을 느끼게 된다. 걷는 발소리에 따라 사지가 마치 실에 매달린 헝겊 인형처럼 춤을 췄다. 덜컥 겁이 났다.

나는 다리에 잔뜩 힘을 주고, 마치 벼랑을 기어오르듯이 양팔을 위로 쭉 뻗어 올렸다. 그것도 모자라 있는 대로 까치발을 하고 껑충 뛰는 동작을 반복했다. 그러기를 몇 번인가 속으로 세다가 턱, 난간 따위의 무엇에 손이 걸렸다. 모든 감각이 눈으로 집중됐다. 시각을 되찾고 나니 냄새와 소리들이 단박에 어딘가로 멀어졌다. 차고 날카로운 바람이 최대한으로 열린 동공으로 바로 밀려들었다. 반사적으로 눈꺼풀이 닫히기도 전에 수많은 모래 알갱이들이 눈동자에 와 얹혔다.

올려다보니 J의 가슴팍이 먼저 눈에 들어왔다. 이게 무슨……. 내려다보니 가만히 서 있지 못하고 계속 서성이고 있는 J의 카멜색 구두코가 시야에 잡혔다. 이런. J의 주머니 속…… 내가 바로 J의 감색 아마 재킷 주머니 속에 들어와 있는 것이다. 나를 주머니에 넣어놓고 싶다는 J의 말을 듣고 나서, 그리고 내가 잠깐 차라리 J의 주머니 속에 들어 있으면 어떨까, 생각하고 난 뒤, 나는 정말 한없이 작아져 주머니 속에 들어 있는 것이다. 믿기 어렵지만 내 밑에 켜켜이 쌓인 허공을 보고 있자니, 또 거인의 목소리처럼 우렁우렁 울리는 J의 말을 듣고 있자니, 안 믿을 수도 없어졌다.

마치 성경의 '있으라…… 하니 있었다' 라는 구절처럼 주머니 속에 있으라…… 하니 있게 된 것이다. 눈으로 본 적 없으니 믿기도 어렵고, 경험해본 적 또한 없으므로 그럴 수도 있겠구나, 라고 짐작하기조차 어려운 일이었다. 아동용 3D 애니메이션이나 SF 영화, 혹은 알레고리나 상징을 들먹이는 소설에서는 간혹 본 적이 있는 것 같기도 하다. 하지만 그건 모두 현실이 아니기 때문에 가능한 것이다. 어떻게 그런 일이 현실에서 벌어질 수 있겠는가. 황당하기로 따지자면 이천 칠년 해외토픽 베스트 중의 각기 다른 아버지를 가진 쌍둥이를 낳은 여자 이야기나, 자신의 친딸과 결혼해 딸을 임신시킨 인도의 한 남자 이야기만큼이나 황당하지만, 또 그런 유의 이야기들은 오랫동안 관습적으로 학습되어 굳어져버린 윤리 개념을 조금만 확대시켜보자면 뭐, 생물학적으로는 불가능한 일이 아니겠으나……, 그러나 이건 그런 차원이 아니다.

아무튼.

어쩌다 이렇게 됐지. J와 백일 기념 여행을 가려고 마음먹었을 때만 해도 일이 이렇게 될 거라고는 생각지도 못했었다.

*

시청 광장으로 가자는 말에 택시 기사는 표 나게 이맛살을 찌푸렸다. J가 광장에서 만나자고 했을 때 사실 나도 그리 맞춤한 곳이라 여기진 않았지만, 괜히 만나는 곳을 두고 왈가왈부할 일은 아니라 여긴 데다, 마침 그가 현관으로 들어서고 있었기 때문에 더 이상 길게 통화할 수도 없는 일이어서 '그러지, 뭐.'라고 짧게 대답하고는 서둘러 핸드폰 플립을 닫았다.

그는 들어오자마자 파자마 바람으로 소파에 길게 누워 티브이를 켰다. 종일 허리띠로 가둬졌던 복부 지방이 단번에 탈출해 제멋대로 흔들렸다. 주말 내내 본가에 가 있느라 놓쳤던 '무한도전'을 틀었다. '돈가방을 갖고 튀어라' 편이 방송되고 있었다. 본가에서는 아이들 교육에 방해된다는 이유로 그가 아예 티브이를 없앴다고 했다. 잘 갖쳐진 홈시어터 시스템에서 흘러나온 음향이 좁은 오피스텔을 호령했다. 69인치 대형 PDP 티브이 화면 속에서 공공칠가방을 든 유재석이 서울역 매표소 앞에서 모자를 눌러쓰고 선글라스를 낀 여자에게 다가가 '사랑합니다'라고 말하자, 여자는 '이거나 갖고 꺼져'라며 바닥에 구긴 종이를 집어던졌다. 종이에는 '007'이라 쓰여 있었고, 그 자리에 주저앉아 가방의 비밀번호를 맞춰 열어보니 가방에는 돈 대신 만원짜리 그림이 새겨진 남자 팬티가 가득 들어 있었다. 그 모양을 보고 몰려든 사람들이 와하 웃어제꼈다.

그는 낄낄거리면서 내가 가져다준 자두를 씹어댔다. 새큼한 향이 퍼져 내 입 안에 신 침이 고여들었다. '저게 왜 재밌지?' 생각하면서 거실 통유리창을 열자, 태풍 갈매기가 휩쓸고 지나간 뒤 남긴 바람이 한꺼번에 달려들었다. 네 명 사망, 한 명 실종의 피해를 내고 토네이도 같은 회오리바람까지 동반했던 갈매기가 남겨둔 바람은 머리칼을 쓸어 넘기면서 묘하게 나를 흥분시켰다. 내 귓바퀴에 불어넣던 J의 날숨이라도 닿은 듯 마음이 있는 대로 뒤로 밀려났다.

"내일 라틴 댄스 동호회에서 여행간다고 얘기했었죠?"

"응? 응."

"모레 올 거예요."

"응. 근데 어디로 가는데?"

"물어보지도 않았어요. 그냥 가재서 따라가는 건데, 뭐. 바다 아니면 강, 아니면 산이겠죠."

"응."

우하하. 돈가방을 들고 뛰느라 온통 땀에 젖은 유재석과 박명수가 담벼락에 기대앉아서는 다른 멤버들의 행방을 쫓고 있다. 소파 팔걸이에 그의 발이 걸쳐져 있었다. 희끄무레하고 핏기 없고 퉁퉁하고 뭉툭했다. 꼭 돼지족발이 통째로 널려 있는 것 같았다. 풋. 웃음이 났다. 푸훗. 푸하하. 그가 폭소를 토해내는 나를 거봐, 재밌지? 하는 표정으로 힐끔 보더니 일 초도 안 돼 다시 무한도전의 열혈 시청자로 돌아갔다. 우하하…… 하하…… 킬킬킬…… 크크크……. 씹던 자두 조각이 튀어나오는지도 모르면서 웃던 그가 뭉툭하고 못생긴 발가락을 꼼지락거렸다. 짧고 두꺼운 발톱이 누렇게 들떠 있다. 각질이 두껍게 올라앉은 발뒤꿈치가 마주치자 꺼끄러운 소리가 났다. 갑자기 화가 났다. 괜히 그랬다. 저렇게 못생긴 발과 셀 수 없는 날들을 한 이불 덮고 지냈다고 생각하니 금세 소름이 돋았다. 소파 밑으로 덜렁거리고 있는 그의 손에서 리모컨을 낚아채서는 오프 버튼을 눌러 꺼버렸다.

"뭐하는 거야? 나 보고 있는 거 안 보여?"

"사람이 말을 하면 좀 쳐다봐야죠?"

"뭐? 보면서 다 얘기하잖아. 뭔데? 할 얘기 있어?"

"나 내일 여행 간다구요!"

"말했잖아. 그래, 잘 갔다 와."

"그게 아니구……."

"그럼, 뭐, 또? 아, 참. 보험회사에 전화했어? 노후보장보험 들라고 했었잖아."

그가 말꼬리를 내리면서 슬그머니 내 손에서 리모컨을 빼앗았다.

유재석과 박명수, 노홍철과 정준하가 일렬로 서로를 쫓아 뜀박질하고 있다. 뛰다, 넘어지다, 소리치다, 다시, 뛰었다. 풋. 웃음이 났다. 재밌는 거구나.

"보험 들었냐구?"

"그게 언젠데요. 세 달도 넘었어요. 들었다고 말했잖아요. 보험사에 전화해서 설계사가 집에 왔었다구."

*

길은 그야말로 한여름 엿가락 늘어지듯 늘어선 차들로 꽉 차 있다. 가위로 똑, 하니 잘라낼 수도 없는 지경이니 택시 기사의 짜증을 묵묵히 귀로 듣고 있을 수밖에 없다. 태풍이 휩쓸고 간 하늘엔 마지막 구름들이 휘몰아치며 서로가 서로를 벗겨내고 있다. 뭐랄까, 구름은 어딘지 이루어지지 못한 꿈들이 뭉쳐 있는 듯 보였다. 구름은, 결국 실패한 꿈처럼 빠르게 흩어졌다. 며칠 동안이나 비에 갇혀 멈춰 있던 하늘이 시원하게 열리고 있다. 어느새 바탕이 드러난 하늘은 내게 벌써 도시를 떠나 시원始原을 찾아가는 여정에 있다는 착각이 일도록 파랬다. 짐작도 못하게 먼 지중해 바닷빛이 저럴까.

"여기서 내리셔야겠습니다. 더 못 가요."

택시 기사의 목소리가 시공을 뛰어넘어 지중해 바다를 떠돌던 나를 도로 택시에 주저앉혔다. 서늘하게 뿜어져나오는 에어컨 바람에 귀밑 솜털이 일어났다.

정오 무렵의 광화문은 노점 연합회, 독도 사수대, 광우병 대책위원회 등등의 단체 깃발을 앞세운 수많은 사람들로 북새통이다. 지중해 바닷빛 하늘에서 쏟아져내린 햇살이 지상의 마지막 습기를 말리고 있다. 다른 곳에서 만나자고 할 걸 그랬나. 독도 사수대의 깃발 끄트머리쯤에 걸려 따라 걸으면서 힐을 신고 나온 걸 후회했다. 예술인 총연합회 깃발을 높이 쳐든 사내와 어깨를 부딪는 바람에 메고 있던 피크닉 백이 떨어졌다. 왜 J는 행선지를 알려주지 않았을까. 미지의 장소에 대한 호기심보다는 슬몃 불안이 피어오른다. J에게는 그것도 백일 기념 이벤트 과정 중 하나인 모양이다.

　　두 달이 넘게 이어진 촛불 집회 때문에 경찰은 아예 전경 버스로 시청 광장을 둘러막고 있다. 광장에서 만나기로 했지만, 광장으로 들어갈 수 없으므로 촛불 대신 피크닉 백을 가슴에 끌어안은 나는 시청 광장 언저리에서 J를 기다렸다.

　　꼭 백 일 전이었다. 따로 가정을 갖고 있는 그를 만나 살림을 난 지 꼭 팔 년이 되는 날이기도 했다. 그의 호적에 오르지 못한 나에 대한 배려라고 그는 몇 번을 강조하면서 노후보장보험을 들라고 했었다. 요즘 보험 하나 없는 사람이 어딨냐며, 도대체 현실감이라곤 없다며, '아무리 나보다 일곱 살이나 어려도 그렇지, 너도 이제 서른이 훌쩍 넘은 나이란 걸 알아야지' 라면서 그는 보호자, 혹은 어설픈 가장 흉내를 냈었다. 나는 설계사가 찾아와선 내 늙은 모습을 샅샅이 까발려놓을 게 싫었다. 설계사는 내가 쭈그렁 할머니가 돼선 화장실에서 미끄러져 꼬리뼈에 금이 가기도 하고, 계단을 내려가다 무릎뼈가 나가기도 할 것이며, 온갖 병들을 달고 종합병원을 전전하다 죽게 될 거라고 엄포를 놓을 테니까. 그리 생각하면 당장 고꾸라져 죽고 싶었다. 지나치게 길어진 인간의 수명은 기대와 달리 불안과 공포, 자기 자신에 대한 혐오만 낳는다.

그랬지만, 보험사에 전화했다. 그가 본가로 돌아간 토요일 오전에 전화했고, J가 받았다. 그리고 J를 내 오피스텔에서 처음 만났다.

*

"미안. 내가 좀 늦었어요."

흰 폴로 티셔츠에 밝은 감색 아마 재킷을 받쳐 입은 J는 등 뒤에서 쑥 다가와 내가 멘 가방부터 받아 들었다. 깃발과 촛불을 들고 서 있는 수백 명도 넘는 사람들 사이에서 보스턴 백만큼이나 커다란 피크닉 백을 메고 서 있게 하는 건 좀 그렇지 않느냐고 말하려다 말고 J의 목덜미를 타고 흰 폴로 티셔츠 안으로 흘러드는 땀줄기를 보고는 대신 이렇게 대답해줬다.

"J는 흰 티셔츠가 정말 잘 어울려."

진심이다. J는 근사했다.

"나오는 김에 같이 촛불 집회도 잠깐 참석하면 좋겠다 싶어서 여기서 보쟀는데 한낮인 데다 광장엔 아예 들어가지도 못하게 됐네요."

J는 관자놀이에 막 솟아난 땀방울을 훔치며 미안한 표정을 지었다. 정말 촛불이라도 들고 나올걸……. 어깨가 좀 움츠러들면서 미안한 마

음으로 사람들을 둘러봤다. 그렇지만 오늘은 J와의 백일 기념이니까.

"우리…… 오늘 어디 가?"

"아주 특별한 여행을 해보고 싶어요. 서울 여행."

"서울 여행?"

무슨 말인지 언뜻 이해가 되지 않아 멀뚱한 표정으로 경륜선수 출신다운 탄탄한 J의 어깨를 올려다봤다. 시퍼런 하늘빛이 J의 감색 재킷에 번져 눈앞이 온통 파란 나라다.

"삼십 년 넘게 서울에 살면서 서울 여행 한 번 해본 적 없죠?"

서울 여행이라니. 감이 잘 안 온다. 서울은 어디를 어떻게 여행해야 하는 거지? 경복궁 앞에서 손바닥만 한 삼각 깃발 뒤에 줄줄이 늘어선 일본 단체 관광객이 떠오른다. 설마…….

"미래의 서울을 보러 가는 거예요."

"미래의 서울이라니? 암튼 차는 왜 가져오지 말란 거였는데?"

J는 내 어깨를 감싸 안고는 남대문 쪽으로 걷기 시작했다. 설마…….

"뭐든 제대로 보려면 걸어야죠. 그리고 밤엔 축배를 들어야죠. 백일 기념일인데."

기념이란 걸 잊고 산 지 오래여서, 아니 그를 만나 살림을 시작하면서 다른 부부들이 그럴 것처럼 기념일 챙기는 게 어느새 의무가 돼버려서, 기념이라면 먼저 골치가 아팠다. 그런데 J와의 백일 기념이라니까 묘하게 흥분되고 기대된다. 그건 그렇고, 그럼 어디 교외나 바다로 갈 줄 알고 챙겨온 도시락이며 과일, 내 비키니 수영복은 어쩌나.

일부러 어제 백화점에 가서 어려보이는 디자인으로 신경 써 고른 건데. J의 어깨에 걸쳐져 있는 피크닉 백이 좀 겸연쩍어진다. J가 촌스럽다 그러려나? 백 안에 뭐가 들었는지 말하지 말까?

"뭘 그리 생각해요? 왜요? 불안해요?"

내 흥분된 표정이 J에겐 불안으로 읽혔나보다. 하긴, 걱정이다. 내내 걸어다니고 밤엔 술 마시고 잠은 어디서 자려나⋯⋯. 그다음엔 어쩔거냐는 내 물음에 J는 한쪽 눈을 찡긋하면서 그다음은 그다음에 생각하면 되지, 뭐⋯⋯ 이런다. 나는 미리 계획되지 않은 것들이 불안하다. 밥 먹고 난 다음에 분위기 좋은 카페에 가서 차를 마실 건지, 어디 교외로 드라이브를 갈 건지를 미리 생각해야 하고, 교외로 나갔다면 그다음엔 다시 집으로 돌아올 건지, 아니면 모처에서 숙박을 할 건지 미리 계획하고 있어야 마음이 놓인다. 뭔가 다음 계획을 짜놓지 않으면 불안해서 내내 그다음엔 뭘 해야 할는지 걱정하느라 생각이 많아진다. 그래서 오히려 지금을 즐기지 못한다. J는 나와 다르게 그런 불확실함을 자유라고 생각하는 것 같다. J의 표정에서 일탈에서 오는 짜릿함과 흥분이 동시에 느껴진다.

호텔은 예약해놓은 건가? 머릿속에서 서울의 호텔 방값과 백일 기념 여행은 자신이 책임지겠다고 했던 J의 말이 뒤섞인다. 혹시 술에 만취한 J를 끌고 근처 모텔방에 처박혀야 하는 건 아닌지. 눅눅하고 곰팡내 나고 머릿기름 냄새가 밴 베개에다 오래돼 덜덜거리는 벽걸이 에어컨은⋯⋯ 싫다. 여섯 살이나 어린 능력 없는 연하남을 만난다는 건 간신히 뚫고 지나온 과거의 싸구려 터널 속으로 다시 걸어 들어가는 일일지도 모른다는 생각이 든다.

J를 만나기 시작하면서 어쩌자는 작정 같은 건 없었다. 내 오피스텔에서 처음 J를 맞아들였을 때 J는 그저 건장하고 싱싱하고 채 풋내가 덜 가신 남자였을 뿐이었다. 깔끔하게 세탁했지만 고급스럽진 않은 J의 양복은 평범한 보험설계사의 차림이었다. 그때도 정오 무렵이었다. 봄날의 햇살은 눈부셨고, 블라인드는 모조리 열어젖혀져 있었다. 노후보장보험과 각종 의료보장보험, 재테크에 이르기까지 재무 전반을 상담해주던 J가 무심코 웃옷을 벗었고, 다림질 되지 않은 흰 와이셔츠 밑으로 속옷을 받쳐 입지 않은 J의 탄탄한 근육 선이 고스란히 살아났다. 나는 갑자기 생각난 듯 차를 내오겠다며 소파에서 일어섰다. 온몸의 세포가 활발하게 움직이기 시작했다. 채 피지도 못하고 시들어버린, 말하자면 도리 없는 젊은 날의 심장으로 단번에 되돌아가고 있었다.

J는 내가 돈 좀 있는 삼십 대 싱글녀인 줄로만 알고 있다. 법률혼을 한 적 없고 보험도 내 것만 들었으니 J로서는 당연한 일이다. J는 딸 쌍둥이 아빠다. 여러 해 전 클럽에서 만난 여자와 하룻밤을 보냈고, 갓 고등학교를 졸업한 여자가 임신했다며 찾아왔을 때 책임지는 가장 상식적인 방법은 결혼이라고 생각했다. 철부지 아내는 겉돌았고, 경륜선수로 한창 잘나가던 J는 무릎 부상으로 선수 생활을 그만둔 뒤 보험을 시작했다고 했다. J에게 나는 뭘까. 탈출구? 아니면 미래보장보험?

"대체 여긴 왜 온 거야?"

미래의 서울을 보기 위한 여정은 쉽지 않았다. 태풍이 소멸한 뒤의 대기를 차지하고 나선 고기압은 폭염을 쏟아냈고, 남아 있던 습기는 공기의 밀도를 높여 숨도 쉬기 힘들었다. 힐을 신은 발은 흐른 땀 때문에 자꾸만 미끄러졌다. 무릎을 다쳤다지만, 타고난 뼈대가 워낙 튼튼해선지 J는 여전히 호흡이 차분하다.

"힘들어요? 그럴까봐 도원桃園역까진 택시 타고 왔는데. 우리 고작 일 킬로도 안 걸었어요."

"벌써 일 킬로나 걸었다구? 그 엄청난 거리를……."

J는 아직 모르는가보다. 시간 감각만 개인차가 있는 게 아니다. 공간감 또한 사람마다 다른 법이다. 잠시 J와 나는 '고작'과 '엄청난' 사이를 메우지 못하고 어색해졌다.

"다 왔어요. 여긴 꼭 걸어가면서 높이를 실감해야 제 맛이라. 어때요? 죽이죠?"

진심 어린 감탄이 배 있는 J의 시선이 바빌론의 탑만 할까 싶게 하늘을 향해 불쑥 솟아올라 있는 철골 구조물 꼭대기에 가 박혀 있다. J의 미래 서울. 내가 백에서 물티슈를 꺼내 힐 사이로 발바닥의 땀을 닦아내는 동안, 감탄사 섞인 J의 말은 계속됐다. 두바이 버즈 잘 알죠? 삼성이 지은 거. 그 높이만 한 건물을 짓고 있는 거잖아요. 알고 있죠? 몇 년 후면 명실상부한 한국의 랜드마크가 될 거예요. 그리고 우리 보험사는 이미 이 건물로 이주 계약을 했구요. 내가 바로 이 서울의 미래에서 일하게 되는 거라구요. 멋지지 않아요? 미래의 서울에서 미래를 위해 일하는 최고 보험설계사가 될 거예요. 나는 그놈의 미래 때문에 지금 죽을 지경이다. 흐른 땀은 속옷까지 적셨고, 힐의 스트랩에 쓸린 발가락은 빨갛게 부어올랐다.

도원동은 서울에 마지막으로 남은 미개발 지역이었다. 생태계가 살아 있고 인적이 없던 곳이라 개발 허가를 받을 때 환경 단체의 거센 반발을 무마하기 위해 개발 업체는 로비 자금으로 막대한 돈을 썼다는 후문이 떠돌았다. 우거졌던 관목 숲과 오래된 물길은 건축부지를 조성하고 공사로를 트느라 마구 헤집어졌다. 여기저기 쌓인 돌들과 잘리거나 꺾여 죽은 나무들이 널려 있어 마치 쓰레기 매립장 같은 곳이 돼버린 도원동 한가운데 엄청나게 크고 높은 철골 구조물이 올라가고 있다. 그 전체 높이는 완공 때까지 철저하게 비밀에 부쳐진다고 하지만, 소문으로는 세계에서 가장 높은 빌딩으로 기네스북에 등재될 거라고 한다.

"자, 이제 미래의 서울을 여행해야죠?"

철골 구조물의 높이를 따라 한없이 올라가던 내 시선이 다시 J에게 돌아왔다. 땀에 젖은 머리칼이 뺨에 들러붙었다. J가 내 머리칼을 쓸어주고 손부채를 연방 부쳐준다.

"오늘이 특별 공개일이에요. 누구든 저 구조물에 올라가볼 수 있다구요. 미래가 우리의 백일을 축하하는 기분이에요."

하긴. J와 나에겐 기억이 없으니 모든 건 미래에 달려 있지. 문득 그런 생각이 들었다. 나는 그와의 기억 때문에 그를 떠나지 못하는 건지도 모른다는. 386세대 끝물인 그는 운동권 골수분자 출신이다. 민주정부가 들어서고 학교를 졸업하면서 현실에 눈뜬 그는 미래에 대한 확실한 비전을 갖고 컴퓨터 해킹 방지 프로그램 사업을 시작했다. 그 세대의 많은 사람들이 그렇듯, 그는 목적지향적이며, 알 수 없는 피해의식에 둘러싸여 있고, 과정을 별로 중요하게 생각하지 않는다. 한 번 목표물이 생기면 기어이 손에 넣는다. 그리고 책임감이 강하다. 그 회사에서 일하던 나는 그에게서 도망치기 위해 내가 할 수 있는 모든 것을 했다. 그러다 임신했고, 유산에 이어 불임 판정을 받은 후 도망치기를 그만뒀다. 불임의 젊은 여자가 택할 수 있는 선택의 폭은 그리 넓지 않았다.

그와 살림을 시작하고 나서 섹스와 사랑의 기회가 줄었고, 선후는 분명치 않지만 성욕도 잃었다. 그는 꾸며진 옷차림을 가식이라 생각하고, 내가 화려하게 입는 걸 싫어한다. 내 오피스텔에서 그는 늘 속옷 바람에다, 달리 그림 속에 나오는 시계처럼 축 늘어져 있다. 그와 나는 과거의 기억 속에 멈춰 있고, 기억 속에서 보여줬던 그의 맹목과 열정이 나를 옭아매고 있다.

탈출구가 필요한 건 J뿐만이 아닐지도 모른다. 그와 살림을 나면서 탈출 욕망은 사라졌다 생각했지만 그러기에 나는 아직 젊은가보다. 그렇게 생각하니까 기분이 좋아졌다. 어쨌거나. J는 내게 시작에 대한 설렘과 흥분을 느끼게 했다. 새로운 사람을 대하는 새로운 나의 모습이 나를 흥분시켰다. J가 말해준 내 미래에 대한 싸구려 보상심리가 들어 있는지도 모를 일이고. 그와의 완결된 현재에서 미래 따위는 없으니까. 나는 잠시 기억과 미래 사이에서 흔들렸다. J에게 든 보장보험 속 미래의 나는 죽음에 대한 두려움밖에 남은 게 없는 주름투성이 노파였다. 그러나 나는 아직 젊고 J의 건강한 몸은 가질 수 없는 미래에 대한 욕망이었다. 한 달쯤 전, 그가 본가에 가고 없는 주말에 J가 내 오피스텔로 찾아왔었다.

*

"내가 뭘 준비해왔는지 봐요."

한 손에 커다란 비닐 봉투를 두 개나 들고 들어온 J는 나머지 한 손으로 막 샤워를 마치고 나온 내 허리를 가볍게 감싸 안고는 젖은 머리칼에 입을 맞췄다. 나는 J의 입맞춤보다 한 손에 무거운 봉투를 두 개나 들고도 동시에 다른 일들을 아무렇지도 않게 해낼 수 있는 육체에 감동했다. J는 셔츠 소매를 걷어붙이고는 곧장 오피스텔 근처 대형 할인마트 마크가 찍힌 비닐 봉투를 식탁 위에 부려놓았다. J가 봉투에서 꺼내놓는 물건들보다 나는 봉투 속과 식탁 위를 오가는 J의 팔뚝에 눈을 박아놓고 있었다. 스물일곱의 건강한 남자가 보여줄 수 있는 힘과 감동을 그 팔뚝에 다 그러모아놓은 것처럼 팔뚝 위로 불거져 올라온 힘줄까지 힘차게 살아서 팔딱이고 있었다.

"배고파?"

내 목소리는 막 봉투에서 돼지고기와 만두피를 꺼내고 있는 J의 오른쪽 소매 끝에 가 닿았다. 고기는 식탁의 조명을 받아 더욱 붉게 윤기가 흘렀다.

"당신은? 딴 게 고파요?"

J의 입술은 육식에 대한 기대로 가득 찬 짐승처럼 붉었다. 나는 J의 목소리에 단박에 매혹됐다. 거기에는 은밀한 전복과 파괴, 그리고 복종이 들어 있었다. 반쯤 열려 있는 블라인드 밖, 이십삼 층 오피스텔 창밖으로 보이는 도심의 불빛이 J의 눈빛을 더욱 화려하게 비춰주었다. 나는 채 마르지 않은 맨발로 전등 스위치를 끈 다음, 반쯤 닫혀 있던 블라인드를 모조리 걷어올렸다. 창을 사이에 두고 어둠 속에서 건너다본 밤의 도시는 뿌옇던 낮보다 더 환했다. 창밖으로는 한강이 길게 흐르고 있었다.

나와 강 사이에는 서로 높이가 다른 도로 세 개가 겹쳐 이어져 있었다. 창을 조금 열어보니 도로를 달리는 차들의 소음과 모래 먼지 섞인 바람이 한꺼번에 창 안으로 몰아닥쳤다. 깜짝 놀란 나는 얼른 창을 닫고 걸림쇠까지 단단하게 걸었다. 그러자 액자 속 그림처럼 창밖의 전망이 오로지 내 것이 되었다. 유리창으로 가로막힌 강과 도시를 바라보는 게 좋다. 유리창 안에서 나는 도시의 어떤 소음과 공해에도 노출되지 않으면서 그걸 즐길 수 있으니까.

"거기서 뭐해요? 이리 와요, 어서."

당면과 야채를 손질하다 말고 J는 내 뒤로 다가와 벗은 내 몸을 안았다. 등허리를 타고 J의 살갗이 따뜻하게 밀착됐다. J가 나를 뒤에서 안은 자세 그대로 침대에 나란히 모로 누웠다. 그리고 J는 바로 뒤에서부터 직진해 들어왔다. 단번에 나를 소유하듯이, 혹은 소유의 표시를 심어넣듯이 달려들었다. 나는 온몸을 떨었다. 그리고 동시에 호흡이 빨라졌다. J가 내 뒤에 있으므로 나는, 내 품 안은 텅 비어 있다. 내 양팔은 허공을 잡아 쥐려 애쓰는 사람처럼 끊임없이 흔들렸다. 구겨진 이불깃을 붙들었다가 이내 팔을 뒤로 돌려 J의 목을 그러안았다. 숨 가빴다. 채 말이 되어 나오지 않는 무엇이 가슴 속에서, 목구멍에서, 그리고 J에게 열어준 저 아래 깊은 곳에서 뜨겁게 들끓었다.

어두운 유리창에 실루엣이 그려졌다. 유리창에 둥실, 뜬 실루엣은 허공을 내처 달렸다. 이십삼 층, 도시가 내려다보이는 공중에 뜬 채 날아오를 것처럼 힘차게 움직였다. J가 갑자기 거칠게 내 팔을 뒤로 꺾어 등허리가 곧추 펴졌다. 세상이 나를 관통하고 있는 것처럼 내 안에서 아픔과 기쁨이 분간 없이 뒤섞였다.

*

아직 완성되지 않은 미래의 랜드마크는 생각했던 것보다 훨씬 더 위험하다. 힐이 바닥에 닿을 때마다 다리가 흔들렸다. 밑에서 보기에 튼튼해 보였던 철골 구조물은 높이 오를수록 바람을 타 흔들렸다. J가 내 손을 꽉 붙들고 있다.

"무서워요?"

안전모를 쓴 머리가 무거워 고개를 끄덕이기도 어렵다. 나는 눈으로 그렇다고 대답했다.

"표정 좀 봐. 어린애 같아. 귀여워요."

내가 느끼는 불안과 J가 즐기는 스릴의 간격이 저만큼일까. 칠십 층 높이에서 내려다보는 지상은 까마득하다. 둘러보니 미래 여행에 나선 사람들이 꽤 많다. 점으로 보이는 노란 안전모의 물결이 바닥에 서부터 끊임없이 올라오고 있다. 완결되지 않은 모든 것들은 불안을 야기한다. J를 보는 내 눈빛이 흔들린다. J가 내 발에서 힐을 벗겨 손에 든다.

"맨발이 나을 거예요. 그렇게 무서워요?"

"응. 어지러워. 토할 거 같아."

"당신 지금 너무 예뻐요. 무서워 떠니까 더. 당신을 아주 작게 만들어서 주머니에 넣으면 좋겠어요. 그럼 당신은 안 무서울 테고, 언제든 내가 보고 싶을 때 꺼내 보면 되잖아요?"

J가 양팔로 내 허리를 바싹 당겨 안았다. 간지러움이 등뼈를 타고 올라왔다. 어쩌겠나. 가만히 J의 어깨에 머리를 기대고 미소를 지을 수밖에. 작아진 나를 주머니에 넣는다…… 내가 휴대하기 간편하고 소유하기 쉬운 형식으로 바뀐다…… 주머니 속에 넣어 가지고 다니다가 언제나 필요하면 꺼내 사용하는 일종의 도구가 된다…… 어디선가 그런 말이 여자에 대한 폭력의 표현일 뿐이고, 아주 작은 존재가 된 여자를 남자가 원하는 때마다 취하겠다는 은밀한 정복욕에 다름 아니라는 말을 들은 기억이 난다. 그래도…… 처음 들어보니 기분이 좋다. 이상하다. 묘하게 온몸이 간질거린다. 내가 J의 주머니 속에 들어간다, 아주…… 작아져서……. 어떤 기분일까……. 궁금해진다.

팔십칠 층까지 올라오자 갑자기 넓은 공터가 나오고 많은 사람들이 모여 있다. 구조물을 둘러싼 안전망 가까이에 스낵바를 겸한 간이 커피숍이 있고, 다른 한쪽에는 망원경을 갖춘 전망대가 마련돼 있다. 안전망 설치가 돼 있기는 해도 바람까지 차단한 건 아니다. 팔십칠 층 높이에서 맞는 바람이라니. J와 나는 서로 손을 꼭 붙잡았다. 바람 소리에 저항하느라 목소리가 점점 더 커졌다. 내게로 불어 닥치는 바람을 J의 단단한 어깨가 막아서고 있다.

"뭐 좀 먹을래요?"

"뭐라구? 잘 안 들려."

내게 더 가까이 다가들면서 큰 소리로 다시 묻는 J의 말에 나는 대답할 수 없었다. J의 어깨너머로 그와 눈이 마주쳤기 때문이다. 나는 눈을 질끈 감았다 떴고, 이게 무슨 상황인가 당황했으며, 그가 왜 여기 있는지 의아했고, 그 옆에 나란히 서 있는 중년 여자와 그를 닮아 얼굴이 동그란 두 사내아이들을 보고 저들도 서울의 미래가 궁금했나, 싶은 생각이 들었고, 그럼 나는 어떤 태도를 취해야 하는 건지 알 수 없었으며, J에게는 뭐라고 설명을 해야 하는 건지 생각이 잘 안 났고, 그렇다면 모른 척하는 게 옳은 건가 생각하다가, 주말이 지나 그가 다시 내게로 왔을 때는 또 뭐라고 설명하나, 싶어 난감해졌고, 문득 아직 J와 서로 손을 맞잡고 있다는 사실을 떠올렸다. 나도 모르게 손을 뿌리치고 일단 그의 시선을 피했다. 아주 짧은 시간이 흘렀을 뿐이었겠지만, 마치 그와의 긴긴 과거를 한꺼번에 되풀이하고 한 바퀴를 더 돌아 완결된 현재를 지나, 미래가 없는 벼랑 끝에 선 기분이

됐다.

왜 그래요? 라고 물으면서 J가 고개를 돌려 그의 가족을 바라봤다. J는 무얼 짐작했을까. 다시 고개를 돌려 내게로 돌아온 J의 시선은 한없이 무거워졌다. 단번에 J의 눈빛에서도 미래가 사라졌다, 고 느껴지면서 바람이 사방에서 불어닥쳤다. 그는 거센 바람으로부터, 혹은 다른 무엇으로부터 가족을 지켜야 하는 가장의 몸놀림으로 가족들을 채근해 다시 팔십칠 층을 되짚어 내려가기 시작했다.

뜬금없이 정말 J의 주머니 속에 들어갔으면…… 하는 생각이 간절해졌다. 순간적으로 그랬다.

*

처음엔 무슨 자루나 담요 같은 데 싸여 갇힌 줄로만 생각했다. 어떤 종류의 섬유질 냄새가 코를 찔렀다. 거기엔 오래돼 뭉쳐 굳어진 먼지 냄새도 섞여 있었다. 나는 우선 깊숙하게 숨을 들이마시고, 또 길게 내뱉었다. 내 주위를 둘러싸고 있는 먼지가 한꺼번에 콧속으로 들어와 심한 재채기가 났다. 내가 생성 이전의 우주에 떠다니는 먼지 알갱이가 된 듯한 기분이었다. 정수리 쪽에 뿌연 빛이 느껴지는가 했지만, 마치 눈에 백탁이 낀 물고기처럼, 망막에 맺히는 상은 없었다. 공간이 좁아 몸을 제대로 뒤척이기도 힘들 지경이었다. 행동할 수 없으니 감각이 예민해졌다. 그랬지만 실제로 느껴지는 건 많지 않았다. 먼지가 뭉쳐 구르는 소리가 귀에 잡혔다. 공간이 제한되니까 시간도 따라서 흐르거나 혹은 멈추거나 하지 않았다. 도무지 알 수 없는 일이 아닌가, 라고 생각하면서 나는 애써 몸을 뒤척였다.

아홉 달 동안 들어 있었을 자궁 속이 이랬을까. 아니면 폐로 호흡하지 못해 숨만 꺽꺽 들이쉬게 만드는 물속이 이럴까. 비좁고 답답한 걸로 따지자면 마치 자루 속에라도 들어 있는 듯한 기분이지만, 무언가 나를 온전하게 감싸고 있다는 점에선 어쩐지 안도감이 느껴진다. 마치 가볍고 따뜻한 거위털 침구를 깔고 덮은 듯 스륵 잠이라도 잘 수 있을 것 같다.

나를 주머니에 넣고 싶다는 말을 듣고, 또 차라리 그렇게 되면 좋겠다고 생각했을 뿐인데…… 나는 지금 J의 밝은 감색 아마 재킷의 주머니 안에 들어와 있는 것이다. J는 지금 팔십칠 층의 한복판에 서서 연방 사방을 두리번거리고 있다. 내가 주머니 속에 있으리라곤 꿈에도 생각하지 못한 채 갑자기 눈앞에서 사라져버린 나를 찾고 있다. 어쩌면 난데없이 나타난 그와 흔적 없이 사라진 나를 번갈아 생각하면서 심한 낭패감을 느끼고 있는지도 모른다. J는 간이 커피숍으로 가서 아이스 아메리카노를 한 잔 주문하고 테이블에 앉았다. 그러고는 무심코 재킷을 벗어 옆 의자 등받이에 아무렇게나 걸쳐놓았다. 나는 J가 재킷을 땅에 떨어트리지 않은 걸 감사했다. 밝은 감색 아마의 성근 올 사이로 J가 보였다. J는 주머니에서 휴대폰을 꺼내 들었다.

"응. 나야. 왜?"

집에서 걸려온 전화다. 그건 J의 목소리로 알 수 있다. 낮고 힘 빠지고 긴장감 없는 음성이다.

"아니. 음…… 그게, 지방 출장이 갑자기 취소됐어. 오랜만에 영화라도 보러 갈까? 놈놈놈 재밌다던데."

J는 내가 사라진 지 삼십 분도 채 안 돼 나와의 백일 기념 여행 대신 아내와의 외출을 택했다. J는 포기도, 선택도 빠르구나…… 생각하는데 아이스 아메리카노를 손에 든 J가 재킷을 의자에 그대로 걸쳐둔 채 전망대 쪽으로 향한다. 있는 대로 소리를 높여 J를 불렀지만 J뿐 아니라 팔십칠 층에 있는 수많은 사람들 중 누구 하나 나를 향해 시선을 돌리지 않는다. 사람들의 웅성거리는 말소리가 사방에서 불어오는 바람에 섞여 내 머릿속을 온통 헤집어놓아 어지럽고 속이 울렁거린다. 몸이 작아지면서 다른 모든 것들 또한 터무니없이 작아진 모양이다. 창살처럼 눈앞을 가린 아마의 성근 올 사이로 동전을 넣고 망원경을 이리저리 돌려가며 서울의 풍광을 내려다보고 있는 J의 뒷모습이 보인다. 창살을 사이에 두고 J의 등은 두 동강 나 있다. 미완의 구조물 위에 서서 저 너머 어딘가에 있을 자신의 미래를 펼쳐보고 있기라도 한 건가. 한참이나 꼼짝 않고 망원경에 눈을 들이대고 있다. 나란 존재는 이미 잊은 건지. J의 말대로 주머니에 들어와 있으니 J가 나를 원해야 주머니에서 나갈 수 있는 건가. 나는 여기 있지만, 누구도 내가 여기 있다는 걸 모르니, 나는 여기에 없는 것과 다를 바가 없다. 그리 생각하니 겁이 나고 동시에 안도하는 긴 숨이 내뱉어진다.

이윽고 돌아선 J가 나를 향해 걸어온다. 정확히는 의자에 걸쳐둔 재킷을 향해서다. 그런데…… J는 그냥 지나친다. 뭔가 당장은 빠져나올 것 같지 않은 깊은 생각에 빠져 있는 발걸음……. 느리고, 방향 없고, 불규칙한. 목청 높여 부르는 내 목소리는 J의 귓바퀴에 가 닿지 못하고 밝은 감색 창살을 빠져나가 팔십칠 층 공중에서 흩어진다. 그러다 뚝 멈춘 걸음. J의 뒷모습이 긴장되고 어깨가 굳어진다. 캡처 화면처럼 정지된 장면에 바람만 이리저리 불어대고 있다. 수많은 사람들이 한꺼번에 뱉어낸 말소리가 긴장감을 돋우는 음향효과처럼 화면을 둘러싸고 흘러다닌다. 무슨 일이지. 내 몸을 되찾아야 프레임을 열고 화면 속으로 걸어 들어가 다시, 시간을 흐르게 하고 J에게 모든 걸 해명할 수 있을 텐데.

"이 사람은 어디 갔습니까?"

J의 등을 타고 넘어와 내 고막으로 흘러든 목소리는, 그다. 틀림없다. 건조하고, 굵고, 울림이 큰 목소리다. J가 놀란 듯, 한 걸음 비켜선다. 가족들과 함께 내려갔던 그가 되돌아왔다. 이번엔 혼자다.

"내가 묻고 싶은 말입니다. 같이 간 거 아닙니까?"

지지 않으려는 어린애 목소리처럼 J는 데시벨을 높여 말한다. 포기와 선택이 빨라 되돌아가고 있는 J와 한 번 손에 넣은 건 절대 포기하는 법이 없는 그. 둘은 팔십칠 층 공중에서, 바로 내 앞에서, 나를 찾고 있다. 그리고 둘은 뭔가 몇 마디를 더 나눴다. 그사이에 한 쌍의 연인과 어린애가 딸린 가족이 지나가는 바람에 들리지 않는다. 그러고는 둘 다, 뒤돌아서 지상을 향해 내려간다. J는 벗어놓은 재킷을 그냥 두고 간다. 나는 여기 있고, 여기 없고. 둘 다 가 버리고, 나는 여기 혼자 남고. 그들은 이제 어디로 가는 걸까. 각자의 가족에게 돌아가거나, 혹은 나를 찾아가거나. 아무려나. 이제 내 운명은 J가 남기고 간

밝은 감색 재킷에 달려 있다. 누가 날 좀 꺼내줘요…….

*

누군가 재킷을 집어 든다. 내 작은 몸이 공중에서, 주머니 속에서 발걸음에 따라 흔들린다. 어디로 가는 거지. 푸른 창살 같은 굵은 올 너머로 사람들이 보인다. 웃고, 얘기하고, 손에 손을 잡고, 높디높은 곳에 올라 더 높아질 건물에 대해서, 완공되고 나면 달라질 서울의 풍경에 대해서 감탄하고 있다. 나는 주머니에 갇혀 천천히 안전망 쪽으로 향하고 있다. 재킷을 손에 들고 있던 누군가는 안전망의 마름모꼴 홈에 재킷을 걸쳐놓는다. 나는 주머니를 사이에 두고 허공과 마주하고 있다. 누군가가 피워 물었는지 담배 연기가 하늘로 올라간다. J가 내게 남긴 푸른 창살 너머로, 미래의 서울에서 서울을 내려다본다. 황폐해진 도원동과 그 너머 한 치의 틈도 없이 빽빽하게 들어찬 도시가 거기 있다. 주머니에서 빠져나와 한 발만 내딛으면 바로, 공중이다.

한참이나 공중을 향해 피어오르던 담배 연기가 어느 순간 사라졌다. 내 운명을 손에 쥔 누군가가 안전망의 홈에 걸쳐놓았던 재킷을 꺼내들었다. 그 결에 나는 재빨리 작디작은 손을 뻗어 안전망을 꽉 움켜쥐었다. 어, 뭐야. 어디 걸렸나. 당황한 기색의 낯선 목소리가 낮게 중얼거린다. 나는 온몸의 힘을 손에 집중했다. 재킷을 들고 이리저리 살피는 기색이던 누군가가 이내 재킷의 이곳저곳을 살피기 시작했다. 검은 뒤통수가 보이고, 커다란 손이 잇따라 내 눈앞을 스쳤다. 야, 가

자. 멀리서 또 다른 누군가의 외침. 어, 알았어. 막 내가 들어 있는 주머니 쪽으로 뻗어오던 손이 눈앞에서 멈췄다. 에이씨. 누군가가 낮게 뇌까리고는 뒤돌아갔다.

나는 이제 주인 없는 재킷의 주머니 속에 들어 있다. 안전망의 홈을 붙들고 완성되지 않은 미래의 공중에서 저 너머 어딘가를 바라본다. 양손을 놓으면 나는 어디로 가게 될까. 시퍼런 하늘과 아득한 저 아래를 번갈아 바라보면서 내 몸을 되찾을 방법을 생각한다. 너무 멀리 있지 않아야 할 일이다.

이별의 과정

김서령

그러니까 이건, 이별하는 과정에 대한 이야기이다.

누군가에게는 사랑에 빠지는 과정이 더없이 푸르렀다면 나에게는 이별하는 시간이 그러했다. 한 시절에게 안녕을 고하고, 또 다른 시절과 맞닥뜨리는 과정. 갑자기 햇빛 쨍쨍한 거리로 문을 열고 나가 그 눈부심에 잠시 어질, 현기증을 느끼는 일.

오래된 기억들은 간혹 순서가 뒤바뀌곤 한다. 나는 어디서 구해왔는지 모를 종이건반을 펴 보이며 엄마가 도레미파솔라시도를 짚는 방법을 가르쳐주었던 일과 해거름 골목에서 '그녀'의 가족들을 마주쳤던 일 중 어느 것이 시기적으로 앞선 일인지 제대로 기억하지 못한다.

두 날 모두 나는 빨간 플라스틱 단추가 달린 초록색 여름 원피스를 입고 있었다. 머리를 양 갈래로 바짝 잡아맸던 나는 여섯 살이었다.

내가 태어나고 자랐던 P시의 동네는 회사 사택 단지였다. 슈퍼마켓과 정육점, 서점, 은행, 병원, 안경점과 목욕탕이 꼭 한 개씩만 있던 곳이었다. 집들은 모두 똑같은 구조였다. 기껏해야 마당에 심긴 백일홍이나 청단풍나무 정도로 구분할 수 있을 뿐 어느 집이나 비슷비슷했다. 그 동네의 아버지들은 모두들 오토바이를 타고 3교대 근무를 나갔다. 엄마들은 야간 근무를 서고 온 남편을 재운 뒤 한 집으로 몰려가 십 원짜리 내기 화투를 치곤 했다. 우리는 동네 하나뿐인 놀이터에서 모래를 퍼담으며 소꿉놀이를 했다.

지금은 사정이 조금 다르다. 사택 단지가 생긴 지 삼십 년이 훌쩍 지나면서 옛 모습 그대로인 집들은 이제 거의 없다. 마당을 좁혀가며 방을 늘렸고 어느 집은 이층을 올렸다. 또 어느 집은 옆집을 사들여 제법 큰 주택을 짓기도 했다. 우리 집 역시 겨울이면 싸늘하기 짝이 없던 마루에 보일러를 깔았고 뒤란을 없애 주방을 널찍하게 만들었다. 아이들이 다 자라버린 동네의 아버지들은 이제 다 퇴직을 했다. 놀이터가 필요 없어지는 바람에 그 자리에는 주차장이 들어섰다. 엄마들은 가끔 봐주는 손자들을 데려갈 곳이 없어 골목만 뱅글뱅글 돌았다.

"너, 피아노 배울래?"
아마도 마루에서 뒹굴뒹굴, 색칠공부 그림책 따위를 펼쳐두고 있었을 것이다. 손가락 한 마디만큼밖에 남지 않은 노란색 크레파스 때문에 입이 한 댓발은 튀어나왔던 무렵이었을 텐데, 피아노라는 그 상큼하기 그지없는 단어라니. 엄마 입에서 나온 '피아노'라는 단어에 벌써 싱그러운 초록색 나무 이파리들이 한 장 한 장 내려앉는 것 같았다. 나는 폴짝 일어나 앉았다.

"정말? 피아노 배우러 다녀도 돼?"

엄마는 방을 뒤지더니 종이 한 장을 들고 와서 나에게 다짜고짜 물었다.

"어디가 '도'야?"

엄마가 펼친 건 종이건반이었다. 내가 알 리 없었다. 악보라고는 찬송가책에서밖에 본 적이 없었다. 성질 급한 엄마는 머리통부터 쥐어박았다.

"맹추야. 여기가 '도' 잖아. 그 옆이 레, 여기가 미."

배워보지도 않은 걸 가지고 타박하는 엄마에게 화가 발칵 났지만 입을 다물었다. 내가 알기로는 엄마도 피아노를 배운 적이 없다. 그러니 이 정도는 안 배워도 다 알아야 하는 거구나, 하고 생각했다. 여섯 살의 나는 피아노학원에 가기도 전에 매일매일 종이건반을 마루에 펼쳐놓고 손가락 연습을 했다.

친구들은 서른을 코앞에 둔 내가 아직도 '아빠'라는 호칭을 쓴다는 것에 경악했다.

"어쩔 수 없어. '아버지'라고 하는 순간 내가 아빠에게 품은 다정하고 따뜻한 기분이 다 사라져버린단 말이야."

시인 지망생이었던 아빠는 강원도의 작은 해안도시에서 공업고등학교를 졸업했다. 그 도시의 가난한 젊은이들이 다 그러했듯 시멘트 공장에 들어갔고, 군대를 다녀온 후 다시 시멘트 공장엘 나갔다. 아주 잠시 그 도시를 떠나 있었던 적도 있었지만, 곧 다시 돌아왔다. 돌아온 직후, 고등학교 시절부터 연애를 했던 엄마와 결혼을 했다. 아빠는 스물일곱 살, 엄마는 스물여섯 살의 우체국 직원이었다.

"시멘트 공장을 떠나서, 잠시 어디에 계셨는데?"

K가 물었다. 사실 중요한 부분이다. 인생에 어떤 길이 있다면 말이다, 그 길 사이사이에는 아주 작은 구멍들이 숭숭 뚫릴 때가 있다. 대개는 사소하게 지나치게 되지만, 아주 간혹 우리는 그 구멍을 들여다보느라 시간을 한참 흘려보내기도 한다. 아빠도 그런 시기를 지난 것이다.

고등학교 2학년이던 아빠는 자전거로 등하교를 했다. 아침마다 교복 치마를 펄럭이며 지각을 할세라 뛰어가던 1학년 여학생이 있었단다. 무슨 여자애가 저렇게 키가 작아? 아빠는 그런 생각을 했다. 며칠을 그렇게 지켜보다 어느 날 말을 붙였다. 그렇게 짧은 다리로 뛰어보아야 하릴없이 지각일 것 같아서였다.

"태워줄까?"

키 작은 여자아이, 그러니까 나의 엄마는 아빠를 잠깐 바라보더니 냉큼 뒷자리에 올라탔다. 아빠의 등짝에서는 짜디짠 바닷내가 났을까. 아니면 그저 열여덟 살다운 땀내가 났을까. 아마 엄마는 아빠의 교복자락을 움켜잡고 헤벌쭉 웃었을 것이다. 어쨌거나 아빠는 당시 그 동네에서는 소문난 미남이었던 것이다. 게다가 문학 서클 회장을 지내던 모범생.

장롱 속 깊게 숨겨진 엄마의 붉은 자개함 안에는 온갖 것들이 들어 있었다. 푸르고 붉은 알반지와 몇 개의 브로치가 있었지만 이미 팔아 먹을 것은 애저녁에 다 팔아버리고 마지막까지 남은, 그러니까 그다지 돈이 될 것 같지는 않은 것들이었고 잔고가 얼마인지는 살펴보지 않은 통장 몇 개, 또 어느 점집에선가 받아온 콩알 쌈지와 부적이 있었다. 그리고 가장 밑에 깔린 두꺼운 대학노트 두 권.

페이지마다 길거나 짧은 시가 빽빽이 적혀 있었다. 대여섯 페이지에 한 번씩은 편지였다. 그리운 랑에게, 라고 시작하는 그 편지는 정말이지 어찌나 낯간지러웠던지 이불에 얼굴을 묻고 웃음을 참느라 나는 몇 번이나 엄마에게 등짝을 맞았다. 그러니까 그건 아빠가 군대에 있던 삼 년 동안 쓴 자작시를 모은 노트였다. 1963년부터 1965년까지, 내가 살아본 적 없는 시절들이다. 그 노트는 결국 내 차지가 되었다.

"이거 나한테 줘. 나도 나중에 내 딸한테 물려줄게. 이게 우리 가족의 역사다, 그렇게 가르칠게."

엄마는 잠시 망설이는 듯했지만 기꺼이 내어 주었다. 미안한 일이지만, 사실 나는 지금 그 노트가 어디에 처박혀 있는지 기억하지 못한다. 다만 버리지 않았으니 어딘가에는 있을 것이다. 늘 찾아두어야겠다 마음은 먹지만 또 그렇게 되지가 않는다.

제대를 한 후 다시 시멘트 공장에 출근하던 아빠는 희뿌연 시멘트 먼지가 어느 날 갑자기 싫어졌다고 했다. 하지만 달리 방도가 없었다. 배를 타거나 시멘트 공장에 다니거나. 그 소도시의 젊은이가 할 수 있는 일은 단 두 가지였다. 결국 아빠는 사표를 냈다. 그러고는 얼마 멀지 않은 M시로 옮겨가 운송회사에 취직을 했다. 그리고 그곳에서 '그녀'를 만났다.

사택 단지였기 때문에 모두들 공개추첨을 통해 집을 배정받았다. 집 위치를 직접 고른 것이 아니라는 말이다. 그럼에도 불구하고 우리 골목, 즉 왼쪽 오른쪽 다 합쳐 열네 집이 모두 아빠와 엄마의 고향 친구들이었다. 믿을 수 없는 우연이었다.

P시는 경상도 사투리가 몹시 억센 지역이었으나 그래서 나는 경상도 사투리를 배울 기회가 없었다. 우리 동네 사람들은 모두 강원도 사투리를 썼다. 옆집 아줌마는 잠금장치가 고장난 대문을 빵 차고 들어오면서 큰 소리로 물었다.

"아바이는 들어왔네?"

요즘도 가끔 P시에 내려가면 마주치는 아줌마들마다 내게 인사를 건넨다.

"아이고야, 요 집 간나가 왔구나!"

음식도 마찬가지였다. 아빠의 강원도 고향에서는 말린 생선을 즐겨먹었다. 옥상마다 빨래보다 생선이 더 많이 널렸다. 길고양이들이 정신없이 날뛰었기 때문에 채반에다 생선을 말리는 일은 꿈도 못 꾸었고 다들 빨랫줄에 생선을 매달았다. 그야말로 덕장이었다. 찐빵이나 사탕 같은 군것질거리보다 방바닥에 마구 튀어오르는 생새우를 까먹은 적이 더 많았고, 골뱅이를 한 냄비 가득 삶아 초고추장에 찍어먹는 것이 더 일상적이었다. 그래서 감자밥이나 강냉이죽은 지금도 질색이다.

한 골목 열네 집이 모두 고향 친구라는 우연도 받아들이기 힘든 판에, 아빠는 동네 어느 골목에서 '그녀'를 만났다. 그러니까 시멘트 공장을 잠시 그만두고 운송회사를 다닐 때의 '그녀' 말이다. 해거름이었다. 어딜 다녀오던 길이었는지는 기억하지 못하지만 초록색 여름원피스를 입은 내가 쫄래쫄래 엄마와 아빠 뒤를 걷고 있었다. 마주오던 그 가족. 회사 동료와 마주친 아빠는 반갑게 인사를 했고, 그 아저씨 뒤에서 말갛게 웃고 서 있던 그녀.

그때, 아빠는 그녀에게 무어라 인사를 건넸던가. 아, 두 분이 부부셨군요. 전혀 몰랐어요. 사실 기억할 수 없다. 딱히 기억나지 않을 정도로 평범한 인사였던 것만은 확실하다. 어쨌거나 아빠의 인사에 그녀가 대답한 것은 떠오른다. 전 여기서 피아노학원을 해요, 라고 말이다.

그 믿을 수 없는 우연에 대한 의문은 싱겁게 풀렸다. P시에 커다란 공장이 섰을 때, 아빠의 고향 젊은이들은 망설일 것이 없었다. 조금 더 큰 도시였고, 월급은 훨씬 더 많았다. 싼 값에 사택도 분양받을 수 있었다. 강원도에는 공업고등학교가 단 두 개뿐이었다. 그들은 가족들을 다 데리고 P시로 모여들었다. 우리 골목이 아니더라도 온통 아빠의 고향 사람들이었다. 그들은 P시에서 매년 친목 체육대회를 열고 명절이면 전세버스를 빌려 고향으로 떠났다.

그러니까 아빠는, 고등학교 2학년 시절부터 엄마와 연애를 시작했던 것이다. 자랑할 거라고는 자식들 인물 잘난 것밖에 없던 부둣가 구멍가겟집 큰아들이었다. 딸 둘은 미인대회 지역 예선을 가뿐히 통과했다. 할머니는 기고만장했다. 그에 비하자면 엄마는 여학교 전체를 통틀어 가장 키가 작은 여학생이었다. 기울대로 기운 가세는 그야말로 쥐똥새똥 엇비슷한 수준이었지만 할머니는 아빠보다 삼십 센티는 족히 차이 나는 엄마의 키를 영 못마땅해 했다. 엄마는 코웃음을 쳤다. 가겟방에 화투판을 벌여주고 막걸리나 파전을 들이는 것으로 겨우 먹고사는 처지에, 키가 어떻네 인물이 어떻네 운운하는 본새가 얼척없다는 것이었다.

나도 꼭 고등학교 2학년이 되면서 K와 이른 연애를 시작했다. 거리끼는 구석도 없이 하굣길, 데리러 나온 엄마의 차에 K를 덜컥 태웠다.

"내 남자친구야."

룸미러로 엄마가 우리를 흘낏흘낏 바라보았지만 뒷좌석에 앉은 K와 나는 아랑곳하지 않고 손을 잡고 있었다. 물론 가방으로 손을 가리기는 했지만 말이다. 집에 들어오자마자 엄마가 한심하다는 듯 쏘아붙였다.

"나이가 몇 살인데 벌써부터 연애질은! 공부하기 싫어하는 간나 때문에 내가 아주 속이 다 뭉그러져!"

졸린 눈을 하고 있던 아빠가 쳐다보았다.

"우리 딸내미가 연애를 해? 누구랑?"

"공부 되게 잘하는 애야. 자연계 1등이야. 건축학과 갈 거래."

"자연계 1등이면 의대를 가야지, 무슨 건축학과야?"

엄마는 싫지 않은 기색이었다. 나는 조금 거만하게 굴었다.

"공부 잘하면 다 의대야? 엄만 촌스럽게."

아빠가 부산스러워졌다. 딸의 첫 연애가 몹시 궁금한 모양이었다. 어떤 앤데? 봤어? 엄마가 소리를 빽 질렀다.

"아이고, 몰라요, 나도! 잠깐 태워주기만 했는데, 뭘!"

그러면서도 한마디 덧붙였다.

"그래도 애가 인물은…… 괜찮더라."

서른이 넘어가면서, 친구들의 하소연은 다 비슷비슷하다. 선을 보았는데 세상에 벌써 머리숱이 휑하고 배가 나왔더라. 게다가 배꼽 위까지 허리벨트를 잡아올린 옷차림을 보니 더 할 말이 없더라. 그런 이유들로 다시 만나지 않겠다고 할 때마다 엄마들의 잔소리가 쏟아지기 마련이다. 남자 얼굴 뜯어먹고 살 거냐고. 그냥저냥 정 붙이고 살면 되는 거라고. 하지만 나는 한 번도 그런 말을 들어본 적이 없다. 그래도 남자 키가 어느 정도는 돼야지, 너무 작아도 보기 싫어. 야야, 결혼도 늦은 판국에 너무 인물 없는 남자 만나면 그것도 할 짓 아니야. 남들이 흉봐. 하필 엄마를 닮아 키는 자라다 말았고 흔한 쌍꺼풀 하나도 없는 딸의 얼굴은 염두에도 두지 않는 엄마의 심보였다.

어쨌거나 인물이 제법 반반했던 K가 마음에 들었던 엄마는 간식 도시락을 두 개씩 준비해 주었다. K에게 가져다주라는 소리는 대놓고 하지 않았지만 포도잼과 햄을 넣은 샌드위치며 소금을 살짝 뿌린 토마토 도시락이 갑자기 두 개씩이 되었다는 건 빤한 일이었다. K와 나는 도서관 뒤 외진 계단에 앉아 토마토를 집어먹고 가끔은 입을 맞추기도 했다. 입술이 빳빳하게 굳기만 하는, 서툰 키스였다.

'그녀'의 집 대문에는 '체르니 피아노 교실'이라는 조그만 간판이 걸려 있었다.

세 개의 방에 피아노가 한 대씩 놓여 있었고, 주방에도 한 대가 있었다. 까맣고 매끄럽던 영창피아노. 여섯 살의 나는 가슴이 콩닥콩닥 뛰었다. 길쯤한 의자에 앉아 저 건반 위를 마음대로 날아다니려면 내 손가락이 얼마나 길어져야 할까, 생각했고 얼마나 더 키가 커야 페달에 발이 닿을까, 생각했다. 동네 꼬맹이들이 거실 소파에 앉아 옹기종기 떠들고 있었다.

엄마 손을 잡고 들어선 나를 '그녀'가 꼭 안아주었다. 꼬불꼬불 파마머리를 한 엄마와 달리 생머리를 어깨까지 길게 늘어뜨린 '그녀'는 키도 크고 눈도 컸다. 그러니까, 엄마와는 조금 딴 세상의 여자 같았던 것이 사실이었다. 나는 의자 밑으로 발을 대롱대롱 흔들며 처음 검고 흰 건반과 인사를 나누었다.

나는 아빠의 옛날 앨범에서 피아노 선생님을 찾아냈다. 아빠가 잠시 머물렀던 M시의 운송회사 사옥 앞에서 찍은 단체사진이었다. 우아우아, 나는 소리를 지르며 아빠에게로 달려갔다.

"여기, 피아노 선생님이 있어!"

"응. 피아노 선생님이 아빠 옛날 친구야."

옛날 친구. 아, 피아노 선생님이 아빠의 옛날 친구라서, 선생님은 한 번도 나에게 야단을 치지 않았구나, 나는 그런 생각을 했다. 연습을 제대로 해오지 않는 꼬마들은 가끔 손등을 회초리로 맞았다. 집에 피아노가 없었던 나는 연습을 할 수 없었고 그래서 버벅대는 일이 많았지만 손등을 맞는 일 따위는 없었다. 겨울, 나는 여느 꼬마들처럼 손등이 텄고 선생님이 그 손등에 크림을 발라준 적은 있었어도 말이다. 나는 피아노 선생님이 아빠의 옛날 친구라서 내내 우쭐했다.

아빠가 M시로 떠나겠다는 말을 처음 꺼냈을 때 결혼 적령기에 막 다다른 엄마는 다소 충격을 받았다. 그도 그럴 것이, 고향 도시에서 공업고등학교를 졸업한 총각들은 누구나 시멘트 공장엘 다녔고, 누구나 그 도시에서 결혼을 하고 아이들을 낳았던 것이다. 여고를 졸업하고 우체국 직원이 되었던 엄마는 무언가 인생이 틀어지고 있다는 생각을 할 만도 했다. 주말마다 반드시 고향에 다니러 오겠다는 약속을 듣기는 했지만 그것만으로는 엄마의 휑뎅해진 가슴이 나아질 리 없었다.

풍금을 참 잘 치던 여자, 라고 아빠는 '그녀'에 대한 이야기를 해주었다. 운송회사 어디에 풍금이 있었는지 나는 알 도리가 없지만 퇴근을 하고 하숙집으로 돌아가기 전, 풍금을 치고 있는 그녀를 몰래 훔쳐보았을 아빠를 생각하면 피식 웃음이 나곤 한다. 영화에서나 드라마에서나 주야장천 써먹은 진부하고 식상한 장면이라고 해도 말이다.

아빠는 토요일마다 고향에 가는 일을 거르기 시작했다. 대신 그녀에게 풍금을 배웠다. 말은 하지 않지만, 아빠도 아마 그녀를 위해 시를 읽어주었을 것이다. 엄마에게 한 것처럼 어쩌면 자작시를 채운 노트 한 권쯤 선물했을는지도.

엄마가 아빠의 두 번째 사랑에 대해 알고 있는지, 나는 모르겠다. 아빠는 물론 비밀에 부쳤겠지만 내가 살아보니 그렇다. 아무 말 하지 않아도 그냥 알게 될 때가 있는 법이다. 나를 쳐다보고 있지만 이미 마음의 반은 다른 이에게 빌려주고 있는 그런 느낌. 나를 보고 웃어도 입꼬리 끝이 끝내는 이지러지고 마는 그런 것 말이다.

곗돈을 탄 엄마가 피아노를 들여놓던 날, 아빠는 길고 뻣뻣한 손가락으로 피아노를 쳐보았다. 그래 봐야 둥기둥기, 겨우 박자를 맞추는 동요 몇 곡이었지만 엄마는 화들짝 놀랐다.

"어머야, 느이 아빠가 피아노를 다 치네!"

"이 정도도 못 치는 사람이 어딨어?"

아빠는 슬그머니 건반에서 손을 내려놓았다. 그러고 보면, 엄마는 정말 몰랐을까.

나는 아빠의 그녀에 대한 이야기를 P시의 강둑에서 들었다. 술을 즐기지 않는 아빠는 맥주를 반 캔쯤 마시다 말았고, 나는 오징어 다리를 씹으며 세 캔쯤 비웠다. 아빠는 그날, 상당히 센티해져 있었다. 이유야 역마살이 또 도져서 유학을 가겠다고 설쳐대는 딸을 말리기 위해서였지만 가끔은 아빠도 누군가에게 무엇을 털어놓는 시간이 필요했을 것이다.

아빠는 풍금을 잘 치는 그녀 때문에 혼란스러웠다. 한 번도 엄마 없는 나머지의 삶을 생각해본 적 없는 아빠였기에 그건 이미 죄책감을 넘어선 두려움이었다. 낮에는 고요하고 예쁜 그녀를 쳐다보고 밤에는 엄마에게 편지를 썼다. 늘 그랬듯 편지는 '그리운 랑에게'로 시작했지만 쓰다보면 편지의 수신자가 누구인지 헷갈렸다. 그 혼란이 달콤한 것인지 아픈 것인지도 모를 시간들이 자꾸만 지나갔다. 몇 주 걸러 한 번 고향에 가면 엄마의 굳은 얼굴이 기다리고 있었다. 아빠는 누군가의 마음을 자신이 불편하게 했다는 것이 견딜 수 없었다. 아빠는 표현을 아끼는 사람이 아니니까, 아마도 주말 동안 엄마를 여러 번 안아주고 여러 번 입 맞춰주었을 것이다.

이제는 나도 알지만, 익숙함이란 한 알 진통제와 같은 것이다. 통증의 근원까지는 치유하지 못해도, 당장 아픈 구석은 달래주는 진통제. 아빠의 뒤늦은 성장통을 달래준 것은 다름아닌 엄마가 주는 익숙한 애정이었을 테다. 또 한 번 고향행을 거르고, 풍금을 치는 그녀와 데이트를 끝내고 하숙집에 돌아왔을 때 엄마는 빨래를 널고 있었다. 하얗게 삶은 아빠의 속옷과 이불보가 바지랑대에서 팔락이고 있었다.

꼬챙이로 양푼 속의 뜨거운 속옷을 뒤집으며 엄마는 무슨 생각을 했을까. 아빠가 M시에서의 생활을 정리한 것은, 아마도 그날의 엄마 기분을 이해했기 때문일 것이다. 아빠가 아니라면 절대 알지 못할, 키 작은 고집쟁이 한 여자의 우울과 쓸쓸함을 말이다.

나는 이십 대의 대부분을 K와 함께 보냈다. 맥주를 처음 마셔보던 날도 K와 함께였고 운전학원도 함께 등록했다. K는 단번에 합격했지만 나는 면허시험에 여섯 번이나 떨어졌다. 다시는 응시하지 않겠다고 훌쩍거리는 나를 학교 운동장으로 데리고 가 운전 연습을 시켜준 것도 K였고, 처음 중고차를 사서 이틀 걸러 한 번씩 접촉사고를 낼 때마다 달려와준 것도 K였다. 고급 브랜드 청바지를 사느라 자취방 보일러의 기름을 넣지 못해 얇은 전기장판 하나로 겨울을 나던 K를 구박한 건 나였고 멀쩡한 학교를 그만두고 헤어디자이너가 되겠다고 설레발을 치던 K를 달랜 것도 나였다. 헤어디자이너의 꿈을 접는 대신, K는 종종 내 머리를 잘라주었다. 과외비를 탈탈 털어 산 비싼 가위였다.

그러니까 우리는 함께 자랐다. 공유하지 못하는 기억 따위 없었다.

그럼에도 불구하고, 나는 언제인가부터 K와 헤어지고 싶었다. 다른 사람이 생긴 것도 아니었고 그가 싫어진 것도 아니었다. 한 번도 K가 없는 인생을 상상해본 적이 없었기에, 나는 그 없이 살아보고 싶었다. 나는 싫어하지만 그가 좋아하는 오렌지주스와 사과, 그런 것들을 싹 치운 냉장고를 갖고 싶었다.

집에 돌아오면 불을 켜지 않았다. 침대에 누운 채 텔레비전에 눈을 박고 있다가, 그가 현관 열쇠를 돌리는 소리가 나면 얼른 눈을 감고 자는 척을 했다. 퇴근을 할 때마다 내 방에 먼저 들르는 그의 습관이 그렇게 싫을 수 없었다. 나를 깨우지 못해 조용조용 앉았다 일어서는 K를 실눈 뜨고 몰래 바라보기만 했다. 헤어지고 싶은 이유를 이야기하라면 딱히 할 말이 없었지만, 헤어질 수 없는 이유를 말하라면 수십

가지는 댈 수 있었다. 그래서 나도 난감했다.

그 무렵, K는 여행을 준비했다. K의 어머니, 그리고 여동생과 함께 떠나는 지리산행이었다. 가고 싶지 않았지만 어쩔 수 없었다. 우리는 십 년 넘게 만나온 연인이었다. 서로가 빠진 여행이란 있을 수 없는 일이었다. 그런 여행은 이미 익숙한 일이어서 저녁으로 민물매운탕을 먹은 우리는 일찌감치 콘도미니엄으로 들어갔다. 운전으로 지친 K는 방에서 잠깐 눈을 붙였고 K의 어머니는 거실에 앉아 텔레비전을 보고 있었다. 과일을 깎고 있던 여동생에게 내가 다가갔다.

"우리 술 한잔 할까?"

뜻밖이라는 듯 여동생이 눈을 동그랗게 떴다. 나는 냉장고에서 소주를 한 병 꺼내고 참치 캔을 땄다. 이리저리 채널을 돌리던 어머니가 눈을 끔벅거리고 있었다. 졸린 모양이었다. 식탁에 마주 앉아 여동생의 지지부진한 연애담을 들었다. 남자친구는 지방에 함께 내려가 결혼을 하길 원하지만 자신은 공부를 더 하고 싶다는 이야기였다.

"내 인생이 너무 시시해지는 거 아닌가, 뭐 그런 생각이 들어요. 꼭 이 남자랑 결혼을 해야 하나, 그런 생각 말예요. 그렇다고 그 사람이 싫은 건 아닌데."

소주잔을 홀랑홀랑 비우며 내가 대꾸했다.

"그래, 이해해. 사랑하지 않는 건 아니지만, 그래도 헤어지고 싶을 때가 있지. 나도 그래."

여동생의 표정이 살짝 흔들렸다. 하긴, 예비 올케에게 들을 만한 이야기는 아닌 것이다.

"언니도…… 그래요?"

술기운이 묘하게 몸을 간질였다. 무언가 한바탕 쏟아내고 싶다는 생각이 스멀거렸다.

"지연 씨. 나도 사람이야. 나도 여자고. 왜 안 그렇겠어? 나도 지연 씨랑 똑같아."

여동생이 나를 빤히 바라보았다. 그 표정에 오히려 마음이 더 울컥해졌다.

"나도 그만 헤어지고 싶을 때 많아. 한 번도 온전히 나를 위해 살아 본 적도 없는데, 누군가의 와이프로, 누군가의 며느리로 산다는 거, 그거 쉽겠어? 나도 두려워."

"언니, 지금 우리 오빠랑 헤어지고 싶단 거예요?"

분명 주변이 조용해져 있었다. K의 어머니는 텔레비전의 볼륨을 최대한으로 낮추었다. 방문 앞에 K가 서 있었다. 눈물이 툭 떨어졌다. 몰라, 이젠 나도 몰라. 될 대로 되라지. 그런 생각을 했던가. 나는 대답 없이 술잔을 비웠다. K가 손목을 잡았다.

"소영아…… 잠깐 나가자."

나는 그의 손에 잡힌 손목을 풀어냈다. K가 나를 안아 일으키려고 할 때 여동생이 입을 열었다.

"언니가 그랬잖아요…… 우리 엄마한테 잘할 거라고, 그러니 안심하라고."

다시 명치께가 답답해졌다. 그래, 그 말. 나도 기억하고 있었다. K의 아버지가 오랜 투병 끝에 돌아가시던 날, 장례식장에서 여동생은 나를 부여잡고 바닥을 뒹굴었다. 나는 그녀를 겨우 일으켜세운 후, 꽉 안아주었다. 무엇을 어떻게 위로해주어야 할지 알 수 없었다. 그때 내가 이야기했다.

"지연 씨. 울지 마…… 내가 어머니한테 잘할게. 그러니까 울지 마."

그때 눈물 범벅이 된 얼굴로 나를 빤히 쳐다보던 그 얼굴. 눈물은 여전히 투둑 떨어지고 있지만 얼굴에 평안하게 번지던 미소. 나는 이후로 나 스스로 뱉었던 그 말이 무서울 때가 있었다. 누가 나에게, 너를 영원히 놓아주지 않겠다는 각서로 엄포를 놓는다 한들, 그보다 더 강압적으로 느껴졌을까. 나는 내 입으로 뱉은 그 말이 두려워 가끔 진저리를 쳤다.

"그 약속, 이제 없던 걸로 해줘."

나는 방으로 들어갔다. 침대에 누웠는데, 거실에서는 아무 소리도 들려오지 않았다. 가슴이 발랑거려서 잠들 수가 없었다.

피아노를 배운 지 일 년 남짓 지났을 무렵이었다. 그러니까 아직 바다르체프스카의 안단테 Eb 장조의 '소녀의 기도' 원곡은 엄두도 못 내고 편곡판으로 흉내만 대충 낼 즈음이었던 것이다. 갑자기 엄마는 긴축 재정을 선포했다. 가장 먼저 잘린 건 바로 피아노 레슨비였다. 떼쟁이 습관이 없던 나였지만 그때만큼은 방바닥을 데굴데굴 구르며 법석을 피웠다. 빗자루로 한참을 두들겨 맞고 나면 아빠한테 달려가 으헝으헝 울음을 터뜨렸다. 경제권은 엄마 앞이었다. 아빠한테 졸라

봐야 될 일이 아니었다. 아빠는 그저 나를 업고 마당을 걸어줄 뿐이었다. 아빠의 등짝에 얼굴을 묻고 서럽게도 울었다.

나로서는 선택의 여지가 없었기에 무작정 피아노학원으로 냅다 달아나는 방법을 택했다. 결국 엄마는 피아노 교본을 몽땅 다락에 올리고 문을 잠갔다. 나는 아빠 회사로 전화를 걸어 엄마의 횡포에 대해 낱낱이 고해바쳤지만 방법이 생길 리 만무했다. 3교대 근무를 하던 아빠도 파트타임으로 운전학원 강사를 시작한 참이었다. 나는 피아노학원으로 가서 그만 울어버리고 말았다. 엄마가 이제 여길 못 오게 해요. 그게 사단이었다.

내가 교본도 없이 피아노학원에 갔을 거라고는 생각지 못했던 엄마였다. 그날 저녁 피아노 선생님이 집으로 찾아왔다. 큼직한 가방을 들고 쌀을 동냥하러 다니는 아저씨가 와도 일단 마루에 앉히고 보는 엄마였지만, 그날 피아노 선생님은 마당에 서 있었다. 엄마는 현관 앞에 섰다. 눈치 빠른 나는 그 광경만으로도 충분히 겁을 먹었다. 아찔했다.

"소영이가 워낙 피아노를 좋아하잖아요. 제가 소영이는…… 레슨비 안 받아도 괜찮아요. 재능 있는 아이들 가르치는 게 저한테는 의미 있는 일이고……."

엄마는 피아노 선생님의 말을 끝까지 듣지 않았다.

"우리 소영이, 피아노 안 좋아해요. 그래서 그림 가르치려구요."

엄마가 나를 돌아보았다.

"너 피아노 안 좋아하지? 그림 배울 거지?"

나는 현관문을 부여잡고 입술을 깨물었다. 아무래도 눈물이 터질 것 같았지만, 그랬다가는 엄마가 당장 나를 다락에 처넣어버릴 것이었다. 오래된 인형이며 낡은 앨범들, 그리고 온갖 신나는 잡동사니들로 가득한 곳이었지만 가두어지는 순간부터는 지옥이 되는 곳이 바로 다락이었다.

"선생님, 그만 가세요. 저녁 지으셔야죠."

현관문을 콩 소리나게 닫자마자 엄마는 신발장을 열었다. 플라스틱 빗자루는 신발장 안에 있었다. 아빠가 퇴근하려면 한참의 시간이 남아 있었다. 아무도 말려주지 않아서, 나는 빗자루가 동강날 때까지 두들겨 맞았다. 때린 엄마도 기운이 빠지고, 맞은 나도 다를 바가 없어서 아빠가 돌아왔을 때 우리 모녀는 이불을 들쓰고 나란히 누워 있었다.

"그러게 왜 엄마 말을 안 들어. 엄마가 하지 말란 짓은 하지 말아야지."

내 종아리와 엉덩이는 숱하게 멍이 들었다. 엄마는 누운 채로 한숨을 폭폭 내쉬었다.

"도대체, 내가 망신스러워서 살 수가 없어. 간나라고 하나 있는 게 하는 짓이라곤."

아빠는 우리 둘 사이에 앉아 번갈아가며 엉덩이를 토닥여주었다. 나는 엉금엉금 일어나 아빠에게 안겼지만, 아유, 손 치워요! 엄마는 야멸치게 아빠 손을 뿌리쳤다. 하지만 아빠는 역시 부드러운 남자였다. 엄마도 아빠 손을 이기지 못하고 부슬부슬 일어나 앉았다. 늦은 저녁을 얻어먹을 수 있는 시간이었는데 결국 내가 초를 치고 말았다.

"근데, 엄마. 나 어느 미술학원으로 가? 언제부터?"

"아아! 내가 저 모자란 간나 때문에 아주 미치겠어!"

아빠가 냉큼 나를 안고 마루로 나갔기 망정이지, 하마터면 나는 또 영문도 모른 채 맞을 뻔했다.

K와 헤어지겠다는 말을 꺼냈을 때 우리 집에는 한동안 서늘한 침묵이 흘렀다. 열여덟 살 시절부터 연애를 시작해 이제 서른이 코앞으로 다가온 딸이었다. 얼마 전 있었던 아빠의 정년퇴임 기념 가족사진에 K도 끼어 있었다. 내가 좀처럼 시간을 내지 못해 P시에 가지 못할 때 K는 혼자라도 우리 집에 들러 아빠와 사우나를 다니고 밤낚시를 다녔다. 엄마가 마트에 갈 때면 쇼핑수레를 끌어주는 이도 K였다. 나만 마음을 고쳐먹으면 모두들 허전해하지 않아도 될 일이었다.

"아무리 생각해도 안 되겠어. 일단 결혼을 하자. 그다음에 정 안 되겠다 싶을 때 이혼을 하면 될 거 아냐."

나는 K의 말이 어이없어 헛웃음을 지었다.

"애인이랑 헤어지는 것도 이렇게 힘들어. 그런데 이혼이 쉽겠어?"

그래도 K는 도리도리 고개만 저었다. 그도 이 익숙함 속에서 발을 빼기가 쉽지 않을 거었다. 차마 내 방 열쇠를 돌려달라는 이야기까지는 할 수 없어서 K는 여전히 퇴근 후에 내 방에 들렀다. 텔레비전만 켜놓은 채 자는 척하는 내 등 뒤에 따라누워 그는 조심조심 나를 안았다. 내 몸은 여간해서 열리지 않았다. 간혹 그 무감각이 미안해서 나는 눈을 감은 채 딴생각을 했다. 우리가 처음 같이 잤을 때가 언제더라. 모텔 숙박계에 K가 이름을 무어라고 쓰는지 궁금해서 곁눈질을 했던 시간, 미성년자가 아닐까 쉽사리 열쇠를 내어주지 않는 주인에게 학생증을 내보였던 시간. 그나마 처음 모텔에 갔던 날에는 유리로 만들어진 욕실 문 때문에 기겁을 해서 밤새 화장실도 가지 못하고 결국 나는 침대 위에서, K는 침대 아래에서 새우잠을 잤다.

첫경험을 떠올리고, 내가 처음 그의 몸 위로 올라갔던 날들까지 떠올려보아도 데워지지 않는 내 몸 때문에 더욱 안달이 난 K는 점점 집에 들어가지 않으려고 했다. 그런 K 때문에 나는 자꾸 짜증이 났다. 그날도 그렇게 K가 내 방에서 잠든 날이었다. 이른 아침의 전화. 벨소리만으로도 불길함이 밀려들어 몸이 떨렸다. 엄마였다.

"집에 좀 올래?"

왜…… 라고 쉽게 묻지 못했다. 딸의 출근길을 모를 리 없는 엄마의 호출은 자연스러운 일이 아니었다.

"그냥…… 너무 걱정할 일은 아니고, 아빠가 조금 아픈가봐."

"응. 지금 갈게."

"그래. 운전은 하지 말고."

전화를 끊은 뒤 방을 휘돌아보았다. 늘 그렇듯 K는 베개에 얼굴을 묻은 채 엎드려 있었고 읽다 만 책은 방바닥에, 그리고 5분 일찍 맞춰 놓은 시계도 제자리에 걸려 있었다. 제때 물을 주지 않아 이파리가 누렇게 뜬 화분 몇 개와 피아노를 들여놓을 자리가 없어 몇 해 전 싸게 구입한 중고 건반까지. 변한 것은 없었다. 나는 앞으로 무언가가 나를 달라지게 할까봐 겁을 먹었다.

K가 눈을 떴다. 화장대 의자에 멍하니 앉은 나를 한 번 쳐다보고, 또 시계를 한 번 쳐다보고 나에게 천천히 걸어왔다. 나는 아무런 말도 하지 않았는데, 그는 나를 당겨 안았다. 아주 천천히 나를 무릎에 앉히고 자신의 어깨에 내 얼굴을 묻도록 했다. 아빠가…… 라고 말을 꺼내려고 했는데, 나도 모르게 입 밖으로 튀어나온 말은 사랑해, 였다. 이해할 수 없는 일이었지만, 곧 그럴 수도 있다는 생각이 들었다.

"그래. 괜찮아. 소영아, 다 괜찮을 거야."

아빠는 서울의 대학병원으로 옮겨 수술을 받았다. 위를 80퍼센트나 잘라내는 수술을 받았지만 초기에 발견한 것이라 큰 문제는 없다고 했다. 고작 일주일을 입원한 이후, 약도 처방해주지 않은 채 퇴원을 하라 해서 오히려 당황스러울 지경이었다.

"아무리 그래도 암인데, 약도 한 알 안 줘요?"

주치의가 픽 웃었다.

"수술을 받으셨잖아요. 완치된 건데, 약을 왜 드세요? 육 개월 후에 검진 받으러 꼭 오세요."

일주일 후도 아니고, 육 개월 후에 오라는 이야기에 엄마와 나는 또 잔뜩 호들갑을 떨었다. K는 아빠의 수술을 치르느라 여름휴가를 모두 당겨 써버렸다. 퇴원을 하는 날도 K가 운전을 해주었다. P시로 향하는 고속도로 휴게소에서 K가 아빠와 함께 화장실에 가느라 자리를 비웠을 때, 엄마가 말했다.

"피아노 선생 있잖아. 너 어렸을 때 배웠던."

"응. 피아노 선생님이 왜?"

"유방암이었다는데, 수술도 못 받고 죽었어. 암이 그냥 온몸에 다 퍼졌더래잖아. 그 얘기 들은 지도 얼마 안 됐는데, 느이 아빠가 암이랬으니. 내 속이 어땠겠어. 아휴."

깊은 속 어딘가를 뭉툭한 돌멩이로 맞은 듯한 느낌이었다. 서른 살을 앞두고 종종 주변에서 부음이 전해오던 시기이긴 했으나 도무지 쉽게 적응할 수 없는 동통이었다.

나는 초등학교 2학년이 되면서 다시 피아노학원에 다니기 시작했다. 엄마는 다락을 뒤져 피아노 교본을 꺼낸 후 걸레로 먼지를 대충 닦아내고 나에게 넘겨주었다. 주머니에 피아노 레슨비 이만 원을 찔러준 채로 그렇게 혼자 내보냈다. 레슨비는 그새 오천 원이 더 올라 있었지만 피아노 선생님은 내가 내미는 이만 원을 받으며, 처음처럼 나를 안아주었다. 물론 엄마는 나중에야 레슨비가 올랐다는 사실을 알고 부랴부랴 피아노학원으로 뛰어갔지만.

나는 이후 몇 년 동안 모차르트를 배우고 쇼팽을 배웠다. 안단테 Eb 장조의 '소녀의 기도' 원곡을 쳤음은 물론이다. 사택 단지 내에 단 두 곳뿐이던 피아노학원은 점점 늘어났다. 음대를 졸업한 젊은 선생님들이 첼로와 바이올린까지 함께 가르쳤다. 그저 풍금을 잘 쳤던, 음대 졸업생일 리가 없는 '체르니 피아노 교실' 선생님은 점점 꼬마들을 잃었다. 엄마도 슬슬 피아노학원을 바꿔야겠다 생각하는 것 같았지만 그때쯤 이미 나는 피아노에 대해 흥미를 잃고 있었다. 쇼팽의 에튀드를 마지막으로 나는 피아노를 그만두고 영어학원에 다니기 시작했다.

이후로 나는 피아노 선생님을 만난 적이 없었다. 그러고 보니 피아노학원이 있던 골목을 지나치면서도 아직 '체르니 피아노 교실' 간판이 붙어 있는지 살펴본 적도 없었다. 여섯 살의 나는 스물아홉 살이 되었고, 그건 한 사람이 다른 한 사람에게 잊혀지기 충분한 시간이었다. 그리고 사라지기에도 충분한 시간이었다.

병원을 지키느라 휴가를 다 쓴 나는, 엄마와 아빠를 P시에 두고 금방 서울로 돌아와야 했다. P시를 떠나기 전 나는 뒤꿈치를 들고 아빠의 목덜미를 그러안았다.

"다시는 이렇게 사람 놀래키지 마. 내가 아주 아빠 때문에 말라죽을 뻔했어. 알아?"

미안해, 미안해, 어렸던 날처럼 아빠가 뺨을 부벼주었지만 이제 아빠의 수염은 젊은 날처럼 까끌하지 않았다. 문득 목욕탕에서 보았던 엄마의 젖꼭지가 떠올랐다. 색이 바래고 크기가 짜부러져, 이제는 아기 젖꼭지처럼 연분홍색이 되어버린 그것.

서울로 돌아오는 길, 나는 K의 옆모습을 한참 바라보았다. 가끔씩 그가 돌아보며 웃어주었다. 내가 없어도 K는 늙어갈 것이고 또 사라질 것이다. 나 역시 K가 곁에 있건 없건 세월을 지나치며 손톱이 닳고 머리가 희어지고, 또 엄마처럼 연분홍색 위태롭도록 작은 젖꼭지를 가지게 될 것이었다.

나는 끝내 진통제 같던 K와 헤어졌다. 미칠 듯 그리웠다가 또 미칠 듯 안쓰러웠다가, 농담처럼 까맣게 잊어버리고 마는 몇 덩이의 시간을 반복해서 흘려보낸 후 나는 서른다섯 살이 되었다. 그동안 나는 친구들의 결혼식에서 부케를 아홉 번이나 받았다. 더 이상은 미혼 친구가 없기 때문에 연락이 끊어진 지 십 년도 넘은 친구가 서먹한 목소리로 전화를 걸어와 부케를 받아달라 부탁을 하기도 했다. K도 몇 년 전 결혼을 했다. 나는 사소한 연애를 몇 번 겪었다.

"이제는 나도 동네 창피해서 못 살아. 올해까지는 내가 참아주지만, 내년엔 목에다 줄을 매서라도 시집을 보낼 거야. 각오해."

엄마의 목소리는 여전히 카랑카랑하다. 허리가 굽은 것인지 아빠는 키가 2센티나 줄었다고 했다. 그동안 나는 아무런 계획을 세우지 않았기 때문에 또 자유로웠다. 대출을 받아 아파트를 살 계획 한 가지만 접어도 인생이 그렇게 낙낙해질 줄 몰랐다. 전세 오피스텔만으로도 충분했기 때문에 나는 아크릴화를 배우러 다니고, 영어회화 개인과외를 받았다. 얼마 전 나는 연금보험에 가입했다. 5년 동안 보험료를 내고 다시 5년만 은행에 묵혀두면 마흔다섯 살부터는 한 달 일정액씩 연금을 받을 수 있다고 했다. 그러니 이제 나는 5년만 더 일을 하면 되는 것이다. 생각만으로도 신이 났다. 일하기 좋아하는 천성은 절대 타고나지 못했으므로 씀씀이만 조금 줄인다면 걱정할 일도 없어 보였다.

그러니까 이 이야기는, 내가 K라는 한 남자와 이별을 했던 과정이다.

나의 아빠도 피아노 선생님과 젊은 날 이별을 했고, 또 나이가 들어 영영 그녀를 더 먼 곳으로 보냈다. 나의 엄마는 내가 알 도리 없지만, 어떤 식인가의 이별을 겪었을 것이다. 사람은 누구나 속으로 묵혀야 하는 쓸쓸함이 있고, 밖으로 까발려야 하는 우울이 있는 법이다. 무얼 묵히고 무얼 까발릴 것인지는 아무도 짐작할 수 없다.

그러니까 이건 말이다, 쓸쓸함과 우울을 핑계 삼아 내가 어느 한 시절에게 조용히 작별을 고했던 이야기이다.

청년 방호식의
기름진 반생

김설아

그런 사람이 있다. 옆에만 있어도 중병으로 앓아누운 환자마저도 식욕이 돌아오고, 배고픈 자들은 입맛을 다시게 되며, 지나가며 슬쩍 마주치는 것만으로도 침이 꼴깍 넘어가게 하는 사람. 언제부턴가 그의 주변에는 기름기를 듬뿍 실은 훈향이 떠다녔다. 꼭 눈에 보이거나, 냄새가 나거나, 과학적 검증을 거친 것도 아니련만 꼭 그런 것 같았다. 성자의 머리 주변에 후광이 나듯 그렇게 말이다. 바로 그, 방호식을 만나는 사람들은 언제나 이렇게 말했다.

　"너만 만나면 입맛이 돌아."

　실제로 그가 사귀었던 사람들은 대부분 처음보다 살이 쪘고, 그와 헤어지거나 다시는 만날 일이 없어야 살이 빠지곤 했다. 그것은 어떻게 보면 미인을 볼 때의 반응과 비슷했다. 갓 구운 식빵의 향긋한 냄새를 맡으며 입 안으로 밀어넣는 제과점 광고에도 언제나 미남미녀들이 등장하지 않는가.

그러나 엄밀히, 아니 대충 봐도 방호식은 결코 미남이라고는 할 수 없는 얼굴이었다. 호빵처럼 넙데데한 얼굴과 조그만 눈, 펑퍼짐하고 짧은 코, 두툼한 입술까지. 그렇다고 해서 결코 돼지 같거나 혐오감을 주는 것도 아니었다. 피부색이 아기처럼 화사하고 고울뿐더러, 중앙 집중식으로 지방이 몰린 몸매와 달리 종아리와 팔, 손목과 발목 같은 곳은 가늘었기 때문에 옷으로 잘만 가리면 전혀 비만으로도 보이지 않았다. 물론 방호식은 가벼운 비만이었다. 정상 체중이 되려면 적어도 10kg은 감량해야 했지만 당연히 그럴 생각은 전혀 없었다. 먹는 것이 얼마나 행복하고 즐거운 일인데. 차라리 죽고 말지.

한마디로 그는 어른에게는 귀공자나 교육 잘 받은 청년, 동년배에게는 있어 보이는 혹은 성격 좋은 친구로 통했다. 아직 어린 시절을 가난하게 보낸 어른들이 대부분인 탓에 뚱뚱함이 곧 부의 상징으로 여겨졌기 때문이었다. 게다가 넉넉한 살집은 곧잘 원만한 성격에 대한 연상으로 이어지지 않는가. 방호식은 귀공자는 아니었어도 교육을 잘 받기는 했다. 그는 어릴 때부터 늘 성적이 좋았다. 말하자면 학창 시절 내내 그가 지나가면 학우들이 소곤대며 '저놈이 전교 1등이라며' 혹은 '아마 의대나 스카이 중 한 군데 들어가겠지?' 뭐 이런 식의 소리를 했다는 말이다. 성적 우위의 학교 사회에서 그것은 후광과도 같은 효과를 냈다.

하지만 방호식의 집안은 결코 있는 집안이 아니었다. 오히려 있어야 할 것도 없는 집안이었다. 우선 집의 반쪽이 없었다. 꽤 어처구니 없는 일이긴 했지만 1959년 태풍 사라가 그의 할아버지와 아버지가 함께 살고 있던 주택을 덮쳐 집의 반이 무너지거나 날아가버린 이후로 전혀 복구가 되지 않고 있었던 것이다. 그 후 조부 내외는 돌아가셨지만 조부를 모시고 살던 그의 가족은 아직도 그곳에서 살고 있었다. 다른 곳으로 옮길 돈이 없었던 것이다.

그렇다면 방호식의 부모는 가난했던가. 그것도 아니었다. 오히려 그의 부모는 큰돈을 만진 적이 수도 없이 많았다. 물론 말아먹기도 엄청 말아먹었다. 증권이나 투자, 투기 등등으로. 그의 아버지는 사업가였고 어머니는 회계를 담당했다. 둘은 완벽한 한 쌍이었다. 유쾌하고, 천박하고, 돈 잘 버는 마치 미국 애니메이션에나 나올 법한 전형적인 현대인들이었다. 사치를 즐기고 결혼 후에도 자유롭게 애인을 사귀는 것 역시 비슷했다. 무너진 집 따위는 안중에도 없었다. 나가면 그만이니까. 그런 까닭에 집은 1년이 지나도, 10년이 지나도 보수되지 않은 채 그대로 있었다. 돈이 무너진 반쪽으로 줄줄 새어나가고 있었다. 그의 부모는 저축을 몰랐다. 조부가 아들에게 그런 성격을 물려주었음은 물론이다. 사치의 종말은 비참했다. 그들은 무척 가난하게 죽었고, 아들에게 남긴 거라고는 무너져내린 반만 남은 집뿐이었다.

방호식은 가끔 부모를 보며 사라에 날아가버린 집 반쪽과 함께 그들의 도덕성이나 윤리 감각, 절약정신도 함께 날아가버린 것이 아닐까 하고 생각했다. 다소 문학적인 비유지만, 그는 교과서 지문 외의 문학 작품은 읽지 않았다. 독서와 사색은 그와는 거리가 멀었다. 부모의 피를 물려받은 까닭이었다. 다만 그의 뱃속으로 들어간 수많은 음식들처럼 머릿속에 가득 찬 지식들이 저절로 그러한 사실을 추론해내고는 했다. 그는 그러한 추론들을 똥을 누듯 자연스레 내뱉고는 했지만, 그 말을 들은 사람들은 역시 우등생은 다르다고 여겼다.

게다가 그는 유머 감각이 뛰어났다. 살갗의 기름기처럼, 유머 감각역시 아는 것이 많을수록 늘어났다. 그것이 방호식을 성격 좋은 사람처럼 보이게 했다. 호식浩植이라는 이름은 종종 호식好食으로 오인되기도 했다. 그는 뭔가를 비유할 때도 음식을 빠뜨리지 않았다. 예컨대나란히 같은 동작을 취하고 있는 사람들을 보면 '꼬치 같다'고 하거나, 춤을 잘 추는 사람더러 발바닥에 '버터를 바른 것 같다'라고 하는식이었다. 하지만 결코, 맹세컨대 방호식의 성격은 좋지 않았다. 오히려 냉정하고 이기적이라는 표현이 맞았다. 물론 영리해서 바보들이나저지를 만한 사악한 행위를 저지르지는 않았다. 깡패가 되어 돈을 뜯는다거나, 누군가의 험담을 한다거나, 여자를 괴롭히는 등의 일은 거들떠보지도 않았다. 그 모든 일이 결과적으로 그의 인생에 막대한 손실을 불러일으키게 될지도 모르기 때문이었다.

상상해보라. 깡패가 되어 돈을 뜯는다. 결국 경찰에 잡혀가 감방 신세를 지게 된다. 보스로부터 보석금을 받아 풀려나와도 평생 목 졸린개가 되어 자유롭지 못한 신세가 되며 심하게는 감옥에서 몇 년간 썩을 수도 있다. 당연히 그가 좋아하는 맛있는 음식도 더 이상은 즐길수 없게 되며 정신마저 파괴된 말라깽이가 되어 출감하게 되었을 즈음에는 이미 세상 밑바닥까지 다 겪었다며 허무주의자가 되어 식칼을 들고 다니며 아무나 찌르고 또 찌르다가 결국은 어느 썰렁한 뒷골목에서 칼을 맞고 개처럼 피를 흘리며 죽게 될 것이다.

누군가의 험담을 한다고? 그는 말의 힘을 잘 알았다. 말 한마디에 천 냥 빚을 갚기도 하지만 만 냥 빚을 지기도, 아니 길이길이 오명을 남길 수도 있었다. 확실히 증명된 바는 없지만 '빵이 없다면 과자를 먹으면 되는 걸요' 혹은 공공연하게 회자되는 '악의 축'과 '독도는 일본 땅이다'와 최근에는 '가난한 서민들에게 (광우병) 소고기를' 같은 사회적으로도 정치적으로도 유명한 발언들만 봐도 잘 알 수 있다. 그는 뉴스도 자주 보았는데, 처음에는 사회 공부를 하자는 생각에서였지만 나중에는 정치가들의 독설과 아무리 시간이 흘러도 변하지 않는 구태의연한 발언에 일종의 중독적인 흥미와 쾌감마저 느끼게 되었다.

마지막 경우야말로 가장 조심해야 하는 것이었다. 학창시절 친구들과 어울려 불법 유통되던 성인 비디오를 본 그는 여자가 남자를 너무 사랑해도 성기를 끊어버리는 수가 있다는 것을 보고 크게 충격을 받았다. 그 뒤로 주의 깊게 살펴봤더니 역사책만 들춰봐도 여왕은 독살과 학살의 대가였으며, 미녀는 자신을 괴롭히기라도 할라 치면 다른 남자들을 이용해 복수하는 것을 잊지 않았다. 어릴 때부터 생긴 그런 공포심에 그는 여자에게 매우 예의가 발랐는데, 때문에 스스로 오싹할 정도로 인기가 좋았다. 게다가 남자들보다 여자들이 명문대 학생을 선호했고, 그의 외모는 호감을 주는 편이었으며, 유머 감각도 갖추고 있었으니 말이다.

다시 하던 이야기로 돌아가서, 여기까지 이야기를 들은 사람들은 방호식에 대해 아직 어렴풋한 호감을 가지고 있을지도 모른다. '괜찮은 사람 같은데. 괜히 질투나 뭐 그런 억하심정으로 꼬투리 잡는 거 아냐?'라고 투덜댈지도 모른다. 확실히 그는 사교성도 뛰어나고 예의도 발랐다. 하지만 그것이 결과적으로는 자신에 대한 이득으로 연결된다고 생각했기 때문이지, 그가 사람들에게 애정을 느껴서는 아니었다.

우선 그는 구두쇠였다. 의심이 간다면 그와 함께 밥을 먹어보라. 자연스레 돈을 쓰는 것 같지만 결국 계산해보면 당신도 똑같은 비용을 지불했다는 것을 알게 될 것이다. 만약 그가 산 후 당신이 갑자기 급한 일이 생겨 집에 가게 되었다면, 여간해서는 갈 수 없다. 상을 당했다거나 집에 불이 난 것이 아니라면, 그는 당신을 좋아하지 않더라도 꼭 한번 다시 만날 것을 신신당부할 것이다. 물론 다음에는 모두 당신이 사게 된다. 절대로 바가지를 씌우거나 빈대를 붙고 있다는 생각이 들게끔 행동하지는 않을 것이다. 구두쇠가 구두쇠라고 밝혀지는 것만큼 곤란한 것도 없으니까. 방호식이 구두쇠라는 사실은 그와 가장 친한 친구나 애인이나 되어야 알게 되는 사실이었다. 그것 때문에 정이 떨어져나가기에는 그의 장점이 너무도 많았기에 따지지는 못했지만, 늘 마음 한구석에는 '이 녀석만은 절대 손해는 보지 않을 거야.' 하고 여기게 되는 것이었다. 방호식은 그런 면에 있어서는 한 치의 양보도 없이 자신의 철칙을 고수했다.

방호식은 스크루지보다 더한 구두쇠였다. 적어도 이야기 속 노인은 어린 시절의 가난함 때문에 구두쇠가 되었지만 청년 시절까지만 해도 고운 심성을 가지고 있었던 것으로 묘사되고 있다. 하지만 어린이 방호식은 가난함을 견디기에는 너무도 아는 것이 많았고, 세상은 돈 없으면 차라리 죽는 것이 나은 현대로 변해 있었다. 그러한 자본주의 사회의 생리를 일찍이 잘 알고 있던 방호식은 학교에 입학하자마자 돈을 벌기 위해, 정확히 말하자면 좋은 성적으로 주어지는 포상을 받기 위해 열심히 공부했다. 뭐 이런 것 있잖은가. '어머, 우리 사랑스런 아들이 이번에도 또 1등을 했네. 여보, 이 찬란히 빛나는 성적표 좀 봐요. 올백이에요.' '아니, 당신. 우리 씩씩한 아들이 이렇게나 좋은 성적을 거두느라 얼굴이 다 핼쑥해졌는데 맛난 것도 사먹고 놀러다니게 용돈 좀 두둑하게 주지 않고 뭐해요.' 대충 이런 식의 솜사탕 같은 미래를 상상했던 것이다. 그것이 그의 인생 최초의 실수였다. 아직 여덟 살밖에 되지 않아 자기 부모의 독특한 성향을 미처 간파해내지 못했던 것이다.

당시 방호식은 비만이란 말을 들을 정도는 아닌, 지극히 어린이다운 젖살이 통통하게 찐 손으로 자랑스레 그의 어머니에게 성적표를 내밀었다. 그것도 성적표를 받은 지 일주일이나 지난 후로, 그의 부모가 부부 동반 골프 여행을 다녀온 직후였다. 어머니는 심드렁하게 성적표를 보고는 기대에 찬 아들의 얼굴을 빤히 보았다. 여행에 지쳐 말도 없었다. '그래서 뭐 어쩌라고?' 하는 시선이었다. 그녀는 소파 옆자리에 푹 눌러앉아 있던 아버지에게 성적표를 넘겨주었다. 아버지는 그래도 가장답게 한마디라도 해야겠다 싶었는지 계산서를 보듯 죽 훑어본 후 사인이라도 하듯 이렇게 말했다.

"자알 했네."

그걸로 끝이었다. 그 후로 어린이 방호식은 절대 부모에게 성적표를 보여주지 않았다. 쓸데없는 짓이라는 것을 쓰라린 경험으로 알게 된 것이다. 그때부터 그는 부모를 관찰했다. 사랑하는 것이 아니라 관찰했던 것이다. 아마도 이 일이 방호식이 사람에게 애정을 느끼기보다 냉정하게 관찰하게 된 계기가 되었을 것이다. 그는 인간의 변화무쌍한 감정이야말로 가장 두려운 것이라고 여겼다. 오늘의 친구가 내일의 적이 되는 경우가 얼마나 많은가. 온순하던 유치원 선생님이 아동 성애자로 체포되는가 하면, 평범하던 주부가 뚱뚱하다고 놀리던 남편을 살해한 후 방화하기도 하는 등 도무지 예측할 수 없는 것이 바로 이 인간이라는 생명체였다. 그래서 그는 한순간도 방심하지 않고 끊임없이 인간을 관찰했다. 관찰을 하면 할수록 그는 사람을 좋아하기가 힘들어지는 것을 느꼈다. 한때 그는 차라리 기계가 낫다고 여기고 한동안 스스로를 기계로 여기고 행동해보았으나, 깨진 유리에 손바닥을 크게 베이자 뚝뚝 흐르는 피와 함께 끔찍한 아픔을 느끼며 다시는 기계에 대한 환상을 품지 않았다. 찢어진 틈으로 보인 것은 전선이나 쇳조각이 아니라, 새빨간 핏물 속에 촘촘하게 박힌 작고 하얀 세포들이었던 것이다. 하지만 인간을 볼 때 애정보다는 기능과 효율을 따지는 것으로 기계 환상의 앙금은 여전히 그의 마음속 한구석에 무의식적으로 남아 있었다.

아무튼 그들의 씀씀이로 보아 미래는 확실했다. 결론을 내린 그는 돈을 모아야겠다고 생각했다. 앞으로 점점 더 가혹해질 자본주의 사회에서 반쯤 무너진 집에 달랑 남은 채로 난파되고 싶지 않았다. 그때부터 그는 정확한 계획에 따라 돈을 썼다. 용돈 기입장도 지나치게 충실하게 써서 고등학생이 되었을 무렵에는 머릿속으로 기입하고, 넘겨보며, 총 출입금 내역을 확인하는 것이 일종의 취미가 될 정도였다.

공부는 여전히 열심히 했다. 주변 사람이나 책 속의 인물을 관찰하며 총계를 내어보았을 때, 학벌이 좋은 사람이 돈도 많이 벌 확률이 높았다. 학벌이 좋다는 것은 그만큼 사회적으로 성공하고 싶은 의지가 강하다는 것이고, 자연히 주변에도 그런 사람들과의 관계가 형성되어, 일종의 그물이 쳐져서 자본이 축적되게 된다는 것이었다. 말하자면 '아니, 당신도 스카이 대를 나오셨군요. 몇 학번, 동기는 누구?'라는 말 한마디에 그 사람에 대한 호감도와 신뢰도가 상승하는 격이었다. 그런 관계는 사회적인 성공과 발전을 가져오고, 그 결과는 모두 돈이라는 결과물로 환산되는 것이었다. 방호식은 어린 시절부터 이러한 사실을 오직 공부를 통해 간파해냈으니 실로 대단한 우등생이 아니라 할 수 없었다.

이런 방호식이 왜 비만이 되었느냐에 대해 말하자면, 비만은 실로 현대 사회의 적이자 우둔함의 상징이 아니던가, 절반은 지금부터 이야기할 한 인물 때문이었다. 그에게는 두 살 터울의 누나가 하나 있었다. 그의 누나는 어머니를 빼다박은 외모와 성격이었다. 좁고 마른 얼굴과 날씬한 몸매는 대략 경박한 미모라는 두 개의 어절로 요약될 수 있었으나, 그 때문에 남동생 방호식은 짜증이 나 미칠 지경이었다. 돈을 벌랴 벌기만 하면 족족 다 쓰랴 하도 바빠 집에 거의 붙어 있을 시간이 없었던 그의 부모들은, 애들에게 생각날 때마다 기분 내키는 대로 돈을 던져주었다. 애완견에게 개 껌을 던져주듯이.

그 돈은 많을 때도 있고 심하게는 동전일 때도 있어 자식들을 곤란하게 했는데, 이 난국에 대처하는 방법은 방호식이 보기에는 무조건 축적뿐이었다. 그러나 앞서 말했듯 어머니의 성격을 빼닮은 누나는 어릴 때부터 낭비의 맛을 알았다. 가끔 부모가 수표를 던져줄 때면 어린것이 벌써부터 백화점 2층으로 가서 영 레이디 존의 몇 십만 원이나 하는 옷을 사 입었다. 그가 보기에는 고작해야 화려한 천 쪼가리에 불과한 것에 그토록 돈을 처들이다니. 당연히 돈은 금방 떨어지게 되어 있었고, 돈이 없어지면 마치 성냥팔이 소녀라도 된 듯 방 안의 전신 거울 앞에서 옷들을 걸쳐보며 며칠씩 굶었다. 그 옷을 입고 밖으로 나가 밥을 얻어먹을 수 있는 남자를 유혹할 만한 머리도 없었다.

객관적으로 보면 누나가 멍청한 것이 아닐 수도 있고, 그 나이 또래 애들다울 수도 있었다. 하지만 누나는 거의 반생을 그렇게 보냈으니 결과적으로 그가 맞았다. 그가 보기에도 누나는 남자들이 첫눈에 반할 만했지만 불행히도 오래 사귀고 싶은 생각이 들게 하지는 못할 만한 여자였다. 인생을 함께 보내기에는 너무도 멍청했으니까. 그러나 그는 어쩔 수 없이, 태어날 때부터 숙명적으로 이인삼각을 하듯 저 인간을 떼낼 수가 없는 것이었다.

결국 몇 년간 이를 갈며 당하기만 하던 방호식은 우연한 기회에 그의 인생관이자 관계론이 될 아이디어를 떠올릴 수 있었다. 바로 '더치페이'였다. 그것은 그가 급히 가게 된 미팅에서 짝이 되었던 여자애가 한 말 덕분에 얻은 소중한 아이디어였다. 그들은 당시 유행하던 카페에 갔는데, 계산할 무렵 여자애가 말했던 것이다. 더치페이 하자고. 그 말 역시 어느 드라마에서 쓰인 후로 한창 유행 중이었다. 미팅이나 드라마 따위는 우선적으로 회비가 아깝고 공부할 시간도 뺏기는 탓에 멀리해왔던 방호식은 여자애가 돈의 반을 내자 옳다구나 했다. 눈앞에 서광마저 비치는 듯했다. 여자애의 입에서 나온 말이라서인지 자연스레 누나가 떠올랐고, 또다시 부모가 한바탕 돈을 뿌렸을 때 그는 누나에게 '더치페이'를 당당하게 말했던 것이다. 머리는 나빴지만 유행에 민감했던 누나는 알아듣고, 군말 없이 대충 반으로 나눈 돈을 내밀었다. 그는 누나를 무섭게 노려본 다음 그녀의 돈다발까지 뺏어 마지막 한 푼까지 정확하게 세고는 반을 돌려주었다. 실로 완벽한 더치페이였다. 그것이 그의 열네 살 무렵, 중학교 1학년 때의 일이었다. 어찌나 속 시원하던지. 그때부터 그는 생계에 대한 걱정은 물론, 누나와의 관계에 대한 고민에서도 깔끔하게 해방되었다.

그런 줄로만 알았다. 하지만 불행히도 일은 그렇게 쉽게 풀리지 않았다. 더치페이를 하기 시작하면서부터 남매는 인생의 극과 극을 향해 달리기 시작했다. 방호식은 이를 악물고 악착같이 돈을 저축하기 시작했다. 그가 공부한 바에 의하면 자본은 절대 기반 없이 불어나지 않았다. 예컨대 눈덩이와 같았다. 처음에 작게나마 뭉쳐두지 않으면 불릴 가능성이라고는 손톱만큼도 없었다. 그는 부모라는 창구에서 쏟아지는 불규칙한 돈으로, 그나마 누나와 반으로 나누어, 그 조그만 눈덩이를 만들려고 기를 쓰며 유년시절을 보냈다. 때문에 그에게는 독특한 식습관이 생겼다. 이 식습관이야말로 방호식의 지방세포 수가 어린 시절부터 늘어나도록 만든 주범이었다. 게다가 불행히도, 한번 생긴 지방세포는 절대로 죽지 않는다고 한다. 그는 그렇게 조금씩 돈을 모으며 조금씩 지방세포도 만들어간 것이다.

한번 상상해보라. 어린이의, 어른만큼 똑똑하지만 성장을 원하는 신체 대사는 어쩔 수 없는, 눈으로 돌아가 주변에서 흔히 볼 수 있는 대형마트에 들어간다고 해보자. 자신이 작은 만큼 주변 세상은 어마어마하게 커 보이고, 사방에 먹을거리들이 가득하다. 하지만 아이의 수중에 있는 것은 단돈 몇 푼, 스스로 엄격하게 제한해 겨우 사용할 수 있는 몇 푼뿐이다. 그렇다면 아이는 그 푼돈을 어떻게라도 쪼개 영양가 풍부하고 가장 기본이 되는, 예를 들어 쌀이나 채소나 달걀 등의 음식을 살 거라고 생각하나. 그렇게 생각한다면 땡, 당신은 틀린 것이다. 아직 충분히 아이의 눈으로 돌아가지 못했다. 가난한 어머니라면 물론 그렇게 했겠지. 자식들에게 먹이려고. 하지만 아이는 그렇지 않다. 이것이 포인트다. 아이는 가장 구미가 당기는 것에 손을 뻗는다. 과자나 빵, 탄산음료, 초코나 딸기우유가 있는 곳으로 곧장 달려가게 되는 것이다. 아직 영양이니 균형이니 하는 것을 생각할 머리도 없고, 그것이 자신의 몫도 아닌 것이다. 게다가 그런 것들은 양도 많고 싸기까지 하다. 맛도 좋다. 입에 착착 붙는다. 조리할 필요도 없다. 돈도 있는데 무슨 걱정이랴. 그리하여 방호식 어린이는 어린 시절부터 급

식비마저 아껴가며 천 원짜리 탄산음료수와 봉지사탕, 백 개에 만원인 벌크용 소보로 빵, 초콜릿 빵, 카스텔라 등을 먹으며 살았다. 결과적으로 6년간 평균적으로 22kg이 불어나는 보통 학생들에 비해 그는 무려 +18kg인 40kg이나 불어났다. 졸업식 무렵, 그는 평균치를 약간 넘은 160cm의 키에 65kg인, 비만인 성인 여자와 같은 몸매를 하고 있었다. 정크푸드에 의한 호르몬 이상 때문인지 젖가슴도 나오고 변성기인 목소리도 여자 같아, 치마만 두르면 여탕에도 들어갈 수 있을 것 같아 보였다.

그렇다고 방호식이 충격을 받을 만한 인간도 아니었다. 그는 다만 얻는 것이 있으면 잃는 것도 있다고 보았다. 똑똑한 그조차도 먹는 것에 대해서는 언제나 이성을 잃었다. 먹는 것은 그의 삶에 있어 유일한 낙이었고 존재 이유였기 때문이었다. 무조건 싸고 양 많고 맛있는 것이면 다 되었다. 그 세 가지를 너무도 중시했기 때문에 몸에 좋은 것은 옵션조차 못 되었다. 그의 세계관에 따르면 대형마트는 진정 천국이었다. 저토록 싼 가격에 저토록 많은 음식을 살 수가 있다니. 물론 영양가는 거의 없는, 그저 음식 모양의 쓰레기일 뿐이지만.

하지만 이러한 나름대로의 알뜰한 생활도 그놈의 누나 때문에 박살이 났다. 누나는 여전히 같은 패턴의 생활, 입금→몸치장→출금→굶기를 반복하다가 마침내 기아 상태로 응급실에 실려간 것이다. 가당치도 않은 일이었다. 50만 원짜리 토끼털 코트를 입은 채 기아에 허덕이는 소녀라니. 자기가 무슨 아프리카 난민이라고. 이 사건으로 인해 누나는 거식증 판정을 받고 식이장애 클리닉센터에 입원하게 되었고, 갑자기 자식들에게 일시적 관심을 갖게 된 부모가 방호식 역시 이상하게 뚱뚱하다 싶었는지 데려갔다가 아동비만 판정을 받은 것이다. 진단한 의사는 혀를 끌끌 찼다. '이 소년의 뚱뚱한 몸은 마치 풍선처럼 부풀어 있다' 며.

그 말을 하면서 의사는 작년 세미나 차 다녀왔던 괌의 원주민들을 떠올렸다. 한창 레깅스 열풍이 불고 있는 한국이었지만, 원주민들은 이미 레깅스를 생활화하고 있었다. 부풀어오른 살 때문에 맞는 옷이 없었기 때문이다. 그때 의사는 힐튼 호텔의 야외 수영장 의자에 앉아, 칵테일도 한잔 마시며 진지하게 북구형 비만과 동남아형 비만에 대해 약 5분간 생각했다. 북구 사람들이 어릴 때부터 기름진 식습관으로 지방세포 수를 늘려온 무게감 있는 서양배형 비만이라면, 동남아 사람들은 순식간에 지방세포 크기가 부풀어오른 풍선형 비만이다. 그것은 갑작스럽게 유입된 풍족한 자본의 힘 때문인가. 그는 거기까지 생각하다가 마침 물 위에 인어처럼 떠다니던 매력적인 여성의 노란 비키니를 넋 놓고 바라보느라 잠시 모든 것을 잊었다.

결국 방호식 역시 누나 옆 병동에 갇혔지만, 생각할수록 병원비가 아까웠다. 영양 만점의 신선한 식사 역시, 벌레가 썩은 음식을 탐하듯 정크푸드로 찌든 혀의 구미에는 맞지 않았다. 그러나 의사가 말한 '풍선' 이라는 단어가 몹시 마음에 걸렸다. 그는 풍선이나 폭죽 등, 언제 터질지 모르는 위태로운 것들을 싫어했다. 그것들의 즉발성이나 위험성이 소름끼쳤다. 거품처럼 곧 사라져버릴 것들이나, 젤리처럼 흐물흐물한 것도 끔찍했다. 모두 마음 놓고 만질 수 있고 단단하며 확실한 것이어야 했다. 그가 생각하는 그런 이미지의 최고봉은 뭐니 뭐니 해도 역시 금, 돈이었다. 이런 저런 것들이 모두 마음에 안 들었던 그는 의사에게 치료법을 들은 후 퇴원해 자가 치료를 하기로 결심했다. 일단 몰래 퇴원 수속을 밟은 그는, 부모가 모처럼 내주기로 한 치료비를 아껴봤자 해외 골프 관광 한 번이면 단번에 날아가버릴 테니 어떻게 중간에서 가로챌 방법이 없나 고심했다.

그가 짜낸 묘안은 실로 천재적이었다. 그는 한동안 학교에서 살았다. 그러면서 자신의 계좌로 돈이 들어오도록 한 달 치를 지불했던 병원의 청구서 양식을 위조해, 매달 우체통에 꽂아넣었다. 저녁 무렵이면 집이 보이는 주변에서 서성이다가, (반쯤 무너져 있어 불빛이 잘 보였다), 부모가 들어오지 않는 날이면 잽싸게 들어가 옷을 세탁하거나 갈아입고 나왔다. 밥은 어쩔 수 없이 학교 급식을 먹었으나 그래도 배가 고프면 한 줄에 천 원 하는 김밥이라도 먹어야 진정이 되었다. 그나마 조미료가 잔뜩 들어가 있었기 때문에. 예전의 정크푸드는 정말이지 얼마나 싸고 맛 좋았던가. 하지만 '풍선' 생각만 하면, 자신이 언젠가는 풍선처럼 빵 터져버릴 거라는 생각만 하면 흠칫 놀라며 마트의 과자나 빵류 코너로 가서 무의식적으로 뻗는 손을 얼른 가슴 쪽으로 당기며 물을 사서 돌아오곤 했다. 애초에 들켜버린 중학교 수위에게 줄 소주와 안주를 살 때도 있었다. 교실에서 숙식하는 방호식 때문에 밤마다 뚱뚱한 유령이 나타난다는 소문이 돌기도 했다. 그 유령은 책상에 앉아 공부를 하다가, 뒤늦게 퇴교하려는 학생이 발견하면 미친 듯이 달려들어 '빵 좀! 과자 좀!' 한다고 했다. 역시 소문이란 무서운 것이었다.

어쨌든 소문의 절반은 맞았다. 방호식은 여전히 코피를 쏟아가며 하루 종일 공부하고 있었다. 뒤의 말은 어쩌면 그의 무의식이 만들어 낸 유령인지도 모르겠지만. 그런 생활을 하는 동안 그의 살은 자연스레 빠져 거의 정상 체중으로까지 돌아왔다. 더 이상 부모를 속이지 못하게 된 방호식은 우체통에 청구서를 넣는 것도 관뒀다. 그래도 덕분에 꽤 큰돈을 모을 수가 있었기 때문에 기쁘기 그지없었다. 고난에 대한 보람마저 느꼈다. 부모들은 분명히 계좌에 이름이 뜰 텐데도 아는지 모르는지, 확인할 시간마저 없는지, 꼬박꼬박 매달 고액을 부쳤던 것이다.

고교 시절의 방호식은 확 빠져버린 살 때문인지 그나마 있던 특성도 없어져 평범한 학생이 되었다. 완전 평범하지는 않았다. 지방 고교이긴 했지만 부동의 전교 석차 1등이었고, 농협 통장계좌에는 직장인의 한해 연봉 정도 되는 돈이 들어 있었다. 물론 어떤 직장인가에 따라 달라지겠지만 무려 연봉이니 최저 수준이라 해도 결코 적지 않은 금액 아니던가. 3년 내내 별다른 사건도 없었다. 그저 공부, 가리개를 한 경주마처럼 달려 스카이 대 입학. 이로써 끝. 키가 조금 자랐다면 자랐다고 할까. 그래봐야 172cm로 중키였다. 그가 목표한 명문대 입학에 있어서는 가장 중요한 시기였기 때문에 방호식은 최선을 다하고 한눈 한번 팔지 않았다. 심지어 굳이 돈을 모으려 하지 않고 수험공부에서 오는 스트레스가 심각하게 쌓일 때면 가끔 과자나 빵을 사먹기도 했다. 물론 이제는 정상적인 식사에 길들여져 탐식하거나 폭식하지는 않았다. 깜빡하고 가끔 밥을 먹지 않기도 했다. 지방세포들은 조용히 절대로 죽지는 않으며 숨죽여 기다렸다. 다시 그들이 부활하기를. 활성화되기를.

　드디어 바라고 바라던 명문대생이 된 방호식. 해방. 여기가 경주마가 1등으로 도착하는 광경처럼 기립박수라도 쳐야 할 대목이라고 생각하면 오산이다. 그가 대학에 들어가서도 여전히 생각하는 것이라고는 오로지 돈뿐이었으니. 그가 대학에 입학하자마자 부모는 축하라도 하듯이 이혼을 했다. 그러나 그는 반쯤 부서진 집에 홀로 덩그러니 남겨지지 않아도 되었다. 지방 입학생의 특권으로 무료 기숙사에 들어가게 되었으니. 누나는 여전히 클리닉 시설에 갇혀 있었으니 약간 불쌍하기도 했지만, 그의 탓은 아니었다. 누나는 누나, 그는 그. 어쨌든 거기서 밥이라도 챙겨준다면 다행 아닌가. 게다가 부모는 정기적으로 돈까지 지불하고 있지 않은가. 돈=사랑이라는 등식도 가지고 있던 그는 누나가 꼭 불행하지만은 않다고 간단하게 판단해버리고는 더 이상 생각하지도 않았다. 그보다 우선 어떻게 돈을 모을지 고민이었기 때문이다.

　해답은 의외로 간단한 곳에 있었다. 학생 과외. 명문대생에게 이만큼 딱 어울리고 호사스런 돈벌이가 또 있을까. 점잖은 복장으로 가서 머리 나쁜 중학생이나 고교생과 편안한 실내에 앉아 집사가 은쟁반으로 날라오는 열대과일을 먹으며, 이미 자다가도 외울 수 있는 정석이나 영문법 따위를 줄줄 읊으면 되는 것이다. 국내 최고의 국립대라 사립대학교보다 월등히 싼 학비의 절반이 장학금 형태로 덜어지지만, 어쨌든 학비의 반은 내야 했던 그는 과외를 네댓 개씩 했다. 이때 확실히 돈을 모아야 했다. 치열한 경쟁이 난무하는 사회로 나가면 명문대생이라고 해서 성공한다는 보장도 없었다.

　부모에게 학비를 받는 것은 애당초 포기했다. 그들은 이제 각자 새 살림 차리고 자식들은 알아서 살아가라는 식이었다. 어차피 이제 성인이니 알아서 하라며. 누나는 예외였다. 그녀는 전신 거울 앞에서 코앞의 현실을 애써 부정하며 아직도 자신은 철없는 소녀라고 믿고 있었으니. 시내에 과외가 없으면 나고 자란 지방에 내려가기도 했다. 이제 그와 누나 앞으로 남겨진 반쯤 무너진 집에서 하룻밤을 보내기도 하면서. 가끔 천장에서 부스스 가루가 떨어져내리거나, 콧구멍에서 코피가 방울져 떨어지기도 했지만 그는 개의치 않았다.

　그러던 차에 방호식은 마침내, 처음으로 연애를 하게 되었다. 과외 때문에 정기적으로 타는 KTX 안에서였다. 그가 막 과외를 시작하던 당시 KTX가 개통되었고 시간을 절약할 수 있다는 큰 이점에서 자주 이용하던 그 기차에서 훌륭한 문화가 형성되었는데 바로 동반석 카풀이라는 것이었다. 그것으로 그는 다소 비싸던 열차 값을 대폭 아끼는 것은 물론, 운이 좋으면 마음에 드는 이성을 만날 수도 있었다. 풍경을 따라 흐르는 열차에서의 만남이라. 얼마나 설레고 낭만적인가. 잘못 되어도 열차에서 내리면 그만. 잘되면 물론 애인이 되었다. 어떻게 방호식이 그토록 쉽게 여성을 꼬드길 수 있었는가에 분연히 일어나는 수줍은 미남 혹은 거친 추남들도 있겠지만, 그거야 앞서 말한 삼 박자

(명문대, 호감 가는 외모, 유머 감각)와 수없는 관찰과 습득을 거친 거의 직업 배우에 가까운 예의 바른 태도에서 나오는 당연한 결실이었다.

고교 때 빠졌던 살은 어찌 되었는가에 대한 대답이라면 그가 대학생이 되었을 무렵 외국에서 유입되어 급속히 번진 패밀리 레스토랑 붐 때문에 세련된 대학생이라면 패밀리 레스토랑쯤은 가줘야 교양을 갖췄다고 할 수 있는 풍조마저 되었으므로, 양 많고 기름기 많은 서양 음식에 그의 지방세포들이 환호하며 몸을 풀었다는 것이다. 바야흐로 의사가 말하던 북구형 비만의 시대가 그의 몸에서 시작된 것이다. 아무튼 이런 삼 박자를 잘 타가며 돈도 벌고, 사랑도 얻고, 헤어짐과 만남을 반복하며 방호식은 제법 촌티를 벗어나 교양도 갖추고 낭만도 아는 청년으로 무럭무럭 성장해갔다. 평균 이상의 수와 부피를 자랑하는 그의 지방세포들과 함께.

그렇게 흘러가는 수많은 만남들과 과외 학생들 끝에 방호식은 드디어 연애를 하게 되었던 것이다. 애인은 날씬한 몸매의 한 살 연상인 아가씨였는데 실로 알맹이가 꽉 찬 여자라고 할 수 있어 방호식의 마음에 꼭 들었다. 소위 공인인증서와 같은 여자였다. 돈을 좋아하고 낭비를 혐오하지만, 사회적 성공과 상류사회의 일원이 되고 싶어하는 속물적 욕망까지 그와 완벽하게 일치했다. 후자의 경우에 대해서 말하자면 그는 이제껏 어렴풋한 열망을 품고 있었지만 워낙 명문대에 집착하느라 세세한 부분까지는 계산하지 못했었다. 그 부분을 그녀가 일깨워주었던 것이다. 예컨대 이런 간단한 말이었다. "너 같은 애가 왜 그렇게 시시한 학과에 다니니? 전과나 편입을 하도록 해. 의대나

약대 같은 곳으로." 게다가 명문대 역시 알게 모르게 학생들에게 그런 의식을 일깨워주었다. 총장은 물론 교수들까지도 걸핏하면 '사회의 지도자가 될 여러분'이라는 말을 입에 올렸다. 이에 학생들은 마치 세뇌라도 당한 듯 '그래, 우리가 이 사회를 책임져야 해.' 하는 쓸데 없는 의무감에 사로잡히게 되는 것이었다. 그리하여 역시나 유망한 직종인 방사선과에 다니던 그녀는 방호식을 약대의 길로 이끌었던 것이다.

이리하여 청년 방호식은 비로소 제대로 된 길로 들어서게 되었다. 밤마다 이어지는 달콤한 통화로 그녀가 돈 나무에서 돈이 열리는 성 공가도의 찬란한 비전에 대해 끝도 없이 속삭여주었으므로, 통화를 하다가 잠들기도 예삿일이 되었다. 물론 나머지 시간에는 코피가 터 지도록 공부했다. 공부, 또 공부였다. 대학생이 되어서까지 뭐 그리 열심히 공부냐고 하지만 그건 다 거친 세상에서 조난될 인간들이나 하는 생각이라는 것이 방호식의 지론이었다. 빈둥거려보라지. 결국 영화에서나 볼 수 있는 마약 중독자들처럼 달랑 매트리스와 맨 시멘 트벽밖에 없는 공간에 남겨지게 될 것이 분명했다.

그리하여 방호식은 마침내 1년 만에 약대에 편입했다. 그제야 마음 이 조금 놓이는 것도 같았지만, 여전히 타오르는 그녀의 욕망과 히스 테리에 점점 지쳐가기도 했다. 불만에서 오는 신경질적인 행동과 짜 증은 그를 몹시 불안하고 고통스럽게 만들었던 것이다. 살면서 최초 로 돈에 대한 회의마저 들 정도였으니. 미다스 왕의 우화만 보더라도 돈에는 결코 만족이란 없다는 것을 깨달을 수 있다. 돈은 교환 도구이지 그 자체로는 아무것도 아니었다. 무엇보다도 돈은 먹을 수 없었다. 하지만 자신의 인생을 인도해준 그녀를 차마 배신하기도 어려웠다. 그는 차츰 그녀와의 통화를 멀리하게 되었다. 그가 편입을 하는 동안 어느새 방사선 치료사가 되어 있던 그녀 역시, 직장생활에 지쳐 집에 돌아오자마자 잠들어버리거나 휴일이 되어도 재테크에 대해 공부하느라 바빴다. 몸이 멀어지면 마음도 멀어지듯 통화가 사라지면 만남도 끊어지게 마련이었다.

그런 수순으로 그는 결국 바람이 났다. 그가 약대에 편입한 지 막 2년째로 접어들던 시점이었다. 어느 정도 과와 공부에 적응이 된 방호식은 동아리 활동을 시작했다. 뒤늦게 웬 신입생이나 드는 동아리냐고 하겠지만, 앞서 말했듯 그는 신입생 시절에도 코피가 터질 정도로 과외를 하느라 방과 후에는 학교에 남아 있지도 않았다. 그러나 약대는 졸업 후 바로 전문직을 가지게 되는 만큼 해야 할 공부도 많았고, 따라서 과외를 할 시간도 없었다. 하지만 미래를 위해 그는 돈을 절약하며 참기로 했다. 이것이 바로 투자라는 생각을 하면서. 자연스레 학교에 남아 있는 시간이 늘게 되었던 그는 사교 상 과내 동아리에 들게 되었다. 먹을 것을 좋아하는 그답게, 정크푸드 시절의 열망이 무의식적으로 투영된 모양으로 제과제빵 동아리였다. 자연스러운 수순으로 한 여성 학우와 친해졌다.

이번에도 연상이었지만, 변화무쌍하던 옛 애인과 달리 한결같고 푸근한 여자였다. 인생관도 크게 달라서 사회적 성공보다는 잘 먹고 잘 사는 데 더 관심이 많았다. 소위 가정적인 여자였다. 새 애인은 별로 예쁘지도 않은 얼굴이었는데, 손바닥에 베인 상처가 있는 손으로 토실토실한 그 손을 처음으로 잡자 놀라울 정도로 마음이 푹 놓이며 안심이 되는 것을 느꼈다. 심각하게 말하자면 이제야 살아 있는 느낌이 들었다고나 할까. 우스운 일이었다. 지금까지 그는 쭉, 맹렬하게 살아왔는데 말이다. 말하자면 생전 처음으로 사랑에 빠지게 된 것이었다. 이제는 거친 세상에서 홀로 난파되어 반쯤 무너진 집에 남겨지는 악몽도 꾸지 않게 되었다. 그녀와 사귀게 되면서 그는 이제까지의 식습관도 버리게 되어, 유기농이나 가정식 백반 같은 것에 흠뻑 매료되었다. 이제까지의 음식들은 단순한 포만감을 주었지만, 이 음식들은 내장의 가장 깊은 곳에서부터 차오르는 충만감을 주었던 것이다. 그녀가 만들어주는, 권하는 음식들은 모두 눈물이 날 정도로 맛있었다. 식습관이 바뀌자 살이 빠졌다가 새롭고 건강한 살이 서서히 오르기 시작했다.

그때부터였다. 청년 방호식이 이 이야기의 서두에서 말한 오라와 같은 기름기가 담뿍 담긴 훈향을 뿜어내게 되었던 것은. 피부 역시 더욱 하얘진 데다가 마치 화장이라도 한 듯 반짝반짝 윤기가 흐르기까지 했다. 이 모든 것이 마침내 안착할 곳을 발견한 그의 지방세포들이 향기롭게 뿜어내는 하모니인 것도 같았다. 올해로 28세인 그는 비로소 누군가를 이해타산을 떠나 진심으로 사랑할 수 있게 되었고 나아갈 삶의 방향도 결정했기 때문에, 앞으로는 그저 순항을 하면 되는 선장처럼 여유롭기 그지없는 모습이었다. 도저히 제 나이로 보이지도 않았다. 벌써 성공한 실업가처럼 적어도 서른은 훌쩍 넘긴 것처럼 보였다. 뉴스를 보며 쌓아온 정치에 대한 관심으로 곧 국회의원에 출마할지도 모른다는 헛소문마저 떠돌 정도였다.

하지만 누가 뭐래도 청년 방호식이 세상에서 가장 좋아하는 것은 맛있는 음식을 먹는 것이었다. 먹는 순간의 만족과 안정감. 혈관 하나하나, 세포 하나하나까지 속속들이 영양으로 가득 차는 느낌. 그 느낌이 점차 부풀어올라 마침내는 자신을 벗어나 온 대지의 지글거리는 기름기에 합류하게 되는 아득한 기분은 거의 구도자들의 신비 체험에 필적할 정도였다. 이때만큼은 그도 냉정하고 이기적인 상태에서 벗어나 그 기분을 모든 사람들과 함께 공유하고 싶다고 진심으로 생각했다. 그가 풍기는 풍성하고 기름진 훈향의 비결은 바로 여기에 있었던 것이다.

적敵의 꽃잎

염승숙

대가리를 짓이겨놓으면, 꼼짝없이 내게 항복해올 것이다. 그렇게 믿고 싶다. 마른침이 꼴깍꼴깍 넘어간다. 식은땀이 등줄기를 타고 흘러내린다. 어떻게 해야 제압할 수 있을까. 초조하다. 표정도 눈빛도 아무것도 볼 수 없으니 불안하다. 소소한 바람이 뒷덜미를 훔치고 달아나지만 후끈해진 가슴패기는 식을 줄 모르는, 그런 밤이다.

—이런 걸 두고 어리석다고 하는 거야.

왜냐고 묻고 싶은 마음을 꾹 눌러 참았다. 더 이상 나를 휘두르게 만들진 않겠다고 다짐한 터이다. 포기할 것도, 아까울 것도, 지켜야 할 것도 남아 있지 않으니 두려움은 없다. 안달복달 생을 지속시켜야 한다는 강박이 사라졌으니, 목숨조차 내게는 하찮다. 그러니 와라, 멋대로 조종하고 지시한다면 누구라도 용서치 않겠다.

나는 두 발을 어깨 너비로 벌린 상태에서 왼쪽 다리만 한 보쯤 뒤로 물렀다. 천천히 양 주먹을 쥐고 상체를 조금 앞으로 기울여 복서의 자세를 취했다. 찰나의 방심조차 용납되지 않을 것이다. 나직한 숨이라도 헐겁게 내쉬려다 일순간, 방향을 가늠할 수 없이 다가온 공격에 의해 내 머리통이 반으로 쪼개지지 않을까. 물러설 수도, 도망칠 수도 없다. 지면 모든 게 끝장이다. 내 육신도, 영혼도, 모조리 흡수되어 흔적도 없이 소멸될 것이다.

나는 파괴될 것이며 그리하여 기어코, 여기서 사라지게 될 것이다. 눈먼 불나방들이 거미줄에 뛰어들어 꼼짝없이 얽어드는 어둑시근한 밤, 촉 낮은 가로등이 채찍 같은 전깃줄을 휘감은 채 고개를 떨어뜨리고 선 골목길에서 나는 서서히 주먹 쥔 손에 힘을 주기 시작한다. 눈부시게 화려한, 적과의 사투를 향한 문이 이제야 내게 스륵 그 힘겨운 빗장을 풀어보이려는 참이다. 진짜 전쟁이, 시작되려 하고 있다.

―먼저 이야기를 시작할 것.

호기로운 목소리가 들려왔다. 그러자 누군가 날카로이 휘파람을 불었고, 몇은 배꼽을 잡고 웃어댔으며, 또 몇은 몸을 풀며 조용히 숨을 골랐다. 나는 놀랐다. 이유를 알 수는 없으나 이야기를 시작하라는 그 말에, 순간 눈시울이 뜨거워졌다. 나는 냉정을 되찾기 위해 아랫입술을 힘주어 깨물었다. 왜 그래야 하느냐고 나는 찬찬히 되묻는다. 당최 한번에 말을 들어먹는 법이 없는 여자라며 퉤, 침을 뱉듯 당신들은 와글거린다.

　—이야기의 기승전결을 풀어놓지 않으면 싸움의 시작도, 끝도 없어. 그게 우리의 규칙이다.

　나는 천천히 주먹을 펴고는 긴장을 풀지 않은 채로 목덜미를 어루만져본다. 그 누구도 나의 움직임에 영향 받지 않는다. 당신들은 제멋대로 몸을 움직여 크게 하품을 하거나, 발을 동동 구르며 제자리뛰기를 하거나, 구무럭거리며 수다놀음을 하는 등 너무도 자유롭다. 우리의 영역이 분리되어 있다는 사실이 새삼스레 내게 쓸쓸하고 외로운 기분을 안긴다. 감상적이 되어서는 곤란하다고 나는 급히 체머리를 흔든다.

　폭풍우가 쏟아지기 전 대기를 가득 채우는 적요. 우리를 얽어맨 매듭은 단단히 뒤엉켜 이 밤의 목을 조르고 있다. 선택의 여지는 없는 것 같다. 나는 이 싸움을 끝내야만 한다. 더 얻지는 못한다 하더라도, 본디부터 내 것이었던 걸 잃고 싶지는 않다. 세상엔 결코 입장이 바뀌어서는 안 되는 것도 존재한다. 무엇을, 어디서부터 시작해야 하는 것일까. 이야기를 어디서부터 어떻게 풀어내야 할지 감이 오질 않는다. 자초지종을 설명하기 위해서는 일단 세 가지의 키워드를 풀어놓아야 하겠다. 첫째, 말할 것도 없이 당신들 다섯. 둘째, 엄마는 불덩이. 셋째, 그리고 내가 눈을 떼지 못한 그 여자. 이와 관련한 그 어떤 이야기도 거짓은 아니나 믿지 않는다 해서 그것은 내가 어찌할 수 없는 부분이 아니다. 이것은 분명 나와, 내 엄마에게 일어난 일이니까.

나는 다섯 개의 그림자를 갖고 있다. 당신들은 장방형으로 펼쳐진 꽃잎처럼 나를 에둘렀더랬다. 거부할 수도, 포기할 수도, 외면할 수도 없는 그것. 내가 꽃술처럼 한드랑한드랑 흔들리기라도 하면 다섯 개의 그림자가 동시에 내 곁에서 이파리를 파들댔던 것이다. 내 몸이 가는 방향 그대로, 내가 움직이는 모양 그대로 따라붙어 복닥거렸다. 당연하게도 두려웠지만, 또 그래서 신비롭기도 했다. 남에게는 없고 나에게만 있는 다섯 개의 그림자. 그것을 가진 나란 존재가 생애 처음으로 흥미로웠다. 아름다워보였다. 어째서 나는 순진하게도 온전히 믿어버린 걸까. 그저 그림자뿐인 당신네를. 당신들과의 첫 조우는 지금으로부터 대략 한 달 전쯤이었을 테다. 엄마가 뜨겁게 타오르는 몸으로 방 안에 뒤돌아 앉아 있었던 날이니 얼추 맞을 것이다. 엄마는 한 덩이의 불처럼 오롯이 붉어져 있었다.

엄마의 몸에 열이 오르기 시작한 것은 벌써 서너 해도 더 된 일이다. 62~3도에서 75~6도까지 오르락내리락하면서도 희한하게 엄마는 일상생활에 큰 불편함을 느끼지 못했다. 사람의 체온인 36~7도에서 조금만 더 올라도 이마가 펄펄 끓다 정신을 놓는 범인凡人들에 비하면 좀처럼 믿을 수 없는 일이기는 했다. 처음에야 발그레하게 열꽃이 핀 몸으로 병원에도 가보고, 약도 지어 먹었지만 잠시뿐이었다. 돈을 들여도 별다른 소용이 없다고 여기면서 엄마는 그조차 딱 끊어버렸다. 지금껏 엄마의 세계란, 돈을 들여서 남는 장사와 그렇지 못한 장사로만 구분되어왔다. 시간과 노력과 게다가 돈까지 들이부었는데 손에 떨어져 딸랑이는 것이 아무것도 없다면 미련 없이 그만둬야 했다. 멈추지 못하는 것이야말로 어리석은 일은 없다. 그만두어야 한다는 생각을 갖지 못하는 한 나이는 먹어도 결코 인생을 깨닫지는 못한다고 엄마는 믿어왔다. 어떠한 상황에서도 손해보지 않는 것, 결코 밑지지 않는 것. 인생이란 남는 장사의 이치를 절로 터득하며 완성되어가는 법이다. 그런 이유로 엄마의 몸은 데워진 찻잔처럼 늘 뜨끈함을 유지했다. 무심코 엄마의 팔뚝을 잡거나 몸이 스칠 때면 달궈진 모래주머니를 손 안에 그러쥔 양 화들짝 놀라기도 하면서 나는 엄마와 하루하루를 함께 지내왔다. 그래서일까, 아침마다 식탁에 무릎을 세우고 앉아 말끄러미 엄마의 뒷모습을 바라보는 것이 습관이라면 습관이 되었다. 냉장고 문 앞에 서서 느릿느릿 반찬통을 꺼내는 엄마의 몸에서 드라이아이스처럼 희뿌연 연기가 뿜어져나오는 광경은 꽤 놀랍기까지 한 것이었다. 공중을 향해 스멀거리는 엄마의 체온, 그 열의 기운. 하지만 불씨 붙은 마른 장작더미처럼 가까이 다가갈 수 없을 만큼의 온도로 오른 적은 여태껏 한 번도 없었다.

엄마!

　엄마의 몸이 불붙듯 뜨겁게 달궈져 있다는 것을 발견한 나는 놀라움을 이기지 못해 소리쳤다. 참으로 오랜만에 불러본 '엄마'라는 단어가 나조차도 생급스러워 머쓱해졌던 기억이 난다. 일 년 전쯤부터 퇴행성 치매를 앓으면서 엄마는 말을 잃었다. 혹시 귀를 다쳤거나 그로 인해 청력을 잃은 것은 아닐까 의심했지만 그것이 원인은 아니었다. 검사 결과도 정상이었고, 내가 놀란 시늉을 하며 다급히 부르면 한갓지게나마 고개를 돌리기도 했으니까. 그러나 엄마는 어느 순간부터 생의 모든 의욕을 잃은 듯 아이 같은 말간 눈빛으로만 대꾸했다. 매일 아침 일어나 엄마의 열리지 않는 입술을 물 적신 수건으로 닦아주며 나는 무슨 생각을 했던가. 모르겠다. 불 때는 아궁이 같은 몸속에서 전류처럼 파닥이고 있을 엄마의 붉은 혀만을 줄기차게 상상해왔는지도. 엄마가 세상의 모든 말들을 혓바닥 위에서 궁굴리다 뱃속으로 삼키면 커다란 불덩이로 자라나는 게 아닐까 나는 고민스러웠다.

　그리고 더럭 겁이 나곤 했다. 엄마의 심장 한가운데 박혀 있는 불나무의 뿌리가 바작바작 말라갈까봐, 그래 지나는 바람결에라도 사부자기 불씨가 당겨질까봐.

　그 밤, 엄마는 창문으로 괴괴하게 들어오는 달빛에 의지해 앉아 있었다. 물결치듯, 달빛은 엄마의 어깨와 등과 허리께에서 넘실거렸다. 어둑한 방 안에서 한쪽 다리를 세운 채로 등 돌려 앉아 있는 엄마는 작은 태양처럼 붉디붉게 이글거리고 있는 것만 같았다. 큰 소리를 내며 다가서는데도 엄마는 뒤돌아보거나 대답하지 않았다. 나는 잠시잠깐 엄마의 새빨간 치마를 떠올렸다. 처녀 시절 맵시 있게 입고 다녔을, 발목 위로 살짝 올라간 붉은 공단 치마. 엄마가 그것을 입은 모습을 나는 딱 한 번 본 적이 있다.

잘 있어라.

아홉 살 난 어린 딸을 본체만체 젊디젊은 엄마는 야무지게 가방을 쌌다. 가슴팍에 꼭 들어찰 부피의 가방이 미어터지도록 엄마는 옷과 화장품을 꼭꼭 쟁여넣었다. 쌈짓돈을 꼬깃꼬깃하게 접어 감추듯 그것들은 정성을 다해 가방 안으로 줄지어 들어갔다. 나는 그런 엄마의 가방을 멀거니 바라만 보았다. 가지 말라고 잡았대도 엄마는 터질 듯 부풀어오른 가방의 지퍼를 채웠을 테고, 울며불며 주저앉아 떼를 썼대도 엄마는 눈 하나 깜짝 않고 신발을 꿰어 신었을 것이다. 엄마가 당차게 현관문 손잡이를 잡아 돌리는 순간 그 빨간 치마에 다닥다닥 박힌 검은 꽃잎들이 안녕, 안녕 내게 손을 흔드는 것만 같았다.

엄마는 그러나 현관문 밖으로 발을 내딛지는 않았다. 손잡이를 거칠게 잡아 돌리고, 현관문을 벌컥 열어젖혔지만 그것으로 그만이었다. 엄마는 그저 가만히 주저앉아 오래도록 소리 죽여 울었다. 나는 엄마와 거리를 두고 꼼짝없이 서서는 온 힘을 다해 스스로를 제어하고 있었다. 엄마가 부지불식간에 일어나 뛰어나갈까봐 심장이 오글거리기라도 했던 걸까. 주먹 쥔 손을 파들파들 떨며 나는 울고 있는 엄마를 노려보았다. 여차하면 뒤쫓아가서 주먹으로 세게, 엄마의 등을 부숴버릴 태세로 말이다. 결론만 이야기하자면 엄마는 가지 않았다. 그저 오랜 시간 시서늘한 현관 바닥의 타일 위에 쭈그리고 앉아 눈물을 흘렸을 뿐, 엄마는 다시 안방으로 들어와 심드렁한 표정으로 치마를 벗었다. 바닥에 펼쳐진 검은 꽃잎들이 엄마의 주위를 에두른 채 납작 엎드려 있던 그날 오후, 햇볕이 사선으로 엄마의 등을 쓸어주었던가 말았던가. 한 달 전 불덩이처럼 타오르고 있는 엄마와 마주했을 때, 그 옛날의 새빨간 공단 치마가 떠올랐던 데는 그 검은 꽃잎들 때문이었을 탓이 크다.

엄……마.

나는 어찌할 줄을 모르고 엄마의 곁에 서서 발을 동동거렸다. 아홉 살 이후로 삼십여 년이 더 흘렀는데도 여전히 나는 무기력했다. 엄마의 몸에 쟁여진 저 불씨들을 어떻게 꺼뜨려야 하는 것인지, 나로선 도무지 감이 오질 않았다. 나이 예순을 훨씬 넘긴 치매 노인의 병증 목록에서는 찾아볼 수도 없는 증상이었다. 하지만 흡사 불꽃봉오리가 벌어지듯 눈이 부셨던 엄마는 내 나이 아홉 그 유년의 어느 날처럼 다시 아무렇지도 않아졌다. 몸은 여전히 뜨거웠으나 불꽃은 온데간데없이 사라졌다. 엄마의 몸에는 불에 덴 자국 하나 남아 있지 않았다. 머리를 갸웃거리면서도 내가 엄마를 위해 해줄 수 있는 건 아무것도 없었다. 먹고사는 일이 세상 그 어떤 일보다 사소하다고 믿었던 때도 있었건만, 이제는 나의 하루가 온전히 그것을 위해 소모된다. 엄마는 다른 치매 노인들에게서 으레 나타난다는 히스테리나 우울증 증세, 기억력 감퇴나 언어장애, 유아적 행동 같은 병증도 보이지 않았기에 글쎄, '일단은 안심'이었다고 봐야겠다. 그 이후 한 달이 지난 지금까지도 엄마는 여전히 입을 다물고 방 안에 모로 누워 희멀건 눈동자를 굴려댈 뿐이다. 하지만 나는 늦은 밤 집으로 돌아와 엄마의 마른 몸집을 눈으로 쓸며 나로서도 모를 누군가의 목소리를 듣는다. 그것은 때로 엄마의 목소리이기도, 또 때로는 나의 목소리이기도 하다.

너는 여태 몰랐지, 너는 여태 몰랐지, 삶은 그처럼 아무것도 아니야, 살며 겪는 고통도 전신을 훑고 사라지는 몸살 기운처럼 이따금씩 왔다 가는 감기 증상의 일종이야, 백신 없는 감기에 허덕이듯 산다는 것 그 자체가 바로 스스로에게 겨누는 자해이자 위무인 거야, 고통 없이 살고 싶다고, 고통 없이 살고 싶다고, 하지만 그런 일은 있을 수 없잖아. 우리는 누구나 내가 나로서 살아가는 것에 만족하지 못하니까 말이야, 하물며 정상적인 사람의 몸에 일순 뜨거운 불꽃이 일어 와락와락 타들어가는 것쯤이야 놀라운 일도 아니지 뭘 그래?

달빛마저 어둑한 구름에 가린 새벽녘, 엄마가 다시 조용히 이불을 덮고 누웠을 때 내 티셔츠는 유두에서 흘러내린 젖으로 온통 축축해진 채였다. 화장실에 들어가 옷을 벗고 씻은 뒤 쪽잠도 자지 못하고 바로 집을 나섰다. 한갓진 도로에서 차들은 헤드라이트를 휜히 켜고 달려갔다. 무성영화의 한 장면처럼 사위는 어스레했고, 모든 소리들이 숨을 죽이고 있었다. 아무런 소음도 귓불에 달라붙지 않았다. 나는 어딘지도 모르는 곳을 찾아들어가 벤치에 앉았다. 그러고는 몸을 한껏 웅크려 무릎에 얼굴을 묻었다. 새벽에 내린 이슬로 엉덩이가 축축해졌지만 웅숭그린 채 정신없이 잠에 빠져들었던 것 같다. 급히 다가왔다가는 아스라이 멀어져가는 누군가의 구둣발 소리에 살풋 눈을 뜨니 햇볕이 뜨겁게 내리쬐고 있었다. 나는 부신 눈을 치켜뜨며 천천히 벤치에서 일어났다. 내 그림자가 하나가 아닌 다섯이라는 걸 알게 된 건 바로 그때였다.

아무리 거듭 눈을 비벼도 틀림없이 다섯이었다. 필시 하나여야 할 내 그림자가 꽃잎처럼 나를 에두르고 있었다. 다섯 장의 검은 꽃 이파리는 크기나 길이도 제각각이어서 마치 어른과 아이가 뒤섞여 둥글게 모여선 채 손을 맞잡은 모양새였다. 내가 왼쪽으로 가면 왼쪽으로 나풀나풀, 오른쪽으로 움직이면 오른쪽으로 또 옥시글옥시글 따라붙었다. 왼발을 들어 세우고, 오른팔을 빙빙 돌리고, 이러저러 우스꽝스런 체조를 해봐도 마찬가지였다. 내 머리 바로 위에서 나를 향해 스포트라이트를 비추듯 그림자는 부정할 수 없이 다섯이었다. 나는 가루를 뒤집어쓴 꽃술처럼 얼굴이 싯누레져서는 몇 걸음 채 걷지 못하고 나무 아래로 바짝 숨어들었다. 누가 볼까 지레 겁부터 났다. 그림자는 분명 사라졌는데도 사방에서 누군가 그늘 아래의 나를 지켜보고 있는 기분. 몸에선 한기가 돌았고, 가까이서 풍겨오는 비릿한 냄새가 역겨웠고, 뜻 모를 두려움에 요의까지 느껴졌다. 비릿함은 유두에서 번져 나오는 젖내 때문이었지만 나를 죄어온 두려움은, 빛 속에 제 검은 몸을 숨긴 꽃잎들이 발밑에서 자갈처럼 절그럭대고 있음을 아는 까닭이었다.

젖이 흘러 불편한 점은 단순히 비린내가 나고, 옷을 빨리 버린다는 점에 있지 않았다. 나는 대형 마트 야채 코너에서 일하는 점원이었으므로 곤란할 때가 많았다. 출근을 할 때면 유방에 겹겹이 패드를 대고, 티셔츠를 두세 벌쯤 껴입은 뒤에야 유니폼을 걸쳤다. 팔 토시와 장갑, 앞치마에 머릿수건까지 써야 하니 제아무리 마트 안의 에어컨이 서늘히 가동된다 해도 땀이 흐르는 것은 당연했다. 쉬는 시간이나 식사 시간이 되면 부리나케 화장실로 들어가 젖을 짜냈지만 유방은 또 금세 부풀어올랐다. 상추며 열무, 배추, 콩나물 등속을 오가며 일을 하는 동안 다른 점원들과 무심코 부딪치기라도 하는 날엔 온종일 가슴이 아파 남몰래 눈물을 질금거렸다. 생각하면 그것은 단지 통증 때문만은 아니다. 비밀을 갖고 싶지 않은 자의 서글픔이다. 누구도 원하지 않는 못난 것을 저 홀로 잉태한 자의 자기모멸이다. 제가 가진 비밀이 아무도 탐하지 않는 것임을 깨달을 때면 눈물이 볼칵 쏟아질

만큼 서러워지게 마련이다.

유방에서 젖이 흘러나온 지는 벌써 다섯 해도 더 되어간다. 나이 서른셋을 꽉 채우고야 중매로 결혼했지만 채 이 년도 되지 않아 남편에게 다른 사람이 있음을 알았다. 남편은 나를, 나는 남편을, 사랑은 했던 것일까. 남편이 내민 이혼 서류에 울고불고 악을 쓰기는커녕 배죽 입가에 허탈한 미소마저 지어보였던 나는 조용히 그와 갈라섰다. 하고 싶은 말도, 해줄 말도, 해야 할 말도 없었다. 몸을 섞었으나 마음까지 섞지는 못했던 나와 그 사이에 오고 갈 말 따위는 필요치 않았다. 그래도 그렇게 무탈히, 그를 보내주어도 됐던 것일까. 마지막까지 아무런 표정도 없던 그의 모습이 잊히질 않는다. 모래사장에 선명히 찍은 손도장처럼 삶의 도처에서 불쑥불쑥, 그 얼굴이 나를 향해 돌진한다. 파도에 씻겨간 지 오래인데도 눈을 뜨면 그 표정, 눈을 뜨면 또 그 표정. 모르겠다. 남편이 다른 여자를 봤다는 사실보다 바짓가랑이를 붙들 만큼 사랑한 남자를 내가 갖지 못했다는 사실이 더 견디기 힘들었다고 말한다면, 그래 물론, 날 이해해줄 이가 어디 있을까마는.

나는 하릴없이 좋게만 믿었던 것 같다, 미련하게도. 세상사 강처럼 흐르다 바다로 갈라나가는 것이지, 모짝 두 동강이 나는 것은 아닐 테니까…… 이런 식의 헤어짐도 우리에겐 그다지 나쁘지만은 않을 거라고 말이다.

그러나 나는 옷가지를 정리하고 살림을 나눠 엄마 집에 돌아와서야 지난 석 달간 뱃속의 아이도 나처럼 침묵했음을 알아차렸다. 당황스럽다는 표현보단 난처했다는 말이 더 맞겠다. 난 어찌해야 할지 고민했고, 그러는 사이 한 달 보름이 또 훌쩍 지나갔다. 무기력한 시간들을 그러모아 시나브로 배가 불러올 즈음에서야 나는 병원을 찾았고, 아이를 지웠다. 그리고 뚝뚝, 유방에서 젖이 흐르기 시작했다. 아이를 낳지도 않았는데 젖이 부풀어오른다는 말에 의사는 대놓고 어리둥절해하는 눈치였다. 원인을 모르니 치료 방법도 없었다. 호르몬제를 장기간 투여했지만 생리 주기만 들쑥날쑥해졌을 뿐 별다른 효과를 보지 못했다. 나 또한 돈을 들여 남는 게 없다고 생각하자마자 병원을 끊었다. 약을 먹어 낫지 않는다면 부러 돈을 버려서는 안 됐다. 그것을 가랑이 사이로 갓난애 길을 내보지 못한 서른다섯의 이혼녀가 부릴 수 있는 최소한의 오기라고 비아냥거린대도, 나는 대꾸하지 않겠다. 서른아홉이 된 지금까지도 내 가슴에서는 아이의 눈물처럼 끈적끈적하고 멀건 젖이 흘러내리고 있다는 사실만이 내게는 중요하다.

아이는, 내 봄 안에서 작게 웅크린 채 무엇을 꿈꾸었을까. 나는 이제와 간절히 묻고 싶다. 너는 내 안에서 얼마나 뜨거운 온도로, 심장 고동을 낮춰 숨죽였느냐고. 무엇이 너를, 그토록 고요케 했느냐고.

일주일에 두 번 정도, 저녁 여덟시 쯤 카트를 밀며 마트에 들르는 여자를 눈에 담기 시작한 이유를 뭐라고 설명해야 할지 나로서도 난감하다. 나는 늘 검은 바지와 흰 셔츠의 유니폼을 입고 있지만 여자는 풀빛 혹은 옅은 살굿빛이 도는 무릎길이 스커트에 민소매 블라우스를 받쳐 입고 나타난다. 투명 매니큐어가 발린 매끈한 발톱이 훤히 드러나는 스트랩 샌들에 적당히 키를 커보이게 하는 여자의 칠 센티미터 힐 앞에서 굽이 일 센티미터도 되지 않는 나의 검은 단화는 초라하다. 머릿수건이 흘러내리지 않도록 삐져나온 머리칼을 추슬러 동여매며 나는 허둥지둥 비닐봉지를 뜯는다. 여자가 주문하는 만큼의 상추를, 열무를, 배추를, 콩나물 등속을 담아 저울에 올려놓고, 무게를 잰다. 나는 여자의 짙고 긴 속눈썹을 흘긋거리며 가격표를 붙여 내민다. 그러고는 내가 지닌 최대한의 친절을 다해 목소리의 성량을 키운다.

또 오세요, 손님. 최저 가격입니다.

여자는 대답 없이 등 돌려 벌써 저만치 가고 있다. 카트의 바퀴는 매끄럽게 굴러나간다. 여자의 시선은 어느 한군데 붙박이는 데 없이 자유롭다. 여자를 닮은 또 다른 여자와 또 다른 마트에서 부드럽게 이리저리 밀쳐지는 카트에 손대고 있을 남편도, 잘 지내고 있을까. 실온에 방치된 냉동식품처럼 두 다리가 흐무러져버릴 것만 같은 느낌. 누군가 나를 놓아두고 휘적휘적 긴 팔을 저어 가버린 듯 일상이 애달프다. 여자의 카트는 북적이는 사람들 곁을 요리조리 비켜가며 깜뭇 멀어진다. 안타깝다, 안타깝다. 여자가 내게 와 머무른 짧은 시간이 안타깝고, 여자가 떠나가도 내 자신, 여자에게서 좀처럼 떼어지지 않아 그것이 안쓰럽다. 나는 나 자신 또한 최저 가격의 라벨이 붙은 채로 여자의 카트에 실려가고만 싶다. 고로 여자가 오거나 오지 않는 매일 매일에 발 붙여 살아나가며 나는 언제나 궁금해진다.

여자와 나는 왜 같지 않은가. 비슷한 연배, 비슷한 체구로 같은 지역에 살며 왜 여자는 사고, 나는 팔아야 하는가. 여자의 손톱과 나의 손톱, 여자의 피부와 나의 피부, 여자의 통장과 나의 통장, 여자의 집과 나의 집은 왜 다른가. 여자의 남편과 나의 남편은 왜, 달라야 하는가. 나는 여자의 남편을 공유하고 싶다. 함께 잠들고 함께 일어나며 정성을 다해 그의 아이를 키우고 싶다. 이 사회를 움직이는 활기차고도 질긴 구둣발을 길러내고 싶다. 하지만 내가 여자의 집으로 들어가 붙박이 식모로 평생을 산대도, 그것은 불가능한 일이겠지. 여자가 가진 모든 것, 여자가 누리고 있는 그 모든 것들이 왜 나에게는 없는지, 나는 진정 사력을 다해 묻고 싶은 것이다.

그러니 내가 여자보다 많이 가진 것은 오로지 검은 그림자뿐이었다. 나의 검은, 꽃잎들.

인체 발화의 경우 발화자가 앉거나 누워 있던 의자나 침대 그리고 방의 바닥이나 벽이 전혀 손상을 입지 않거나 약간 그을리기만 하는 기이한 현상이 발생한다. 발이나 다리 혹은 손목과 손가락들은 전혀 화상을 입지 않았는데 신체의 나머지 부분은 완전히 타버리는 경우도 생긴다. 자연발생적인 인체 발화의 사례는 17세기의 의료 기록에서부터 나타나기 시작했다. 『순간적 인체 발화』의 저자 래리 아놀드는 사람이 재로 변하기 위해서는 최소한 2천 도 이상의 높은 온도가 필요하다고 말한다. 일반적인 화재사건과는 전혀 다른 현상이라는 게 그의 주장인데…….

몸에 화기가 돌아 자신이 모르는 새 불꽃이 타오르는 사람들이 엄마 말고 또 있다는 사실은 놀라운 일이었다. 나는 마트의 휴게실에 비치된 공용 컴퓨터로 인터넷에 접속, 검색창에 '엄마의 몸이 불덩입니다.'라는 글자를 천천히 적어넣었다. 그러자 '알 수 없는', '불가사의' 등의 수식어를 앞에 단 '인체 발화'의 수많은 사례들이 모니터 위로 비 오듯 나열되었다. 살아 있는 사람의 몸에서 불길이 치솟아 순식간에 한 줌 잿더미로 사라져버리는 현상. 전 세계적으로 지금까지 대략 4백여 명의 사람들이 실제로 그렇게 죽음을 맞았다는 이야기를 읽으려니 곤혹스러웠다. 엄마의 몸이 양초의 심지처럼 불붙여져 활활 타오른다면, 퇴근 후 집으로 돌아가 방문을 여는 순간 엄마가 옆으로 누운 모양 그대로 오롯이 재로 남겨져 있는 상황을 목격하게 된다면, 미처 불에 타지 않고 남은 엄마의 두 발목만이 명랑하게 다가와 코앞에서 쿵쿵거린다면, 나는 어떡하면 좋을지. 누군가 뜨겁게 힘주어, 부푼 내 가슴을 와작 움켜쥐고 있는 것처럼 지레 숨이 막혀왔다. 나는 휴대용 소화기를 여러 대 비치했고, 모래주머니를 차곡차곡 쟁여놓았으며, 방 안 곳곳에 가습기를 배치했다. 비상식량을 예비하듯 나는 허둥댔다. 가능하다면, 엄마의 팔뚝에 이름 모를 백신의 주삿바늘이라도 오래오래 찔러넣고 싶은 심정이었다.

괜찮아……?

매일 밤, 등 돌려 누운 엄마의 곁에 누워 나는 혼잣말을 중얼거리곤 했다. 이불을 덮고 눕지 않아도 엄마의 곁은 뜨끈하다. 그 훈훈함이 목 끝까지 차오르면 질끈 눈을 감아버렸다. 엄마를 향하여 가는 나의 이 끈끈한 안부가 부디 수취인불명으로 반송되진 않기를 바라면서.

나는 괜찮아. 그러니 너무 걱정 말고, 내게 아무 말이라도 해봐. 나는 정말, 괜찮으니까. 응, 나는 아무렇지도 않아요. 죽고 싶지 않아요. 너무 뜨겁지도 너무 차갑지도 않은 채로 숨 쉬고 싶어. 너무 젖지도, 너무 메마르지도 않게 그냥 내가 나를 살았으면 좋겠어. 내가 자꾸만 남을 살고 싶어하지 않았으면 해. 그러니 부탁컨대 제발, 죽지만 마. 날 두고 불 타 사라지지만 말아요.

온종일 방 안에만 누워 있는 엄마의 몸을 데우는 것은 달빛일까, 가로등 불빛일까. 망망히 의심하는 사이 여지없이 엄마의 몸은 다시 뜨거워질 채비로 분주해지는 것이다. 나는 일어나 차가운 물에 수건을 적셔 돌아온다. 등 돌려 누운 엄마를 바로 눕히고 몸 구석구석을 닦는다. 물수건은 금세 단단했던 제 온도를 잃고 흐물흐물해진다. 미지근한 열이 손바닥의 혈관 구석구석으로 전해져온다.

엄마, 엄마는 그때 왜 돌아왔어.

현관문을 박차고 나가버릴 것이지, 왜 주저앉았던 거냐고 나는 담담히 묻는다. 찬 수건으로 닦아내고 또 닦아내도 열은 쉬이 가라앉지 않는다. 엄마의 닫힌 입에서는 아무런 대답도 들려오지 않는다. 멀뚱히 천장만 바라보며 눈을 끔벅이는 엄마를 으스러지게 껴안아주고 싶다. 엄마, 엄마는 참나무였지, 일생 '참아라, 참아라.'만 가르쳐준 고지식한 참나무 딸내미였지, 맞지, 내 말이 맞지……? 나는 물수건을 넓게 펼쳐 엄마의 몸에 대고는 야윈 어깨와 팔다리를 꼭꼭 주물러 근육을 풀어준다.

하지만, 나는 참나무 손녀는 되지 않을 작정이야.

내 발언이 도발적이었던지 가로등 불빛 아래서 찧고 까불던 당신들이 일순 허리가 휘어지도록 웃어젖혔다. 왜, 못할 것 같아 보이느냐고 나는 소리쳤다. 소화기의 안전핀을 뽑아보지도 못했는데 엄마의 얼굴과 두 가슴이 사라졌다. 모래주머니를 풀어보지도 못했는데 엄마의 배가, 골반이, 허벅지가 보이지 않았다. 잠에서 깨어 발등부터 종아리까지만 남은 엄마를 발견했을 때 나는 어떠했나. 나도 모르게 빙긋 웃고 말았던가, 입을 틀어막은 채 비명을 질렀던가, 어쨌던가, 나는 어쨌던가. 다만 분명하게 기억하는 것은 가습기가 뿜어내는 차가운 연기로 가득 찬 뭉뭉한 방 안을 망연자실 바라보던 그때에 당신들이 서서히 본색을 드러내기 시작했다는 점이다. 나는 방 안을 빠져나가려 했는데 당신들은 그대로 머물러 우악스럽게 나를 붙들었다. 그리고 비죽배죽 옥수숫대처럼 웃자란 놈, 들쑥날쑥 호박잎처럼 옆으로 퍼진 놈 등등이 제각기 떠들며 움직여댔다. 온순히 나를 따르던 그림자들이 내 말을 듣지 않는다니, 어이없고 기묘했다. 내 몸뚱이 하나조차 마음대로 할 수 없다니, 참으로 기막히고 패꽝스러운 세상살이었다. 그래 그런 내게 남은 것이라곤, 그런 내가 가진 것이라곤 어금니가 박힌 이 입과 젖이 흘러 비린내를 풍기는 가슴뿐인데 이래도 왜, 내가 정말 못할 것 같으냐고 나는 힘주어 반문했다.

　―허세를 좀이나 작작 부리셔야지!

　방향을 가늠할 수 없는 곳에서 빗물처럼 뿌려오는 차가운 목소리에 마른침이 꿀꺽 식도를 타고 내려갔다. 두려워해서는 안 된다. 내게 더이상 공포란 게 남아 있다면 그것은 늙고 병든 제 어미를 지키지 못한 새끼 된 나약함에서 오는 것이다. 내가 유념해야 할 것은 당신들이 고작해야 나의 그림자일 뿐이라는 사실이다.

　―참나무 딸내미의 딸내미는 참나무 손녀지. 뽕나무 손녀라면 '뽕' 하고 방귀를 뀌든가, 대나무 손녀라면 '댁끼놈!' 하고 야단이라도 칠

테지만 참나무 손녀라면 굳세게 참고 또 참으셔야지, 별수 있어?

　당신들은 이제 대놓고 맞받아치며 뒤스럭거린다. 네까짓 게 아직도 부릴 꼼수나 남아 있냐는 듯 저마다 밀치락달치락 아우성이다. 숨이 죄어와 참을 수가 없다. 나의 그림자가 나의 주인 되길 원한다. 나는 나의 그림자에게마저 복종해야 하는가. 내 의지대로 가능한 것은 아무것도 없는 것인가. 그림자는 나를 좇아야 마땅하다. 스스로 움직이며 나를 휘두르려 하다니, 그것은 옳지 않다. 내가 내 마음대로 하는 것이 윤리다. 누군가 나를 조종하는 것은 도덕적이지 못하다. 그것은 배신이며, 고로 나는 나를 죽여 너를 없애는 방법 외에는, 아무것도 떠오르지 않는다. 한시라도 속히, 당신들에게서 벗어나고픈 마음뿐이다. 그러니 조금이라도 수틀리게 나온다면 보아라, 나는 감춰온 칼을 득달같이 꺼내들 것이다.

　―호주머니에 숨긴 그 칼로 네 심장을 찌른다고 해도 우리는 죽지 않아. 너는 우리완 별개다.

　우리는 네 고유의 그림자가 아니야, 네가 우리와 분리되는 방법은 달아나는 것이 아니라 네 스스로 우리와 하나가 되는 것이다, 우리는 다섯까지 왔어, 이제 손쉽게 여섯이 될 차례야, 라고도 당신 중 누군가 빠르게 덧붙인다. 나는 그림자 따위가 되고 싶은 마음은 추호도 없다고 대꾸한다. 나는 인간이고, 나이고, 혼자다. 누구와도 결합하지 않는다.

　—인정한다. 너는 인간이고, 너이고, 혼자다. 그러나 너는 너로 살고 싶지 않은 너이고, 너로 사는 것에 회의하고 의문시하며 두려워하는 너이다.

　함부로 지껄이지 마!

　—이야기는 거의 마무리 된 것 같다. 조금만 더 설명해줄까. 너는 자꾸만 누군가가 되고 싶고, 될 수 있었으며, 되고 싶은 너를 본다. 너는 왜 네가 너여야만 하는가를 묻고, 스스로 너 아니길 희망한다. 그렇다면 껍질을 버리고 나와라, 우리와 함께 가자.

　우습다, 이런 끝이 보이지 않는 말장난이라니. 나는 지금 당연히 내 것이라 생각했던 그림자와 싸우고 있다. 형체조차 불분명한 나의 적은 다섯이나 되며, 거미줄처럼 꽃잎을 펼치고 검은 목소리로 내게 들어오라 손짓한다. 그래, 원한다면 나는 기꺼이 자박자박 걸어들어가 내 몸을 스스로 감추고 싶다. 그럼 나는 내가 아니게 될까. 나는 여자처럼, 살 수 있을까. 때로 생각한다. 그리고 온 힘을 다해 자문해본다. 온통 여자, 여자로 내 몸이 가득 차 운신할 수조차 없을 때 여자는 나를, 단 한순간 떠올리기라도 할까! 그러나 그런 것 따위 무슨 소용인가. 나는 나를 의심하는 이 마음 한 자락까지 가뿐히 지워버리고 나의

질투의 온상인 나에게 오롯이 투신하고 싶다. 나는 물에 젖은 머릿수
건. 나는 쥐어지지 않는 가윗날. 나는 잘려나가지 않는 머리칼. 나는
지독한, 핏빛 거울 속 또 다른 나의 진실 혹은 거짓. 나는 왜 살아 이
토록 축축하게 가슴을 쥐어짜는 것인가. 정녕 누군가 되지 못한다면,
여자처럼 살지 못한다면 나는, 살 이유가 없지 않은가. 나로 살고 있
는 지금이, 이렇게나 고통스러운데. 사늘하고 비릿한, 생의 감촉. 나
는 왜 나여야만 할까. 나는 왜 내가 아니면 안 되는 걸까. 고로 나는
절실히 소망하는 것이다. 나는 누군가 되고 싶다. 나는 자꾸만, 누군
가가 되고 싶어 미칠 지경이다. 하지만 나는 끝내 나일 수밖에 없지
않은가. 지워버린 뱃속의 핏덩이를 낳아 기를 수 있었던 건, 결국 나
란 여자가 아니었나.

거절……한다면.

—너는 파괴될 것이다.

아아, 하고 나는 고개를 끄덕였다. 마른침이 목을 타고 넘어갔다.
나는 다시 풀어졌던 자세를 고쳐 두 발을 어깨 너비로 벌린 상태에서
왼쪽 다리만 한 보쯤 뒤로 물렀다. 천천히 양 주먹을 쥐고 상체를 조
금 앞으로 기울여 복서의 자세를 취했다. 이제 모두 이해했다. 나는
종내 파괴될 것이며 그리하여 기어코, 여기서 사라지게 될 것이다.

그러나 아이야, 이야기는 끝나지 않았잖니. 나는 아무런 결말도 갖지 못했잖니. 나는 너를 지웠지만 너는 여전히 내 가슴에 살아 있잖니. 나는 아직, 죗값을 다 치르지 못했잖니. 그러니 나를 검게 착색해도 진리는 감춰지지 않을 거야. 아름답거나 슬프거나 무섭거나 결론은 미정, 이야기도 미완이야. 나는 이제 겨우 서른아홉이고, 진짜 이야기는 바로 지금부터란다.

눈먼 불나방들이 거미줄에 뛰어들어 꼼짝없이 얽어드는 어둑시근한 밤, 촉 낮은 가로등이 채찍 같은 전깃줄을 휘감은 채 고개를 떨어뜨리고 선 골목길에서 그러므로 나는 서서히 주먹 쥔 손에 힘을 주기 시작한다. 눈부시게 화려한, 적과의 사투를 향한 문이 이제야 내게 스륵 그 힘겨운 빗장을 풀어보이려는 참이다. 진짜 전쟁이, 시작되려 하고 있다.

목표는
머리끄덩이

명지현

면도칼은 난감하다. 기선 제압용으로 면도칼을 씹으라는데 구할 수
가 있어야지. 요새는 거의 전동식 아냐? 수동식도 날이 부착되어 있
잖아? 아이들은 즉시 대답을 하지 않는다. 껌을 길게 잡아 늘였다가
혀로 돌돌 말아 감더니 딱딱 씹으며 설명을 해준다.

"아, 그러니까 면도칼은 선빵의 ABC라는 거지, 꼭 그걸 하라는 게
아니죠. 언니가 갖고 있는 모든 게 무기가 된다니까요. 머리핀, 빗, 하
이힐 굽, 헤어스프레이, 핸드백에 짱돌 넣고 내리쳐도 되고요, 너클
끼고 원 펀치는 너무 센가? 오버나이트 두툼한 생리대를 입에 쑤셔
넣으면 바로 기절하는 애도 있다고요."

시건방진 말투다. 모든 게 무기가 된다는 걸 누가 모르나. 무조건
세게 나가는 것도 좋지만 현실성이 있어야지. 애들이 정말. 슬슬 피자

두 판 값이 아까워진다.

실전 연습은 알전구를 채택했다. 너구리처럼 눈가에 시커먼 화장을 한 아이들은 시범을 보이겠다며 냉큼 슈퍼로 달려가 알전구를 사온다. 신문지 위에 전구를 놓고 발로 밟자 퍽 하며 폭발을 한다. 순식간에 하얀 가루가 일어난다. 전구 유리를 잘게 부스러뜨린다. 파삭, 파삭, 파삭. 내 속에서도 저런 소리가 났다. 저런 소리를 내며 나는 부스러져버렸다. 둘의 야합을 알아차린 순간 무참하게 으스러져버렸다. 무엇을 해도 원상 복구는 힘들 것이다. 그렇지만 가만히 앉아서 당할 내가 아니다.

"어금니에 넣고 눈 딱 감고 씹어봐요. 해보면 다 돼요."

너구리 소녀는 껌을 딱딱 씹으며 오목하게 휘어진 유리 조각을 준다. 생각보다 날카롭지는 않아도 막상 입에 넣으려니 망설여진다. 유리를 씹는 건 둘째 치고 상대의 얼굴에 씹은 유리를 뱉어 바로 문질러야 한다니 그 또한 보통 일이 아니다. 주춤거리자니 골이 딩딩 울린다. 간신히 억누르고 있던 숙취가 바짝 일어서는 것 같다. 혀에 비닐 랩을 씌우고 시작해야 하는 것 아닌가. 치아 사이에 끼면 어쩌나. 혀를 베면 그것들의 죄를 따져 물을 수가 없을 것이다. 어버버버 하며 어눌한 발음이 나오면 김새는 거다.

"네가 먼저 해."

피자를 한 판도 아닌 두 판씩이나 거덜 낸 날라리 스승에게 시범을 요구한다. 잠깐 멀뚱거리다가 눈가가 약간 더 시커먼 여자애가 입에서 껌을 뱉어 내게 준다. 엉겁결에 남이 씹던 껌을 손가락 위에 올려놓게 되었다. 치아 자국이 살짝 남아 있는 동그란 덩어리다. 너구리 소녀는 뻐기는 표정으로 유리 조각을 입에 넣고 오독오독 씹는다. 사탕 조각을 씹는 것처럼 아무렇지 않은 태도를 보니 정말 별것 아닌 모양이다.

"혀가 닿지 않게 하라고요. 요렇게, 요렇게. 아야!"

깜짝 놀라 휴지부터 꺼냈다. 너구리 소녀는 우거지상을 하고 선홍색 조각들을 휴지에 대고 뱉는다. 침을 퉤퉤 뱉을 때마다 하얀 휴지가 분홍빛 얼룩으로 물든다. 많이 아파? 병원에 갈래? 걱정을 해주어도 침만 뱉다가 냅다 소리를 지른다. 빨리 껌이나 줘요! 서슬이 퍼렇다. 이러다가 옴팍 뒤집어쓰는 거 아닌가, 불안해진다. 허둥지둥하다보니 손가락에 올려놨던 껌이 손바닥에 불꽃 모양으로 엉겨 붙었다.

우리 셋은 놀이터의 양지바른 벤치에 나란히 앉았다. 아이들은 아이스크림을 빨아 먹느라 아무 말이 없다. 시원한 아이스크림 봉지를 손바닥에 문지를수록 눌어붙은 껌은 끈적끈적 지저분한 꼴이 되었다. 모래를 발라도 말끔해지질 않는다. 학원 골목에서 '삥'이나 뜯는 날라리들이지만 아직은 애들이다. 입 안이 어떠냐고 묻자, 별것 아니라며 입을 아 벌려 혀를 드러내주었다. 혀에도 사람처럼 표정이 있다는 걸 처음 알았다. 건강하고 쾌활한 선홍빛의 혀가 방정맞게 꿈틀거렸다. 유리 조각이 박혔거나 심각하게 벤 자국은 보이지 않았다.

지금의 내게는 너구리 소녀들이 실연클리닉의 상담원이다. '공격은 최선의 방어'라는 말만 새김질하면서 되도록 가장 무식한 방법을 전수받는다. 무엇에 대고 호소를 할 수 있을까. 달리 도와줄 사람은 없고 법으로는 안 되는 부분이다. 이제 겨우 48시간 남았다. 월요일에는 둘이 돌아온다.

"언니가 담배 좀 사다주면 좋겠는데. 우린 얼굴이 동안이라 안 판대요."

"동안이 아니라 미성년자잖아. 이제 겨우 고2라면서?"

"어머, 이 언니 매너 꽝이네. 고2라뇨? 우릴 노땅 취급이야. 담뱃불 혀에 대고 끄는 거 보여줄려고요. 그게 가장 최근에 마스터한 건데."

둘은 시커멓게 번진 아이라인을 덧칠하고 주홍색 립글로스도 입술에 듬뿍 칠한다. 그럼 몇 살이냐고 묻자 튀김 먹고 난 것처럼 번들거리는 입술로 종알거린다.

"고1이에요. 고1. 인생은 고2부터 내리막길이라는데 우린 아직 창창하거든요. 그치?"

둘은 나란히 팔짱을 끼고 고개를 끄덕인다. 그래, 잘났다. 고1.

내가 그 나이 때는 뭐 했더라? 뭔가 암울했던 기억만 난다. 엄마가 어처구니없는 사고로 돌아가신 뒤로는 늘 어둡고 축축한 나날이었다. 그래도 공부는 열심히 했다. 법대에 가서 판사가 되려고 안간힘을 쓰던, 정의감에 불타 가끔 오버를 하던 나의 고1 시절. 버스 안에서 소매치기를 당했다고 고래고래 소리를 질러 경찰서로 버스를 끌고 갔던 적도 있다. 내 가방을 찢은 범인을 그렇게 잡았다. 소지품 검사로 찾아낸 증거물은 내 이름이 수놓인 손걸레와 다른 승객의 빨간 지갑이었다. 구멍 난 아버지 속옷을 얼기설기 꿰매 교실 유리창 닦는 걸레로 만든 것인데 범인은 그걸 지갑으로 착각했던 모양이었다. 그때부터 멍청한 놈들만 만났다.

밸런타인데이 초콜릿을 선사하기 시작한 것도 고1 때부터였다. 상대는 독서실 총무였다. 그놈도 받아먹을 건 확실하게 받아 처먹고는 나를 무시하고 내동댕이쳤다. 맞다, 남자 보는 눈은 줄곧 형편없었다. 눈알은 이마 밑에 나란히, 정상적으로 잘 붙어 있는데도 남자 보는 눈만은 발바닥 밑에 붙었다. 그러니까 늘 바닥으로 기는 지렁이 같은 놈들만 눈에 들어왔던 것이다.

곰곰이 생각할수록 지렁이들한테 미안해질 정도의 후진 인간들만 좋다고 따라다녔다. 정에 굶주려서 그런 거라고 내 스스로 결론을 내릴 만큼 주로 내가 먼저 좋아했고 사력을 다해 헌신을 하고 헌신짝이 되었다. 주마등처럼 스쳐지나가는 온갖 머저리 병신 같은 놈들을 떠올리자 슬그머니 전투 의지가 상실된다. 이건 운명이 아닌가. 빌어먹을 팔자다.

"그 아이라이너 이리 줘봐. 나도 너구리 화장 좀 해보자. 눈가를 시커멓게 칠하니까 무섭더라. 아까 껌 내놓으라고 소리 빽 지를 때 포스가 장난 아니었어."

"언니 직딩 맞아? 너구리 화장이 뭐야. 스모키 아이라인이지."

은근슬쩍 반말을 하며 헬로키티 거울을 내준다. 거울에 든 내 얼굴은 퉁퉁 부어 지속적인 통곡의 나날을 비참하게 증명하고 있다. 쪽팔리다. 너구리 소녀들 피부에 비하면 매우 심각한 지경이 아닌가. 잡티 범벅에 두둘두둘한 것이 말린 가지보다도 못하다.

"언니 뒤통수 때린 그 개념 없는 호구 남친은 어쩔 거예요? 사실 여자 쪽보다는 남자 새끼들을 먼저 손봐야 해."

"말 함부로 하지 마. 너희들이 이 새끼, 저 새끼 하면 안 되는 나이 서른 넘은 새끼라고." 너구리 소녀는 내 손에서 아이라이너를 빼앗아 손수 그려주면서 "아직 남친 편드는 거 보니까, 이 언니 아직 맘 정리 안 했네."하며 혀를 끌끌 찬다.

애들은 저희들 마음대로 내 눈에 실컷 칠을 하더니 어머 분위기 있다! 저승사자 같아! 하며 좋아한다. 그러곤 그런 눈매에 어울리는 '버럭 성질부리기', '송곳처럼 야리기', '물 컵이나 발길질로 기선 제압을 하는 방법'에 대해 특강을 해준다. 내 친구들이 말하는 대응법에 비하면 훨씬 원초적이고 야성미가 이글거린다.

'4년이나 사귀었으면 지겨울 때도 됐다.', '그건 바람이 아니라 새로운 상대를 만난 거야. 네가 조강지처도 아니잖아.', '그 남자 비전도, 스펙도 없는데 그만 끝내.' 내 친구들의 이성적인 처방에 비해 너구리 소녀들은 대번에 욕부터 시작을 했다. '세상에 둘도 없는 잡년! 남의 애인 빼앗는 년이 제일 더러워!', '양다리는 무조건 사형이야! 사형!' 내가 가장 듣고 싶은 말이었다.

"뭐니, 뭐니 해도 머리채 잡는 게 최곤데."

"머리, 뭐?"

"여기를 이렇게 확 잡아서 몇 번 휘두르면 게임 끝이라고요."

너구리 소녀는 옆에 아이의 머리카락을 움켜쥐고 마구 휘두른다. 시범 치고는 감정이 실려 있는 듯 살벌하다. 옆에 아이가 아아 비명을 지른다.

그래, 전구를 씹어 뱉는 것보다 훨씬 쉽겠다. 그렇구나, 머리카락! 그 계집애의 긴 머리카락이 늘 거슬렸었다. 목이 짧아 짧은 커트를 고수하는 내게, 윤기 나는 긴 머리는 나의 열등감을 자극했었다. 상열이는 미인의 조건이란 하얀 얼굴과 긴 생머리라고 주장한다. 그 계집애는 치렁치렁 긴 머리카락에 엄청난 돈을 투자한다. 정기적으로 트리트먼트를 하고 머리통에서 부탄가스 터진 것처럼 가늘게 꼬불거리는 흑인 파마를 했다가 끄트머리만 염색을 하는 등 죄 없는 머리카락을 못살게 괴롭히는 나쁜 계집애다.

그래! 머리끄덩이! 나는 그 계집애의 머리채 대신 가방을 움켜쥐고 벌떡 일어난다. 어디 가느냐는 물음에 담배를 사다주겠다고 얼렁뚱땅 대답해버린다. 환호하는 애들을 두고 공터를 빠져나와 곧장 집으로 향한다. 이번만은 나의 우아한 지성을 내동댕이치고 아주 저질적으로, 세게 나가리라 결심했다. 며칠 동안 몸으로 들이부은 소주는 휘발유가 되었고 너구리 소녀들이 불을 당겨준 셈이다. 내 몸이 활활 타오르고 있다. 간만에 파워워킹으로 골목을 획획 날아간다. 목표는 정했다. 정했어. 무조건 갈아 마셔버릴 테다.

동생 방에 붙은 마이크 타이슨의 브로마이드를 보며 근력 운동을 한다. 저 날카로운 눈매와 우락부락한 근육. 멋지다, 철권주먹! 아령을 양손에 쥐고 상하운동 2세트와 수평운동 2세트를 연이어 하자 목덜미에 송골송골 땀이 맺힌다. 틈틈이 타이슨의 표정을 흉내 내본다. 아령을 손에 쥔 건 올봄 동창회 이후로 처음이다. 노래방에서 마이크를 빼앗기지 않으려고 팔뚝 힘을 키웠었다.

내가 선정한 곡이 청승을 떨며 흘러나오자 친구들은 내게 야유를 보냈다. '어울리지 않아! 저런 노래! 하이힐과 레이스 달린 블라우스, 너하고는 절대로 어울리지 않아. 너 어쩌다가 그렇게 변했니?' 단체로 비난을 해도 나는 의연했다. 분수 넘치는 고음 처리로 '삑사리'를 내면서도, 여럿이 달려들어 마이크를 빼앗아도 나는 끝내 발라드만 고수했었다.

겨드랑이 밑으로 차가운 땀방울이 또그르르 굴러내린다. 양손을 앞으로 모아 상하운동을 다시 시작한다. 10번씩 두 번. 하나, 둘, 셋, 넷…… 콧김이 뜨겁다. 팔뚝은 누구 못지않게 튼실하다. 다만 지방으로 축 늘어진 살을 죄다 근육으로 바꾸고 싶다. 팔 힘을 길러 머리끄덩이를 단숨에 잡아 휘두를 것이다. 단숨에!

이틀 동안 꼬박 컴퓨터 앞에 앉아 미친 듯이 검색을 했었다. 손끝이 차게 식어 자판을 칠 때마다 오타가 만발했다. 상열이의 주민등록번호를 치고 카드 번호를 치는 동안 몇 번이나 내 뺨을 때려가며 정신을 차려야 했다. 카드 회사에 문의를 하고 여행사에서 청천벽력 같은 얘기를 들을 때도 다 거짓말 같았다. 설마, 설마……. 나를 놀려주려고 짠 것 같았다. 그러나 내 남자의 메일을 열어본 순간 모든 것을 알게 되었다. 그렇게 달콤하고 끈적끈적한 세레나데가 오가고 있을 줄이야.

'네 머리카락에 흐르는 윤기, 그윽한 샴푸 냄새가 내 가슴에 스며들어 나를 한 남자로 완성시켜줘…….' 유치함의 극치! 지랄 염병! 내 입에서 현란한 육두문자가 퍼레이드로 튀어나왔다. 그런 메일을 보낼 거면 나랑 공유한 비밀번호부터 바꿀 것이지.

후배 계집애가 사는 다세대 연립이 하필이면 내 애인의 자취방과 맞붙어 있다는 사실을 알고부터 불안했다. 신기하고 반갑다고 둘이 하이파이브를 할 때 내 얼굴은 살짝 일그러졌었다. 여럿이서 술을 먹고 놀다가 둘만 대리기사를 불러 그 계집애의 소형차를 타고 사라졌을 때도 느낌이 좋지 않았다.

그의 휴대전화에 찍혀 있던 그 애의 전화번호와 묘한 내용의 문자 메시지를 발견하곤 미친 듯 닦달을 했지만 그는 별것도 아니라며 신경질만 부렸다. 매주 주말이면 김치나 반찬을 가져다주었는데 바쁘니까 오지 말라고 극구 만류하던 것이 두어 달 전부터다. 그때부터였을 것이다. 그즈음부터 그 계집애도 내게 연락을 딱 끊어버렸다.

둘이 떠난 여행지 정보를 뭐 하러 그렇게 살뜰하게 찾아보았을까. 이국의 풍광이 담긴 컴퓨터 모니터를 뚫어져라 보며 나는 다른 것을 떠올리고 있었다. 그의 고향집, 손님방 들창에서 내다봤던 나지막한 앞산이 겹쳐 보였다. 쏟아지는 눈물 때문에 눈이 시렸지만 그곳, 산허리에 감겨 있던 뿌연 안개와 초록빛의 아름다운 교감이 선하게 떠올랐다. 몹시 아까웠다. 그것이 내 산인데, 밤이면 반딧불이가 반짝거리고 풀 태우는 냄새가 진동을 하는 곱디고운 들녘은 바로 내 것이었는데. 그이 어머니의 온화한 음성이 귀에 쟁쟁 울렸다. 행실도 좋지 않은 날라리 계집애가 그 모든 걸 차지할 거라 생각하자 억장이 무너지는 것 같았다.

'그냥 놀러가는 건데 뭘 그리 신경을 써. 그래도 이렇게 입으니까 너 진짜 여자 같다.' 상열이는 내 차림새를 보며 깜짝 놀라는 시늉을 했다. 그이 부모님과의 첫 대면이라 꽤나 긴장이 되었다. 예비 시아버지의 생신잔치라, 고속버스를 타기 전 마트에 들러 제일 크고 화려한 과일 바구니를 골랐다. 집에 도착해서야 그런 것 사지 말라고 말렸던 이유를 알 것 같았다. 그의 집 마룻바닥에 굴러다니는 온갖 과일들이 더 크고 먹음직스러웠다. 주변이 온통 과수원이라고 말이나 해줄 것이지.

그런 진수성찬은 난생처음이었다. 화려한 잡채조차 상 끄트머리에 밀려날 정도로 빽적지근하게 차린 상을 받아, 입으로 들어가는지 코로 들어가는지 모르게 희한한 요리들을 꾸역꾸역 먹어야만 했다. '더 먹어라, 더 먹어. 몸이 가시처럼 말랐다.' 어르신들은 내 입에 깔때기를 꽂아 들어부어줄 기세였다. 활짝 열린 대문으로 동네 사람들이 끊임없이 들어왔다. 안절부절못하는 내게 처음 보는 어르신들마다 덕담을 해주었다.

모여 노는 일이 잦은 듯 마당과 붙은 거실 한복판에는 노래방 기기가 턱 버티고 있었다. 명절 때도 오가는 친척 하나 없이, 제사도 생략에 늘 썰렁하고 고적한 우리 집과는 전혀 다른 분위기였다. 북적거리는 사람들이 뿜어내는 활기와 왁자지껄함이 몹시 뿌듯하고 정겨웠다. 술상이 몇 차례나 새로 들어가고, 순번대로 노래를 하는 것을 보며 나는 그 집의 며느리가 된 것 같은 기분에 취했다.

그이 어머니가 나를 밖으로 불러냈다. 짚 태우는 냄새가 마당에 가득했다. 장독대를 구경하고 처음 들어보는 꽃 이름을 그 자리에서 배웠다.

"우리가 이렇게 살아도 돈이 없는 건 아냐. 신도시로 복속되고 받은 토지 보상금이 있으니까 쟤 취직 못한다고 걱정 마라. 저놈이 허투루 쓸까봐 무조건 공무원 시험부터 보라고 한 거야. 혼례 치르기 전에 아파트는 소박한 걸로 하나 해줄게."

내가 도망이라도 갈까봐 내 손을 꼭 그러쥔 채 듣기 좋은 소리만 해주었다. 공무원 시험만 붙으면 바로 혼사를 치르자고 했다. 나는 재산 얘기 같은 건 관심도 없었다. 그이 어머니의 모든 말은 하나로 통일되어 들렸다. '그동안 많이 외로웠지? 이젠 걱정 마. 엄마가 여깄어.' 무슨 말을 해도 내 귀에는 그렇게 들렸다. 그 어머니와 바싹 붙어 앉아 있자니 이런 맛에 시집을 가는구나, 싶었다. 엄마, 엄마. 발음만 해도 가슴이 미어지는 엄마라는 존재. 오랜만에 맡아보는 엄마 냄새, 그리웠던 엄마의 따스한 온기가 사방에 가득했다. 알게 모르게 내게 붙어 있던 온갖 걱정 근심이 단번에 사라지는 것 같았다.

사람들이 노래를 청하자 나는 평소처럼 탁자 위에 올라가 춤을 추거나 마구 망가지는 짓은 하지 않았다. 내 속에서 본능처럼 이는 '앗싸앗싸, 쿵작쿵작'을 누르고 지상 최대로 얌전한 발라드풍을 선곡해 약간 떨리는 목소리로 노래를 불렀다. 나로선 그런 선곡이 난생처음이었다. 내 자신이 가증스럽게 느껴질 정도였다. 어른들 술잔을 채우던 상열이가 소름 돋는다는 시늉을 하며 고개를 저어도 나는 미역귀 같은 레이스가 잔뜩 달린 블라우스와 검정 스커트에 걸맞은 반듯한 자세로 일관했다. 노래를 마치자 포화와 같은 칭찬이 쏟아졌다.

어른들이 손님방을 내줄 때에 주책없이 같이 자겠다고 상열이가 나섰다. 이미 온갖 체위를 속속들이 마스터한 관계여도 나는 부끄러운 척하며 펄쩍 뛰었다. 잠자리가 바뀌자 고단해도 잠이 오질 않았다. 들창으로 푸르스름한 달빛이 들어오고 서늘한 산 공기가 방으로 스며들었다. 까슬까슬한 이불깃은 쾌적하게 내 몸에 닿았다. 툇마루에서 그와 그의 어머니가 두런두런 나누는 목소리가 들렸다.

"저만하면 빠지지 않는 규수다. 저 애를 놔두고 앞설 때 눈이 제대로 감겼겠나. 볼수록 내 가슴이 아파."

"뭐가?"

"돌아가셨다면서. 쟤 어머니 말이야. 좋은 데 다니면서 맛있는 거 많이 먹여. 몸이 가시처럼 말랐더라."

"나보다 더 잘 먹어, 얼마나 많이 먹는데. 힘도 장사야."

기어이 폭로를 하는 그의 목소리를 들으며 희미한 질투가 일었다. 응석을 부리는 목소리였다. 악전고투가 생활화된 나와 달리 늘 천하태평인 그의 성격이 어떻게 형성되었는지 알 것 같았다. 아무리 노력을 해도 안 되는 게 있다는 걸 일찌감치 알아차린 나와 달리 그는 순진할 정도로 세상을 모른다. 저렇게 든든한 응원 부대가 있기 때문인가.

그이 어머니 때문인지 그 밤, 엄마 생각이 많이 났다. 어이없는 사고로 돌아가신 것도 억울한데 보상금은커녕 가해자 취급을 받았다. 엄마가 왜 남의 차를 운전했겠는가. 해를 넘겨 항소에 항소를 거듭할 때 아버지의 입에서 유전무죄 무전유죄라는 말이 나왔다. 경찰이고 공무원들은 다 한통속이라며 치를 떨던 외가 식구들 모두 결국은 손을 털고 말았다. 모두 어색한 관계가 되고 말았다. 밤새 이런저런 생각을 하느라 뒤척뒤척, 잠이 좀체 오지를 않았다.

돌아오는 고속버스 안에서는 입을 딱 벌리고 침까지 흘려가며 밀린 잠을 자느라 정신이 없어도 그이 어머니가 준 지폐 일곱 장은 손에 꼭 쥐고 있었다. 차비는 처음부터 돌돌 말린 채 매우 따스했고 약간의 물기로 축축했었다. 인사를 전하고 집을 빠져나온 한참 뒤, 그이 어머니가 멀리까지 뛰어나와 내게만 따로 건네준 것이었다. 내가 잘 먹었던 반찬도 바리바리 싸주었는데 그것보다는 지폐에 서려 있던 온기가 묘하게 마음에 사무쳤다. 그가 삼만 오천 원씩 '반땡' 하자고 징징거렸지만 어림없었다. 그 돈은 아직 내 서랍 깊숙한 곳에 넣어두었다. 돌돌 말린 채, 일곱 장 그대로.

동생에게는 결전의 날이 다가왔음을 암시했고 내 직속 상사에게도 혹시 불미스런 일로 내가 유치장으로 들어가게 되면 반드시 휴가 처리 해줄 것을 읍소했다. 더불어 내일은 피치 못하게 조퇴를 해야 할 사정임을 알렸다. 직속 상사인 팀장은 몹시 귀찮다는 표정으로 립스틱을 쓱쓱 바르며 말했다.

"웬만하면 삭히고 살아. 뭔지는 몰라도 지난번처럼 일 저지르지 말고"

"지난번, 뭐요?"

"괜히 쑤석거리다가 말 거면 아예 시작도 하지 마."

아하, 지난번 그 일. 그건 문제 제기에 불과했던 일이다. 그저 다른 과의 성희롱 피해자를 조금 거들었을 뿐이다. 그 뻔뻔스런 부장 놈을 제대로 응징했어야 하는데 피해자 측이 흐지부지 해버리자 더 진행할 명분이 없었다. 그때 끝장을 보지 못한 게 두고두고 후회가 되었다. 모욕이란 받는 순간 되받아치지 않으면 주변의 공기까지 탁하게 물들인다. 모두가 오염된 공기를 마시게 된다. 피해자를 돕자고 나섰던 동료들과 나만 덤터기를 쓰고 말았다.

지난번과 이번은 사안이 매우 다르다고 설명을 하자 팀장은 이렇게 말했다.

"인생은 말이야. 멀리 봐야 해. 무조건 엎드리고 꿇으라는 게 아니라 뒷일을 예측하고 뭐가 이득이 되겠는지를 살펴보라고. 네가 기획한 일들, 추진력은 좋은데 뒤를 생각하지 않는 면이 있어. 그래서 채택되지 않은 게 많았잖아?"

갓 바른 립스틱이 제대로 붉었다. 그 입술에서 흘러나온 조언도 명료하게 붉었다. 나 혼자 멍해진 사이, 팀장은 노트북에 머리를 박고 신들린 듯 자판을 치기 시작했다. 자판이 피아노 건반이었다면 대단히 화려하고 빠른 음조가 흘러나왔을 것이다. 팀원 하나 정도는 유급휴가를 줄 관대한 상황이 아니라는 걸 몸으로 보여주고 있었다.

내 자리로 돌아와 손톱부터 바싹 깎았다. 손톱이 뾰족하면 주먹을 쥐었을 때 내 손바닥에 생채기가 난다. 손가락을 내놓는 골프 장갑을 끼고 주먹을 두들겨본다. 내가 이렇게 전의를 다지고 있는 동안 상열이, 이 병신은 여행에서 돌아왔다는 문자메시지를 보냈다. '친구들하고 낚시도 하고 즐거웠어, 다음에는 꼭 자기랑 갈게!' 육갑을 떨고 있네.

양다리 퇴치법과 삼자대면에 관한 상세 매뉴얼을 모니터에서 캡처했다. 세상엔 한눈파는 애인 때문에 고통받는 인간이 왜 이리 많은 건가. 구구절절 피눈물 나는 사연을 읽으며 동료애를 느꼈다고나 할까. 절로 이가 갈렸다. 멀쩡한 마누라 내버려두고 오입질에 미친놈들에게는 해답이 없다. 범국가적인 응징 프로젝트를 만들어 대책을 세워야 한다. 자꾸 봐주다보면 버릇이 되고 습관이 되어 점점 더 뻔뻔해진다. 분노에 치를 떨며 프린트 버튼을 누른다. 치그작, 치그작 인쇄되는 소리를 들으며 전화기를 손에 든다. 대뜸 1번. 찬란한 단축번호 1번이 아깝다. 전화기 너머로 내가 선사한 컬러링 '사랑은 영원히'가 눈치도 없이 흘러나온다.

"왜 이렇게 전화를 늦게 받아?"

"으응, 몇 시야?"

자다 일어난 목소리다. 어지간히 피곤하겠지. 밤마다 그 계집애랑 뒹굴었을 테니. 욕이 왈칵 튀어나오려 해 이를 악물고 참는다. 최대한 밝고 명랑한 목소리로, 제주도는 어땠어? 사진은 찍었느냐고 묻는다.

"별것 없었어. 깜빡 잊고 디카를 놔두고 갔어."

증거인멸이로구나. 돈이 부족해서 제주도 특산물을 하나도 사오지 못했다는 구질구질한 변명을 들으며 프린트 된 인쇄물을 집어 든다. 판에 박힌 거짓말을 듣자 전투 의지가 샘솟는다. 내일 낮에 점심을 먹자고 제안을 했다. 그 계집애도 불렀다고 하자 화들짝 놀란다.

"걔는 왜? 우리 둘이만 만나자."

무엇이 두려운 게냐? 흠, 인쇄된 종이를 훑어가며 주목할 만한 부분에 형광펜으로 덧칠을 한다. 가급적 일몰 전에 거사를 치르라고 한다. 일몰 후 폭행 사건은 가중처벌이 된다는 사실. 그런데 전화기 너머의 상열이가 주제넘게 반항을 한다. 그간 밀린 공부를 이제부터 해야 한다고, 나가 놀 시간이 없다기에 딱 한마디 해주고 전화를 끊었다.

"죽고 싶으면 알아서 해! 일단 나와."

어제 저녁, 그가 준 선물들을 정리해서 종이 가방에 담았다. 짠돌이답게 시시하고 자질구레한 물건뿐이었다. 휴대전화용 액세서리가 제일 많다. 짝퉁 명품 머리띠와 비닐 백, 해적판 시디, 중국제 장갑, 싸구려, 죄다 싸구려들. 완전히 끝낼 생각이다. 그런데도 그것들을 구입했던 날들이, 매순간 속삭였던 밀어가 하나도 빠짐없이 생각이 났다. 참으로 허망하지만 내게는 그 물건들이 그와 함께 보낸 시간 그 자체였다.

처음에는 뮤지컬 관람과 교외 나들이로 주말을 장식했지만 만남이 누적되자 오래된 연인들이 택하는 직 코스만을 애용하게 되었다. 만나자마자 바로 여관, 여관. 여관비를 만들려고 컵라면으로 때우고 식후 커피도 길거리 자판기로 해결하면서 온갖 후미진 골목의 여러 종류의 여관을 섭렵했다. 처음에는 모텔이었다가 다음에는 여관이 되고 궁하면 여인숙을 갔다. 싸구려 대실의 한계란, 기분을 내다보면 '시간 다 되었다'는 프론트의 재촉 전화를 받는다는 점이다.

처음 여관에 간 날, 프론트 비슷하게 생긴 쪽 유리창 앞에서 여관비를 나더러 내라고 했다. 첫날, 첫경험이었는데 한층 고조된 기분이 싹 식어버렸다. 친구들에게 그 얘기를 하자 '당장 때려치워! 그것만큼은 남자가 내는 거잖아.' 여관비 부담에 대한 원칙을 다각도로 조사한 결과, 반드시 남자가 내란 법은 없었다. '모텔비가 왜 남자만의 책임입니까? 쌍방이 즐기는 건데. 매매춘이 아니라면 여유 있는 쪽에서 부담하는 겁니다. 그럼 즐거운 성생활을 누리시길~' 전국의 백수 남성들이 들고 일어나 동종 업종의 상열이를 옹호하며 댓글을 달아주었다. 그래도 뭔가 개운치가 않았다.

내가 현금으로 계산을 할 때면 계산서를 자신의 앞으로 해달라고 조르기도 했다. 새로 구입한 책을 읽을 때면 손을 깨끗이 씻고 조심조심 페이지를 넘기는 모습은 나름 배울 점이라고 생각을 했으나, 다 읽은 책을 서점에 가서 환불받는다는 사실을 알고는 할 말을 잃었다. 그랬던 인간이 괌 여행비를 제 카드로 부담한 것이다. 천하의 짠돌이가.

우아하게 작별을 고하고 바로 끝내고 싶었다. 조용히 수면 아래로 가라앉고 싶었다. 그런데 하루에도 몇 번씩 마음이 바뀌었다. 나를 이렇게 헌신짝 취급하고 만수무강을 하시면 정말 곤란하지. 상열이가 아무리 별 볼일 없어도 그렇지, 감히 내 것에 손을 대다니! 그놈의 계집애! 소매치기 범이 가져간 것이 고작 구멍 난 아버지 속옷으로 만든 걸레일지라도 훔쳤기 때문에 도둑놈인 거다.

오늘 당장은 야근을 하며 일에 파고들 것이다. 팀장이 던져준 파일을 보며 멀리 보라던 그녀의 말이 떠오른다. 뒷일을 생각하라고? 내일의 일은 내일의 내가 잘 해결할 것이다. 내일 이후로 내가 얻을 것과 내가 잃을 것은 무엇인지 헤아려본다. 더 잃을 건 없고 얻는 것 또한 없다. 그럼에도 나의 목표만이 또렷하게 남는다.

"그런데, 너, 눈이 왜 그런 거냐?"

"시끄러!"

너구리 눈매를 과시하며 힘껏 째려본다.

"판다 같아. 누가 화장을 이렇게 하랬어. 야, 눈 비비지마. 더 처지잖아."

그가 내 눈매를 손으로 닦아준다. 그의 손이 내 얼굴에 스스럼없이 닿자 마음이 싱숭생숭해진다. 그래도 봐줄 수는 없다. 마음 약해지면 안 된다.

"끝내자. 우리 끝내."

결정적인 비수를 던졌다. 서릿발 같은 나의 선언에 주변이 일시에, 하얗게 얼어붙기를 바랐으나 오늘따라 종로 한복판은 북새통이다. 선명한 구호가 적힌 피켓들 때문에 시야가 어지럽다. 시위를 하러 나온 사람들은 대열을 이뤄 소리를 지르기 시작했다. 물러가라! 물러가라! 덕분에 내가 공들여 뱉은 말이 허공으로 흩어져버렸다. 상열이가 고개를 외로 꼬며 묻는다. 뭐? 뭐라고 했어? 비밀번호도 못 바꾸는 머저리라 말귀도 못 알아듣는다.

시끄러운 골목을 빠져나와 한산한 장소를 찾아나선다. 조용한 곳은 다 숨어버려 보이지 않는다. 집회에 참석하러 나온 사람들 때문에 길이 좁아졌다.

"저런다고 뭐가 바뀌나?"

상열이는 바닥에 침을 퉤 뱉는다.

"넌 남들 욕할 자격 없어."

"뭐, 뭐라고? 안 들려!"

또 말귀를 못 알아듣는다. 주변을 에워싼 전경차가 물샐틈없이 빽빽하게 늘어서 있다. 까만 콩 같은 전경 무리도 시위 군중에 못지않게 많다. 흑과 백의 돌이 맞서 있는 오목판이 떠오른다. 흑과 백은 엎치락뒤치락 승부를 나누지만 애초부터 서로가 지는 게임이다. 승자는 저 멀리 따로 있다. 나도 오늘 지러 나왔다. 처음부터 패자였고 무엇을 해도 이길 수는 없다. 사람들을 헤치고 지나가며 내가 설정한 시나리오를 머릿속으로 재검토한다.

삼자대면의 경우가 1번이라면 상열과 내가 마주칠 경우는 2번이고, 그 계집애와 나만 만날 경우는 3번이라고 정했다. 지금은 시시한 2번이다. 나는 줄곧 3번의 상황을 상상하며 전율에 휩싸였었다. 그 계집애의 머리를 빡빡 밀어버리고 싶었다. 너구리 소녀들이 머리채를 움켜잡아 있는 힘껏 잡아당기라고 했다. 밀어 던지면 나동그라질 테니 자근자근 밟으라고 했다.

그런데 이놈의 계집애를 만날 수가 있어야지, 당최. 수신거부를 해놨는지 아무리 전화를 해도 받지를 않는다. 솟구쳐 오른 나의 분노는 도착할 주소지를 찾지 못해 허공에서 두리번거리는 중이다. 벌써 눈치를 채고 잠수를 한 건가. 그 계집애의 직장과 집을 알고 있는 한, 나의 치밀한 계획은 무산된 것이 아니다. 다만 오늘이 아닐 뿐, 목표는 반드시 이루고야 말 것이다. 인간에 대한 배신감과 무너져버린 내 자존심이 그로 인해 치유될 리는 없지만 '이대로 질 수 없다' 라는 생각만을 붙들고 서툰 독기를 품는다.

카페로 들어가자는 걸 거절했다. 공간이 좁으면 나에게 유리하다. 그러나 바싹 붙어 앉았다가는 나도 모르게 넘어갈 수도 있다. 내 속에 나의 적이 들어 있다. 조금이라도 방심하면 스스로 무너져버린다. 아무 일 없는 양 그가 내 앞에 있으니 이것으로 그만인 것 같은 착각이 든다. 아까도 만나자마자 버릇처럼 살을 섞고 싶은 욕구가 근질거렸다. 그를 끌어안고 뒹굴면서 외로웠던 지난 며칠간을 보상받고, 그의 살냄새를 맡으며 가슴 아픈 일은 모조리 잊어버리고 싶다.

"남의 메일함은 왜 뒤져. 정보통신법도 모르냐."

둘 사이를 오고간 편지들을 죄 프린트해서 들이댔다. 실실 웃으며 말하는 걸 보니 아직도 정신을 못 차렸구나.

"잘도 나불거렸더라?"

"편지는 그냥 편지지 뭐."

말 같지도 않은 소리를 하며 상열이는 바닥에 쪼그리고 앉아 담배에 불을 붙인다. 목덜미가 그을리다 못해 살 껍질이 때처럼 벗겨지고 있다. 백수 주제에 꽴 여행을 다녀온 티를 내다니. 한참을 퍼부어댔다. 그래도 분이 풀리지 않는다. 이제 우리 사이는 끝이라고 선언을 했다.

"하여간 미안해. 우린 결혼할 사이잖아. 그러니까 네가 봐줘야지."

누구 맘대로 결혼이라는 단어를 입에 올려. 그간 받았던, 자질구레

한 물건을 담은 종이 가방을 휙 던져준다. 그걸 보자 그의 안색이 바뀐다. 몇 대 패주려고 했는데 그건 생략하겠으니 주제 파악하고 꺼져 달라고 했다. 예상과 달리 그다지 매달리는 기색을 보이지 않아 은근히 초조하기는 하다.

"어차피 걔는 헤픈 앤데. 그런 애 신경 쓰지 마."

"너는 안 헤프냐?"

"남자하고 여자가 같아? 걔가 작정하고 꼬리를 쳤다고."

지구의 자전과 공전이 일시에 멈추는 것 같다. 고작 남자 하나 때문에 십 년 선후배지간이 파국을 맞았는데, 뭐라고? 남 탓하는 놈이 세상에서 제일 쩨쩨하다. 이런 인간이 공부를 해서 공무원이 되면 우리나라가 위험하다. 이런 놈들이 뇌물을 받아먹고 비리를 저지르고도 반성을 모른다. 나의 우아한 지성을 지키려고 이놈의 응징을 잠시 미뤄두었으나 국가의 장래를 위해 나설 수밖에. 남자하고 여자는 다르다고? 핸드백에서 골프 장갑을 꺼내 하나씩 천천히 손에 낀다.

"너는 나를 못 믿어?"

"내가 믿는 건 이거야!"

있는 힘을 다해 머리통을 갈겼다. 손등의 뼈가 쪼개질 것처럼 아프다. 태권도 사범이 기왓장 격파 시범을 할 때처럼 온 힘을 실어 쪼그려 앉은 그의 머리통을 내리갈겼다. "야, 너 뭐 하는 거야?" 이놈이 성질을 부리며 총알처럼 튕겨 일어난다. 나보다 한참이나 크다. 역시 머리끄덩이는 무리인가. "너 이리와." 상열이가 내 팔목을 확 낚아챈다. 이렇게 나서면 당해낼 재간이 없다. 화를 내며 팔목을 잡아끌고 여관으로 직행하면 그만이라는 사고방식, 여태 그랬다. 그런 식으로 무마해버린 일이 너무 많았다. 제가 저지른 잘못이 클수록 걸음이 빨랐고 나를 거칠게 다뤘다. 늘 못이기는 척 끌려 다녔지만 이번만은 용서가 안 된다.

"넌 정말 나쁜 놈이야!"

다시 한 번 냅다 갈겼다. 이번엔 사타구니 사이를 걷어찼다. 발끝으로 물컹한 느낌이 들었다. 상열이는 바닥에 쓰러져 데굴데굴 구른다. 아, 좀 심했나. 기어이 일을 저질렀다. 그이 어머니도 이제 내게서 돌아설 것이다. 세상의 어머니들은 다 자기 자식 편이다. 자기 자식을 해하는 타인을 편들어줄 어머니는 없다. 따스한 온기를 품었던 만 원권 지폐 일곱 장이 표창이 되어 내 가슴에 박힌다. 나의 발라드를 칭찬했던 그 동네 사람들도 이젠 적이 되었다. 그곳, 앞산의 초록빛과 산허리에 감겼던 안개, 곱디고운 들녘의 반딧불이도 내게서 등을 돌린다. 모두 돌아앉았다. 전에는 내 것이었는데 이젠 아니다.

그것들을 얻으려고 나를 버릴 수는 없다. 사소한 부정이라도 제때 박멸하지 않으면 주변으로 퍼지게 된다. 그것이 세상을 오염시키고 정의를 갉아먹는다. 바닥에서 뒹굴면서 비명을 지르는 그를 오가는 사람들이 쳐다본다. 대놓고 비웃는 사람도 있다. 나 역시 쪽팔림을 감수하고 그의 머리통을 잡아끈다. 그의 머리채를 양손으로 낚아채 끌어올린다.

물러가라! 물러가라! 군중의 함성이 저 너머에서 우렁차게 들린다. 수천 명의 내가 함성을 지르고 있다. 내 콧김도 뜨겁다. 아차, 하는 순간 상열이가 나를 거세게 밀친다. 처참하게 바닥으로 나동그라진다. 가래침 같은 욕을 내뱉고는 상열이가 도망을 간다. 어디 한번 해보자는 거냐? 나는 미쳐버렸다. 처음부터 나는 패자였다. 더 잃을 것이 없어 두려움도 없다. 인파를 헤쳐가며 상열이의 뒤를 쫓는다.

소도 때려잡을 기운이 무섭게 용솟음친다. 뒷일은 생각지 않는다. 나를 함부로 대했던 수많은 인간들, 세상의 모든 불합리와 부조리, 외롭고 어두웠던 나날 모두를 이놈의 몸뚱이에 구겨넣고 힘껏 밟을 것이다. 비겁한 애인을 뒤쫓는 수천 명의 내가 있어 이 순간만은 외롭지 않다. 물러가라! 물러가라! 군중의 함성 속으로 곧장 들어간다. 처절한 복수, 그 절정은 이제부터다.

너는, 나의 꽃

강 진

1. 소생 거부 Do Not Resuscitate

여자가 자신의 삶을 마감하기로 결정한 장소는 작은 모텔이었다. 그곳은 도심에서 벗어나 아파트가 밀집되어 있는 위성도시로 들어가는 길목에 위치해 있었다. 결혼 전 여자는 그 위성도시에서 몇 달 산 적이 있었고, 그때 그녀는 매일 버스를 타고 도심에 있는 큰 서점으로 출근했다.

모텔의 외벽은 유리로 되어 있었다. 밖에서는 안이 보이지 않지만 안에서는 밖을 훤히 볼 수 있게 되어 있는 곳이었다. 그 근처에선 제법 유명한 모텔이었다. 한낮에도 젊은 남녀가 모텔 앞에 쭈그리고 앉아서 빈 방이 나기를 기다린다는 소문이 날 정도였다. 특히 한강이 바라다 보이는 방에서 바라보는 노을은 죽이게 아름답다는 것이다.

그해 여름, 퇴근길이었다. 버스 안은 사람들의 몸에서 뿜어져나오는 후끈한 땀 냄새와 에어컨의 냉기가 뒤섞인 공기로 채워져 있었다. 차창 밖은 낮 동안 달궈진 아스팔트의 뜨거운 열기가 눈으로도 느껴질 정도였다.

강변을 따라 달리다가 위성도시로 들어서기 위해 버스가 방향을 바꿨을 때 졸고 있던 여자는 몸이 한쪽으로 쏠리는 걸 느끼며 고개를 들었다. 멀리 외벽이 유리로 치장된 그 모텔이 눈에 들어왔다. 노을 때문에 건물 한쪽이 주홍색 물감으로 그러데이션 해놓은 것처럼 보였다. 맨 위는 아주 짙은 주홍빛을 띠었고 아래로 내려갈수록 점점 엷어지며 노랑에 가까웠다. 그때 여자는 상상하고 있었다. 한강이 내려다보이는 방에서 유리 너머 붉은 하늘을 보며 나누는 애인과의 낭만적인 정사情事를. 하지만 그런 기회가 여자에게 주어지지 않았다.

땀 냄새와 에어컨의 퀴퀴한 바람이 뒤섞인 버스에서 바라본 주홍빛 유리벽이 여자에겐 분명 다른 세상처럼 느껴졌다. 죽음을 그 모텔에서 맞이하고 싶은 것은 그날 여자가 가진 낭만적 상상이 그녀의 기억 속에 남아 있었기 때문이었다. 아마 여자에게는 죽음까지도 황홀하게 받아들일 수 있고, 세상으로부터 철저히 격리될 수 있는, 그런 장소가 필요했을 것이다. 여자에게 있어 그 모텔은 분명 일상에서 벗어난 곳이었고, 누구의 방해도 받지 않을 수 있는 곳이었다.

장소가 결정되자 여자에게 죽음이라는 것이 아주 구체적으로 다가오는 듯했고 피할 수 없는 그 어떤 것이 되어 있었다. 밖에선 안을 볼 수 없지만 안에서는 밖을 훤히 볼 수 있는 곳이라, 여자는 자신의 결정이 흡족했다. 노을을 기대할 수는 없겠지만 가능하다면 도로가 보이는 방을 얻어야겠다, 고 생각했다.

갑자기 여자가 마른기침을 했다. 산소호흡기 흡입장치를 붙잡고 가
쁜 숨을 쉬었다. 호스피스가 들어와 레버를 돌려 서둘러 침대를 세웠
다. 순간 피 섞인 가래 덩어리가 물컥, 쏟아졌다. 놀랄 만한 일은 아니
었다. 그 정도는 이미 익숙한 증상이 되어 있었으므로. 또 하루가 다
르게 병세가 악화되고 있었다. 남자는 의자에서 일어났지만 엉거주춤
서 있을 뿐 여자에게 다가가지 못했다. 여자의 숨소리가 거칠게 이어
졌다. 대부분의 짐들이 치워진 여자의 방은 작은 소리도 증폭되어 크
게 들렸다. 소리는 벽에서 벽으로, 벽에서 천장으로 갔다가 위에서 뚝
떨어지듯 되돌아왔다.

이불 위로 검붉은 피가 또 쏟아졌다. 한 번 시작된 구토는 멈출 기
세 없이 이어졌다. 호스피스가 그녀의 등을 두드렸지만 구토를 멈추
게 할 수는 없었다. 두 손으로 무릎을 감싸안는가 싶더니 온몸을 떨기
시작했다. 열이 오르면서 오한이 온 것이다. 쩍쩍, 어금니 부딪히는
소리가 났다. 여자는 신음소리를 내뱉지 않으려고 안간힘을 썼다. 그
러나 깊은 곳에서 끌어올린 듯한 울부짖음까지 막을 수는 없었다. 부
정형의 소리들이 방 안에 울렸다. 밖엔 아침부터 비가 부슬부슬 내리
고 있었다.

간신히 진정되는가 싶었는데 물 한 모금을 마신 다음 다시 구토가
시작되었다. 이불 위에 흥건한 토사물은 시큼하고 썩은 냄새를 풍겼
다. 여자는 가슴을 쥐어뜯으며 높고 긴 비명을 질렀다. 이번엔 통증이

었다. 모르핀을 주사한 지 얼마 되지 않았고 보통의 10배까지 늘렸으니 이미 한계까지 사용한 셈이었다. 침대 끝에 서 있던 호스피스는 서랍에서 펜타닐 패치를 찾아 여자의 가슴에 붙였다. 풀어헤쳐진 그녀의 납작한 가슴엔 비현실적인 느낌의 검은 유두가 붙어 있었다. 인간의 육체라기보다 캔버스에 기하학적 무늬 하나를 그려놓은 것처럼 느껴졌다. 남자는 그것이 한때 자신을 들뜨게 하고 욕정에 빠져들게 했던 육체였다는 것이 믿어지지 않았다.

여자의 몸은 더 이상 손쓸 수 없을 정도에 이르러 있었다. 폐암은 뼈까지 전이되었고 할 수 있는 일이란 통증을 최대한 견디며 죽음을 기다리는 일뿐이었다. 그나마 의식이 또렷해지는 것은 강한 통증이 올 때뿐이었다. 매일 한계량의 마약성 진통제가 투여되고 있었지만 여자의 통증을 잠재울 순 없었다.

남자는 여자가 죽음을 준비하고 있다는 것을 알고 있었다. 죽음을 기다리지 않고 스스로 선택할 것도 짐작하고 있었다. 여자에게는 병과 맞서 싸울 만큼 삶에 대한 애착이 없었고 더구나 치료가 불가능한 상태까지 왔으니까 누구나 할 수 있는 생각이었다.

여자는 먼저 자신이 살고 있는 아파트를 처분하고 작은 방 한 칸을 구했다. 아파트를 팔고 받은 돈 중 일부만을 남긴 채 남편 이름의 계좌에 넣었다. 사우디아라비아 리야드로 떠난 그녀의 남편은 도착 후 한 통의 메일만을 보냈을 뿐 일 년 가까이 연락이 없는 상태였다. 그래도 그녀가 가지고 있는 남편의 월급통장으로 매달 돈은 꼬박꼬박 입금되었다. 그게 여자의 남편이 여자에게 해줄 수 있는, 여자가 남편의 존재를 확인할 수 있는 유일한 길이었다. 남자는 여자와 그녀의 남편과의 관계를 더 묻지 않았다. 어차피 그건 남자에게 중요한 것이 아니었으니까.

알약을 삼킬 수 없는 지경인 여자가 자살의 방법으로 선택할 수 있는 것은 무엇일까. 여자의 수첩에 기록되어 있던 여러 가지 방법들을 남자는 떠올리고 있었다. 기다릴 것은 죽음밖에 없는 여자에게도 죽음은 두렵고 짐작조차 할 수 없는 무거움이었을 것이다. 항우울제로도 제어가 안 되는 극심한 우울에 빠져 있던 여자에게도 죽음의 무게만큼은 예외가 아니었을 것이다.

중증 환자들은 대개 두 가지 감정을 가집니다. 컨디션이 좋은 날에는 병마와 싸워서 이겨야겠다는 의지를 다지지만, 통증이 심해지거나 기력이 없어지면 주위 사람을 더 괴롭히기 전에 빨리 죽었으면 좋겠다는 절망적인 생각을 하게 됩니다. 모순된 감정이지요. 죽음을 앞둔 사람들을 많이 본 호스피스의 말이었다. 여자에게 병에 대한 투쟁의지가 있었던가. 남자는 고개를 가로저었다.

여자는 약 기운에 대부분의 시간은 축 늘어져 있었지만 때론 눈동자를 번뜩일 때도 있었다. 그럴 땐 심장 박동이 옆에 있는 사람까지 느껴질 정도로 과격하고 빠르게 들렸다. 호흡도 거칠어졌고 금방이라도 튀쳐나갈 듯한 흥분 상태가 되었다. 그러다가 갑자기 눈동자가 풀리고 온몸이 늘어지며 쇼크에 빠지기도 했다. 쇼크에서 깨어나면서 여자는 눈을 파고드는 강한 불빛에 자신이 아직 살아 있음을 알고 진저리를 쳤다.

여자의 수첩에는 죽음에 이를 수 있는 여러 가지 방법들이 메모되어 있었다. '세코날'이나 '사라인' 같은 수면제 이름에서부터 목을 매거나 가스 질식사 같은 방법들까지 적혀 있었다. 애완견 까미에 대한 고민의 흔적도 들어 있었다. 수첩 한 바닥이 온통 '까미'라는 이름으로 채워져 있기도 했다. 무엇보다도 여자는 실패하지 않고 최소한의 고통으로 완벽하게 숨을 끊을 수 있는 방법에 대해 생각했던 것 같았다. 여자는 숨이 완전히 끊어지기 전 발견될 것에 대비해서 큰 글씨로, 여러 번 덧칠하여 좀 더 짙고 굵은 글씨로, 이렇게 써 놓았다.

'소생거부.'

2. 너는, 나의 꽃

남자는 그녀를 '꽃'이라 불렀다. 그렇다고 그녀를 앞에 놓고 그렇게 불러본 적은 한 번도 없었다. '꽃'이라는 단어가 포함하는 넓은 범위와 그로부터 파생되는 수많은 은유를 생각한다면 한 사람을 부르는 말로는 분명 적합하지 않다는 것을 남자도 알고 있었다. 그렇다고 꽃, 보다 훨씬 좁은 의미를 가진 글라디올러스나 달리아 같은 꽃 이름이 그녀와 어울린다고는 생각하지 않았기 때문에 남자는 여자를 그냥 '꽃'이라고 불렀다. 어쩌면 남자의 비극은 한 여자를 아주 큰 범위를 가진 단어로 부르면서 시작되었을지도 몰랐다.

사실 남자가 여자를 '꽃'이라고 부르게 된 것은 아주 우연한 일에서 비롯되었다. 한 인간을 몰고가는 운명이란 것도 따지고 보면 사소한 우연이 거듭되면서 만들어지는 것이다. 남자도 이론적으로는 충분히 알고 있는 사실이었다. 우연이 반복되면 운명처럼 느껴진다는 것을. 그러나 대개의 사람들은 막상 자신의 삶에서 사소한 우연이 어떻게 운명으로 바뀌게 되는지는 알아채지 못하는 법이다. 모든 우연이 운명으로 이어지는 것은 아니며, 보통 그것은 시간의 문제이며, 얼마나 절박한가의 문제이기 때문이다. 남자의 경우도 마찬가지였다. 이 사소한 우연이 운명이 되기까지를 말하려면 남자가 여자를 다시 만난 어느 휴일 한낮에서부터 이야기를 풀어야 한다.

그날, 남자는 아침부터 컨디션이 좋지 않았다. 온몸이 쑤시고 눈언저리에선 열이 나고 머리까지 지끈거렸다. 그 몸으로 병원에 나간 것은 맡겨진 개 한 마리 때문이었다. 여행에서 돌아오는 길에 찾아가겠다던 개 주인은 약속시간이 한참 지났지만 나타나지 않았다. 발을 책상 위로 올리고 의자 등받이를 뒤로 한 채 두통이 가라앉기를 기다리고 있었다. 버티컬이 닫힌 실내는 어두웠고, 티브이에서 뻗어나온 푸른빛이 한쪽 벽에서 어른거리고 있을 뿐이었다.

처치실에 갇힌 개가 계속해서 문을 긁어댔기 때문에 남자는 영화에 집중할 수 없었다. 녀석은 낮은 음에서 높은 음으로 이어지는 긴 신음 소리를 냈고 그럴 때마다 남자가 처치실 문을 두드렸지만 소용없는 일이었다. 두통이 점점 심해지면서 관자놀이가 불쑥거렸다. 뚱이를 내일 찾아가면 안 될까요? 문자 메시지를 작성하던 남자는 취소 버튼을 눌렀다. 개 주인은 병원을 오픈했을 때부터 다니던 손님이었고 좀 까다로운 성격이라는 것이 맘에 걸렸던 것이다. 진열대를 더듬어 간식 봉지 하나를 뜯었다. 닭가슴살이 들어간 간식을 먹은 지 얼마 되지 않았지만 개가 징징대는 것을 견딜 수 없었던 남자로서는 어쩔 수 없는 선택이었다. 남자는 금방이라도 몸이 바닥으로 녹아내릴 것같이 피곤했다.

티브이 화면 가득 무지개 깃발이 흔들리고 있었다. 흑백영화였다. 한눈에도 게이들의 도시, 샌프란시스코가 배경이라는 걸 알 수 있었다. 영화 속 두 남자는 손을 잡고 깃발이 나란히 꽂힌 길을 걷고 있었다. 두 남자가 걸어가는 뒷모습으로 노래가 흘러나왔다. *당신은 내게 마약 같은 존재야. 그밖에 달리 생각해본 적이 없어. 내 눈을 똑바로 바라보고 말하는 당신의 거짓말을 나는 사랑해. 흥분제는 아니지만 코카인보다 더하지.* 남자에겐 아주 익숙한 곡이었다. 하지만 아직 그 노래가 남자의 어떤 기억과 맞닿아 있는지 그땐 알지 못했다.

영화 속 남자 주인공은 게이였고, 그는 여자 역할을 하는 자신의 애인을 다른 사람에게 소개했다. 그때 그가 이렇게 말했다. 이쪽은 나의 꽃, 이라고.

동성애자 사이에서도 여자와 남자의 역할이 정해져 있다는 것쯤은 알고 있었지만 여자 역할을 하는 사람을 꽃, 이라고 부른다는 것은 남자도 몰랐던 사실이었다. 남자가 그 흔한 꽃, 이라는 말에 왜 충격을 받았는지 설명할 수 없다. 하지만 그것이 무료한 휴일 오후를 보내고 있던 남자에게 신선하게 다가온 것만은 분명했다. 그는 책상에 올리고 있던 발을 내리고 의자를 당겨서 티브이 가까이 다가갔다. 동성애자의 무지개 깃발이 흔들리고 있는 길을 따라 한 남자가 그의 '꽃'의 허리에 팔을 두르고 걸어가고 있었고, 노래의 마지막이 멀어지는 두 사람을 배경으로 계속되고 있었다.

'꽃'은 동성애자들 사이에서는 일반화된 단어인 듯 보였다. 그런데 동성애자도 아닌 남자가 그 일반화된 단어에 매달렸으며 한 여자를 떠올렸다. 그 여자는 남자의 기억 깊은 곳에 파묻혀 있던 사람이었다. 그런데 그 사람이 한 순간 표면 위로 솟아오른 것이다.

남자는 최소한 그때까진 운명을 믿지 않았다. 이제와 그걸 운명이라고 설명해야 하는 것이 구차하기도 하지만 남자에겐 달리 방법이 없다.

꽃, 이라는 아주 평범한 단어가 남자에게 왜 특별하게 다가왔는지도 설명할 수 없는 것처럼 동성애자도 아닌 그가 꽃, 이라는 단어를 그녀와 연결시킨 과정은 더더구나 설명 불가능하다. 여기서 중요한 것은 그날부터 남자는 여자를 꽃, 이라고 불렀다는 사실이다. 그것도 아주 은밀한 비밀처럼 혼자서. 더 중요한 것은 이 은밀한 비밀을 가지게 된 남자는 그날부터 운명의 동굴로 걸어들어가게 되었다는 것이다. 원하지도 않았는데 남자의 발걸음이 한 줄기 빛도 허용되지 않은 곳을 향해 걸어가게 되었던 것이다. 자신이 동굴 깊숙이 들어와 있다는 걸 알아차린 뒤에는 되돌아갈 수 없는 곳에 이르러 있었다. 어둠을 버티기 위해 스스로 촉수까지 잘라버린 뒤였다.

아마 남자의 운명은 그날 버릇없는 개가 처치실 문을 박박 긁어대는 소리를 들으며 어두운 동물병원 실내에서 익숙한 음악을 듣는 것에서부터 결정되었을 것이다. 꽃, 이라는 단어가 주는 정말 은밀한 경험을 했으니까. 그러면서도 그는 열이 오르고 머리가 아픈 것이 단순히 감기 몸살 때문이라고만 생각했을 것이다.

노래가 해부 실습실의 경험과 맞닿아 있다는 것과 그 시절은 한 여자를 빼고 얘기할 수 없다는 것을 남자는 나중에 알게 되었다. 익숙한 음악 때문에 '꽃'이라는 평범한 단어가 남자에게 황홀한 산란散亂의 경험을 가져다주었던 것이다. 탄산음료 기포가 식도를 타고 내려가 가슴 한 부분에서 퍼지는, 온몸에 퍼지는 알싸한 그 자극을.

그렇다면 남자가 여자의 죽음과 얽히게 되는 운명은 아주 오래전부터 예비된 진짜 운명이었을까. 이 우연이 남자의 운명으로 어떻게 잠식해 들어가게 될지 그땐 아무도 몰랐다.

이게 비극적 이야기라면 이 비극은 거기서부터였다.

3. Drug By The Czars

첫 해부학 실습, 스테인리스 실습대 위에는 기름과 포르말린 용액에 범벅된 고양이 사체가 놓여 있었다. '임신 6주째의 고양이'. 실습 차트대로라면 죽은 고양이 뱃속에는 이미 형태를 갖춘 새끼들이 들어 있을 것이다. 보기만 해도 끈적거리는 느낌의 기름이 잔뜩 묻은 고양이 사체와 눈이 매울 정도의 포르말린 냄새 때문에 누구도 선뜻 실습대 앞으로 다가서지 못하고 있었다. 노래가 들린 것은 바로 그때였다. *당신은 내게 마약 같은 존재야. 그밖에 달리 생각해본 적이 없어. 내 눈을 똑바로 바라보고 말하는 당신의 거짓말을 나는 사랑해.*

건조한 목소리였다. 오직 통기타 반주만 있는 그 노래는 계속 반복되도록 세팅되어 있었다. 세 번쯤 반복되었을까. 남자가 제일 먼저 실습대 앞으로 다가섰다. 가수의 목소리는 아무런 감정이 묻어 있지 않아서 더욱 절망스러운 느낌을 주었다. 꼭 이 세상 사람의 목소리가 아닌 것 같았다. 남자의 생각이었다. 나중에 알았지만 남자만 그런 느낌을 가진 게 아니었다. 노래가 거듭될수록 죽음에 대한 공포가 점점 사라졌다.

다른 사람들도 천천히 실습대 앞으로 다가왔다. 먼저 털을 벗겨내야만 했다. 털 뭉치가 실습복에 튀었고 기름 얼룩을 남겼다. 곧 살갗이 드러났다. 산등성이처럼 구부려진 등뼈도 보였다. 꼬리는 뒷다리 사이를 지나 배를 감싼 채 굳어 있었다. 시간이 흐를수록 포르말린이 눈을 심하게 자극했다. 누구 있어요? 누군가는 불룩한 고양이 배를 노크하듯 두드리며 농담하는 여유까지 보였다. 그때 노래가 끊겼다. 실내가 조용해졌다. 한순간 모두 서로를 바라보았고 잡담을 멈췄다. 농담을 건넸던 친구가 어색하게 주위를 둘러봤다. 최면에 걸린 듯 허겁지겁 고양이 털을 벗겨내던 것은 자신들이 아니었다는 표정으로 서로를 쳐다봤다. 짧은 시간이었지만 남자에게도 털이 벗겨진 고양이 사체가 낯설게 느껴졌다. 누군가 카세트의 버튼을 눌렀고, 볼륨을 더 높였다. 다시 노래가 시작되고서야 실습은 계속되었다. 남자는 고양이의 배를 메스로 갈랐다. 노래는 꼭 죽음과 삶을 하나로 연결해주고 있는 듯했다.

고양이는 어떤 외상의 흔적도 없었다. 상대를 공격할 듯 이빨을 다 드러내놓고 있었다. 혈액은 응고되어 있었고, 혈관은 지나치게 팽창되어 있었다. 주사기로 공기를 혈관에 주입하면 혈관이 확장되고 혈액이 천천히 응고되는 고전적인 방법으로 안락사 되었다는 것을 알 수 있었다. 돈이 들지 않는다는 장점은 있지만 죽음에 이르는 시간도 길고 아주 고통스러운 방법 중 하나라고 배운 적이 있었다. 몸 전체에 뻗어 있는 혈관 구석구석에 공기가 들어가는 고통을 느끼며 서서히 죽게 되는 것이다. 흔히 말하는 안락사의 '안락安樂'과는 어울리지 않는 죽음의 방법이었다. *당신이 내게 하는 말들은 점점 더 나를 고통스럽게 할 뿐이야. 더 이상 내게 거짓말을 하지 마. 그것들은 나를 점점 중독되게 만들 뿐이야.* 노래는 계속되었고 남자는 스스럼없이 암고양이 몸에서 죽은 새끼들을 꺼냈다. 둥글게 몸을 말고 웅크린 채 굳어진 새끼 세 마리가 어미 몸에 화석처럼 박혀 있었다.

이것 좀 들어봐. 그날 남자는 레코드 가게를 뒤져서 '차르'의 시디를 샀다. 남자와 여자는 포장해온 김밥을 먹으며 '드러그'를 들었다. 좋은데. 목소리가 매력적이야. 누가 추천해줬어? 리듬에 맞춰 여자가 천천히 몸을 흔들었다. 실습시간에 누가 가지고 왔어. 이게 아니었음 오늘 실습이 엉망이 되었을 거야, 아마. 김밥 하나를 집어 남자에게 넣어주면서도 여자의 몸은 리듬을 타고 있었다. 덤벼들 듯 남자가 여자를 안았다. 그때 남자의 생각이란 이런 것이었다. 순간의 연속이 영원이라면 남자에게 있어 사랑도 영원할 것이라고. 학교 동아리에서 처음 만난 둘은 사랑에 빠졌고 곧 동거를 시작했다.

실습이 거듭되고 메스나 켈리를 다루는 솜씨가 제법 능숙해졌을 때 살아 있는 개가 실습대에 놓여졌다. 개의 혈관을 찾아 최면제와 마취제를 투여하고, 큰 혈관과 큰 근육들의 위치를 확인하고 장기臟器를 모두 적출해내야만 했다. 따뜻한 살갗을 메스로 가르는 것은 포르말린 속에서 꺼낸 동물을 대하는 것과는 전혀 다른 일이었다. 어차피 개는 결국 낱낱이 해부된 채로 죽을 운명이었지만 고통을 얼마나 적게 주며 실습을 마무리할 수 있느냐가 문제였다. 카세트의 볼륨은 여느 때보다 높아 있었다. 남자는 속으로 노래를 웅얼거리며 가슴을 진정시키곤 했다. 그땐 노래의 음은 물론이고 가사까지 저절로 흥얼거리는 것이 자연스러운 일이 되어 있었다.

메스를 대자마자 연분홍의 뱃가죽으로 피가 번졌다. 손가락 끝에 좀 더 힘을 주자 피가 솟구치며 손목까지 튀어올랐다. 손에 따뜻한 피가 닿자 남자는 약간 흥분되었다. 먼저 심장 주위의 혈관과 근육을 분리했다. 장갑을 낀 손 위에서도 심장 뛰는 것이 선명했다. 그때 실습대 위의 개가 버둥거렸다. 두 시간은 버틸 만한 양의 마취제를 넣었는데도 한 시간이 채 안 되어 깨어난 것이다. 장기가 다 드러나 있고 피범벅이 된 상태에서 심장을 막 떼어내려고 하는데 개가 움직인 것이다. KCL, 누군가 소리쳤다. 급하게 KCL을 주사기에 채웠지만 혈관을 찾지 못하고 근육에 주입하고야 말았다. 다량의 주사액 때문에 개는 신음소리조차 내지 못하고 늘어져버렸다. 나머지 장기를 꺼내면서는 개가 조금만 움직여도 깜짝 놀라 뒤로 물러났다. 개는 가끔씩 몸을 떨어서 아직 살아 있음을 알렸지만 실습이 끝나갈 무렵엔 그나마 움직임도 멈췄다. 삶과 죽음의 경계를 넘어가는 것은 언젤까? 분명 어느 순간이 있을 텐데 말이야. 피 묻은 장갑을 벗으며 누군가 가볍게 물었지만 그 말에 대꾸하는 사람은 없었다. 노래만 계속되고 있었을 뿐이었다. *네 거짓말은 나를 점점 중독되게 만들 뿐이야. 이제 나를 그만 도살장에 데려가서 그만 내 목을 따고 네 갈 길을 가.*

둘은 오래 함께 살지 못했다. 남자는 여자와 함께 있으면 있을수록 갈증이 났다. 그럴수록 여자는 남자가 자신을 옭매는 게 싫었고 더 자유롭기를 원했다. 불안 때문에 남자의 생활은 점점 엉망이 되어갔다. 여자와의 동거가 들통나면서 집에서 올라오던 생활비마저 끊겼다. 싸움 끝에 컵이며 접시들이 던져졌고, 여자의 울음으로 싸움이 끝나는 일이 잦아졌다. 휴학을 하고 먼저 떠난 것은 여자였다. 뒤이어 남자도 도망치듯 군대에 들어갔다.

그 노래의 리듬은 오랫동안 남자의 머릿속에 떠다녔다. 병원을 개업하고 특히 수술대 위에 동물을 올려놓으면 갑자기 노래가 떠올랐다. *이것은 운명적인 사랑도 아니고, 더구나 동화 같은 사랑도 아니야. 내 눈을 똑바로 보면서 너는 내게 달콤한 거짓말을 했지. 나는 그것조차도 사랑했지. 당신이 내게 한 말들은 나를 점점 고통스럽게 할*

뿐이야. 이제 당신이 했던 거짓말들을 거두고 당신 길을 가야 할 시간이야.

4. 하트 웜 Heartworm

멀쩡하던 하늘이 갑자기 어둑해지더니 비가 쏟아졌다. 여자가 남자의 동물병원으로 뛰어들어온 것은 소나기 때문이었다. 일기예보에서 천둥 번개를 동반한 소나기를 경고했지만 여자는 집을 나서면서 우산을 챙기지 않았다. 건조대에 빨래를 널 때만 해도 햇볕이 아파트 베란다에 밀려와 있었기 때문이었다. 요즘 들어 소나기는 흔한 일이 되어 있었다.

맑던 하늘에 먹구름이 덮치더니 해를 가리고 우박이 쏟아졌다. 검은 그림자가 땅에 서리면서부터 우박이 퍼붓는 것은 오 분도 채 되지 않은 짧은 시간 안에 이루어졌다.

모든 게 한순간에 달라질 수 있다는 것, 삶도 또한 그렇게 갑자기 변할 수 있다는 것을 여자는 잘 알고 있었다. 미래를 위해 뭔가를 계획하고 준비하는 것이 무모한 한 일이라는 것을 여자는 깨달았다. 여자도 다가올 시간을 준비하며 살았었다. 퇴근하는 남편을 위해 저녁 식사를 준비했고, 일주일에 한번씩 대형마트에 다녀왔고, 하루 중 일정한 시간에 개를 산책시켰으며, 잠들기 전 내일 할 일을 메모하기도 했다. 남편이 떠나기 전까지는 여자도 그렇게 살았었다.

출장을 가듯 여행 가방에 속옷과 겉옷 몇 벌을 챙기는가 싶었는데 그길로 그녀의 남편은 돌아오지 않았다. 사우디아라비아에서 보낸 남편의 이메일에 따르면 그가 중동 지사에 지원한 것은 일 년 전의 일이었고, 회사로부터 공식적으로 발령을 받은 것도 떠나기 두 달 전이었다. 그러나 그녀의 남편은 한 번도 여자에게 해외 지사 이야기를 꺼낸 적이 없었다. 그동안의 일을 간략하게 적어 보낸 남편의 이메일에도 그가 왜 아무런 말도 없이 떠났는지 밝혀져 있지 않았다. 남편이 떠났다는 것보다도 남편이 왜 떠났는지도 모른 채 그 사실을 받아들여야 하는 것이 여자는 견디기 어려웠다. 시간이 흘러도 여자는 그 해답을 찾을 수 없었다. 그러나 어느 날 문득 자신이 더 이상 남편이 떠난 이유에 대해 생각하지 않고 있음을 여자는 알았다. 세상에는 답이 없는 질문도 많으며 여자에게 그중 하나가 던져졌을 뿐이라며 체념해버린 자신의 모습을 본 것이다.

비를 피해 가까운 건물로 뛴 것이 바로 남자의 동물병원 앞이었다. 빗줄기는 바람에 밀려 여자의 치맛자락으로 달려들었고, 밖에 서 있던 여자는 유리문을 밀고 병원 안으로 들어왔다.

남자는 심장사상충 키트의 결과가 나오기를 기다리고 있었다. 빳빳한 모시 적삼 차림의 할머니가 그 앞에 서 있었다. 혈액이 번지며 진단창 왼쪽에 보라색 줄이 선명하게 나타났다. 양성반응이었다. 심장사상충 감염을 증명이라도 하듯 개는 진료대 위에서 계속 기침을 해댔다. 배는 지나치게 부풀어 있었다. 병이 상당히 진행된 것 같은데요. 엑스레이를 찍어봐야 정확한 진행 정도를 알겠지만 사상충이 심장뿐 아니라 폐나 간까지 공격한 걸로 보입니다. 할머니는 개를 만지려고 손을 뻗다가 거두었다. 의자에 주저앉으며 흐느끼기 시작했다. 남자는 어색한 시선을 유리문 앞 여자의 뒷모습으로 옮겼다. 단발머리에서 목덜미로 이어지는 선과 좁고 둥근 어깨선이 낯익었다.

검사를 계속 진행할까요? 할머니는 대답 대신 다시 터져나오려는 울음을 손수건으로 막았다. 심장사상충은 모기에 의해 감염이 됩니다. 처음에는 사상충 한 마리가 심장 표피를 뚫고 들어갑니다. 그 한 마리가 심장 안에서 번식을 거듭하고 거듭해서 먼저 심장을 점령하고 나중엔 간이나 위 같은 다른 장기로 옮겨갑니다. 남자는 이제 와 별 의미도 없는 설명을 늘어놓고 있었다. 육안으로 봐서도 개는 이미 치료 불가능한 상태에 이른 것으로 판단되었기 때문에 남자는 '공격', '점령' 같은 좀 과격한 단어를 사용하고 있었다.

이윽고 할머니는 의자에서 일어나 천천히 개에게 다가갔다. 바닥에 엎드려 있던 개를 끌어안고 수술실을 향해 걸어갔다. 안락사시켜주세요. 고통스럽지 않게 잘 부탁합니다. 할머니의 말에 여자가 얼핏 뒤를 돌아보았으나 그뿐이었다.

빗줄기가 가늘어지자 여자는 밖으로 나갔다. 남자는 안락사 후 사체가 어떻게 처리되는지 설명하느라 여자가 나가는 것을 보지 못했다. 유리문에 달아둔 종이 흔들렸고 남자가 고개를 들었을 때 여자는 횡단보도 앞에 서 있었다. 발걸음을 뗄 때마다 종아리에 엉겨 붙는 치맛자락이 횡단보도를 건너는 그녀의 걸음을 방해했고 남자는 여자가 시야에서 사라질 때까지 바라보았다. 단발머리에서 목덜미로 이어지는 선과 좁고 둥근 어깨. 남자는 그 뒷모습에서 눈을 뗄 수가 없었다.

이것이 다시 시작된 남자와 여자의 우연이었다. 아니 운명이었다.

5. 프로포폴 Propofol

주사기를 앰풀에 꽂았다. 남자는 여자와의 약속을 수없이 고민했다. 여자와의 만남에서부터 차근차근 기억을 더듬어본 것이 얼마나 될까.

우윳빛 액체, 프로포폴 120mg.

충분한 치사량이었다. 고통으로부터 여자를 벗어나게 해줘야겠다고 결심한 뒤부터 남자는 여러 방법들을 생각했다. 처음엔 동물들 안락사에 흔히 쓰이는 KCL을 사용할 생각이었다. 그러나 KCL은 다른 주사액과 함께 사용하지 않으면 아주 많은 양을 주사해야만 했다. 무엇보다 여자의 죽어가는 모습을 긴 시간 지켜봐야 한다는 것이 남자에겐 부담스러웠다. 어렵게 프로포폴을 구했다. 알고 보면 지나간 여러 우연이 남자를 여기까지 끌고 왔다. 남자도 어느 지점에선 되돌아가고 싶었으나 그땐 남자가 출구의 방향을 모르는 동굴의 가장 깊숙한 곳에 들어온 뒤였고, 이미 되돌아갈 수 없는 상태가 되어 있었던 것이다. 남자는 여자의 정맥을 찾으면서도 자신의 운명을 인정하고 싶지 않았다. 스스로를 예민한 사람이라고 생각했지만 그렇다고 자신의 운명 모두를 촉수로 더듬을 수는 없는 일이었다. 그건 거대하고 또

한 인간이 감지할 수 있는 영역 밖이니까.

할 말이 있는 듯 여자가 손을 들었다 내려놓으며 아, 아 소리를 냈다. 쉰 목소리였다. 암덩어리는 성대까지 퍼져 있었다. 남자가 여자에게서 들을 수 있는 말은 높지도 그렇다고 낮지도 않은 아, 아, 하는 소리뿐이었다. 그것은 아프다는 말일 수도, 아니면 더 아프고 싶지 않다는 말일 수도, 고맙다는 말일 수도, 미안하다는 말일 수도 있었다.

여자는 인간이 아니라 한낱 실습대 위의 동물처럼 어떤 의지도 저항도 없는 상태였다. 삶이 연장되고 있다고 말할 수 있을지 의문이었다. 더구나 여자에게는 그녀의 삶을 지지해줄 단 한 사람도 없었다. 심지어 여자는 그녀의 남편에게조차 병을 알리지 않았다. 남자는 여자를 고통에서 놓여날 수 있도록 도와주고 싶었을 뿐이었다. 남자에게 있어 여자는 꽃이었으니까. 그의 심장에서 자라는 꽃, 꽃이었으니까.

쇠약해진 혈관은 쉽게 튀어오르지 않았다. 발등에서 혈관 하나를 겨우 잡았다. 주삿바늘이 정확히 혈관을 뚫고 들어가자 피가 스멀스멀 주사기에 차올랐다. 여자의 몸 안에 아직 피가 남아 있었다는 것이 어색하게 느껴졌다.

주사기 피스톤을 밀기 전 남자는 그녀의 얼굴을 쳐다보았다. 여자는 눈을 감고 있었다. 모든 것을 체념하고, 모든 것을 정리한 표정이었다. 남자가 엄지손가락에 힘을 주어 주사기 피스톤을 밀자 해부실에서 죽어가던 개가 살아 있음을 알리기 위해 마지막으로 몸을 떨었던 것처럼 여자가 얼굴을 찡그렸다. 두려움에 남자의 손이 저절로 떨렸다. 남자는 해부학 실습실에 울렸던 그 노래를 떠올리려 했다. 그렇게 익숙하던 노래 가사가 생각나지 않았다. 두려움을 뿌리치듯 피스톤을 밀었다. 최면제는 급하게 여자의 혈관으로 들어갔다.

여자가 잠깐 얇게 눈을 뜬 것은 그 순간이었다. 작게 열린 눈 틈으로 여자의 검은 눈동자가 빛났다. 그녀의 눈동자가 푸른색도 아니고, 연한 갈색도 아닌 것이 다행스러웠다. 푸른 동자였다면, 연갈색의 동자였다면 여자의 마음이 보였을 것만 같았다. 무엇을 말하는지 알 수 없는 검은 눈동자가 남자를 안심시켰다.

이제 와서 남자에게 했던 여자의 말들이 거짓말이었다고 해도 상관없었다. 남자가 여자를 의심하려 했다면 여자가 말한 사소한 것들까지도 의심할 수 있었을 것이다. 어쩌면 여자는 결혼을 하지 않았을 수도 있고, 결혼을 했다고 해도 남편이 사우디아라비아 같은 먼 나라에 가지 않았을 수도 있었다. 여자의 부모가 뉴욕에 살고 있다는 말조차도 거짓말일 수 있었다. 오래전 남자에게 아무런 말도 없이 떠났던 이유를 늘어놓았지만 그 모든 것이 믿을 만한 것은 아니었다. 하지만 남자는 그 모든 게 거짓말이라고 해도 편안하게 죽음에 이르게 해주겠다던 여자와의 약속을 지키고 싶었다.

눈을 마저 감기 전 여자의 눈동자가 흔들렸다. 오늘이 그날인가? 여자는 그렇게 묻고 있는 것 같았다. 감겨진 눈을 보며 남자는 고개만 끄덕였다. 여자의 기억 어느 한 켠, 여자의 영혼 어느 한 자락에 자신이 남아 있다면 좋겠다고만 생각했다.

호흡이 느려지고 있었다. 주사기 안에는 아직 프로포폴 60mg이 남아 있었고 당장이라도 인공호흡을 한다면 여자는 살아날 수 있을 것이다. 남자는 여자의 검은 눈동자가 다시 한 번 보고 싶었다. 하지만 남자는 주사기 피스톤을 밀어넣었다. 남아 있던 우윳빛 액체는 떠밀리듯 쇠락한 육체로 스며들었다. 주삿바늘에 찔린 혈관이 부어올랐다. 작별인사처럼 여자의 엄지발가락 끝이 움직였다. 여자가 이 세상에서 느끼는 마지막 통증일 것이다. 돌이킬 수 없는 상태가 되니 남자는 오히려 마음이 편안해졌다. 남자는 처음으로 여자를 앞에 두고 소리 내어 불러보았다. 꽃, 나의 꽃, 이라고.

꼬온, 이라는 소리가 벽을 타고 돌아 남자의 머리 위로 뚝 떨어졌다.

여전히 그 단어에는 알싸한 기운이 남아 있었다. 탄산음료가 식도를 타고 내려가 가슴 한 부분을 자극하며 가져다주는, 그 온몸에 퍼지는 산란의 기운이. 그러나 남자는 그의 비극이 꽃, 이라는 사소한 단어에서 비롯된 것을 인정하고 싶지 않았다.

오직 곧 멈추어질 여자의 호흡과 심장에 신경을 집중할 뿐이었다. 그러고는 부탁대로 '소생거부'라고 적힌 종이를 여자의 가슴 위에 올려놓았다.

*

여자가 죽은 뒤 남자는 여자가 삶을 마감하고 싶어했던 그 모텔을 찾아갔다. 그동안 주변에는 큰 건물들이 많이 들어섰고 때문에 여자의 설명만으로는 찾기 어려웠다. 여자가 말했던 근처를 몇 바퀴 돌고 나서야 겨우 모텔을 찾을 수 있었다. 새로 지어진 오피스텔과 상가들에 사방이 둘러싸인 모텔은 한눈에 봐도 아주 초라해 보였다. 외벽 유리는 군데군데 깨져 있었고 금이 간 곳은 테이프로 여러 번 덧붙여져 있었다. 옥상에서 땅으로 이어진 홈통은 바람이 불 때마다 건물 모서리에서 덜렁거렸다. 홈통을 고정시키기 위해 박힌 못은 녹이 슬어 길고 누런 녹물자국을 남기고 있었다. 여자가 말한 분위기와는 전혀 다른, 퇴락한 건물에 불과했다.

도로가 보이는 방을 달라고 했을 때, 방 열쇠를 건네는 프런트의 젊은 남자는 뜨악한 표정을 지었다. 방에 들어서서야 남자는 그 이유를 알았다. 창밖엔 커다란 오피스텔 건물이 가로막고 있어서 도로가 전혀 보이지 않았던 것이다. 그래도 남자는 도로 쪽으로 난 창문의 커튼을 열었다. 그러고는 가방에서 개 한 마리를 꺼냈다. 사람으로 따지면 노인에 가까운 까미는 슈나우저 종種이었다. 여자와 오랫동안 함께 살아왔으니 누구보다 여자에 대해 잘 알고 있는 녀석이었다. 여자는 자기의 죽음을 남자에게 맡긴 것처럼 까미를 맡겼다.

침대에 눕자 세상과 차단된 것 같은 적막감이 몰려왔다. 남자는 여자가 왜 자신의 삶을 정리하는 장소로 그 모텔을 택했는지 비로소 알 수 있을 것 같았다. 외롭게 죽어가고 싶어했던, 세상이 자신을 거부하기 전 먼저 세상을 버리고 싶어했던 여자의 의도와 어울리는 곳이라는 생각이 들었다. 비록 낡고 퇴락해서 여자가 마지막까지 꿈꾸던 낭만적인 것이 남아 있지 않았지만 노을을 보며 죽음까지도 음미하고 싶었던 여자가 선택할 만한 곳이라는 생각이 들었다.

남자와 남자의 다리에 턱을 괴고 누운 까미는 말없이 창밖을 바라

보았다. 창을 가로막고 있는 오피스텔 저편으로, 곧 노을빛이 스며들
시간이었다.

타이포그래피 파노라마 롤러코스터

박상수_시인, 문학평론가

1. 답답해, 여긴. 그렇지 않니?

눈을 감고 귓바퀴 곡선을 따라 검지손가락을 돌린다. 귀의 솜털에 와자지껄 흥분이 채 가시지 않은 목소리들이 달라붙는다. 함께 탄 사람들의 목소리다. 우리는 슬며시 발끝에 힘을 주어본다. 비로소 가슴팍을 단단히 누르고 있는 안전바가 느껴진다. 한동안 여기서 나갈 수 없다니 안심이 된다. 사실은 돌아가고 싶은 마음이 강하다. 하지만 이대로 나가면 저 끝에 도착하지 못할 것이다. 살다보면 좋은 쪽은 물론이려니와 나쁜 쪽으로도 차라리 어떤 끝을 보고 싶은 때가 있다. 지지부진 끌려 다니기보다는 뭐라도 매듭을 짓고 손을 털 수 있다면 그 편이 옳은 것이다.

타이포그래피 파노라마 롤러코스터 운행에 초청을 받은 것은 어제였다. 롤러코스터를 타고 열 명의 작가가 선보이는 열 개의 '피크'를 파노라마처럼 감상할 수 있는 프리티켓이었다. 다른 기회를 통해서는 도저히 함께 만날 수 없는 현대 작가들이 모여 있었다. 그들은 면면히 유니크했으며 또 한편 비극적 성향이 강했고 되돌아보면 유머러스했다. 횟수는 무제한, 이용 시간에도 제한이 없었다. 매력적이다! 티켓이 배달된 날은 지리하고 답답한 삶, 힘차게 몸을 움직일수록 뒤로 가는 것 같은 날들이 계속되던 때였다고만 기록해두자. 아니면 발목이 잠기는 얕은 물 위로 배를 밀고 덧없이 흘러가던 때였다고 하는 편이 옳을지도 모르겠다.

기름 잘 먹은 체인이 철컥철컥 동체를 끌어올린다. 슬슬 손에 땀이 배기 시작한다. 차가운 동체는 기침을 하듯 규칙적으로 덜컥이며 낙하지점을 향해 올라간다. 우린 지금 가을 하늘을 향해 한없이 다가간다. 가볼까? 가보고 싶어, 정말! 당신과 나의 목소리. 지금부터는 마음껏 소리를 질러도 좋을 것이다. 나른한 꿈들이 푸르고 시원하게 깨진다. 드디어 롤러코스터가 출발한다.

2. 사랑−참을 수 없는 멜랑콜리

낙하와 동시에 롤러코스터를 둘러싼 천장이 닫힌다. 천장뿐만 아니라 사방이 하나의 둥그런 벽으로 둘러싸인다. 밖에서 보면 거대한 원

통형의 송유관처럼 보일까? 차고 습한 공기, 갑자기 볕이 잘 드는 숲의 입구에서 한 번도 제대로 빛이 닿지 않은 숲의 심부로 돌진해 들어가는 기분이다. 축축한 낙엽을 들춰보면 수많은 생명체들이 저마다 생존을 위하여 치열하게 살아가고 있으리라. 그런데 조용하다. 숨이 막히도록 조용하다. 무한한 진공 속을 달려가는 궤도열차를 탄 기분. 약한 폐쇄공포증까지 느껴질 정도지만 덜컹거리며 가파르게 낙하하는 롤러코스터는 아무 대답이 없다. 어느덧 우리의 즐거운 비명도 잦아들었다. 소리 없는 불안은 점점 고조되고 식은땀이 솟아나려는 순간 활자들은 살아 있는 것처럼 점멸하다가 어두운 저쪽으로 사라진다. 긴 잔상을 남기고 외롭고 쓸쓸하게 지워진다. 무언가를 만나기도 전에 불행한 느낌이 드는 것은 왜일까.

여섯 살이나 어린 능력 없는 연하남을 만난다는 건 간신히 뚫고 지나온 과거의 싸구려 터널 속으로 다시 걸어 들어가는 일일지도 모른다는 생각이 든다.

J를 만나기 시작하면서 어쩌자는 작정 같은 건 없었다. 내 오피스텔에서 처음 J를 맞아들였을 때 J는 그저 건장하고 싱싱하고 채 풋내가 덜 가신 남자였을 뿐이었다. 깔끔하게 세탁했지만 고급스럽진 않은 J의 양복은 평범한 보험설계사의 차림이었다. 그때도 정오 무렵이었다. 봄날의 햇살은 눈부셨고, 블라인드는 모조리 열어젖혀져 있었다. (…) J가 무심코 웃옷을 벗었고 다림질 되지 않은 흰 와이셔츠 밑으로 속옷을 받쳐 입지 않은 J의 탄탄한 근육선이 고스란히 살아났다. (…)

온몸의 세포가 활발하게 움직이기 시작했다. 채 피지도 못하고 시들 어버린, 말하자면 도리 없이 젊은 날의 심장으로 단번에 되돌아가고 있었다.

—김이은, 「잃어버린 몸을 찾아서」 중에서

여차저차 불문곡직 사랑에 배신당한 사람의 가장 큰 복수는 지난 연애보다 더 멋진 연애를 하는 것이다. 그런데 그 두 번째 연애마저 슬픔을 몰고 온다면 어디로 도망쳐야 할까? 사랑이 이렇게 막막하게 시작되어도 좋은 것일까. 서른세 살. 그와 J, 과거와 미래 사이에서 길을 잃고 서성이는 한 여자가 보인다. 한쪽은 마흔 살 '그'라는 남자. 기혼. 386세대의 끝물. 열정과 맹목이 있었지만 지금은 적당히 사회에 적응해서 그럭저럭 생활을 유지하는, 꿈도 미래도 없이 축 늘어진 시계추 같은 남자. 그리고 한쪽은 스물일곱 살의 'J'라는 남자. 역시 기혼. 철부지 아내와 딸 쌍둥이를 둔 전직 경륜선수 출신의 보험설계사. 그러나 J의 탄탄한 육체는 '그'와 비교했을 때 얼마나 매력적인가. J와 사귄 지 백 일이 되던 날을 기념하기 위해 이 도시에서 가장 높은 철탑으로 여행을 떠난다. 이것은 더 멋진 연애가 될까? 그랬으면 좋겠다. '나'의 지지부진한 삶을 J의 열정이, J의 건강한 육체가 구원해주었으면! 그런데 어쩐지 비슷해 보인다. '그'와 'J'는 분명 다른 사람인데 자꾸만 이들이 겹쳐 읽힌다. 우린 늘 구원자를 바라지만 아무 노력 없이 구원이 들이닥쳤을 때 이것은 주체되기를 버리고 맹목적 복종을 바라는 타자의 강요에 은밀하게 복종한 결과임을 알고 있다. 타인에게 구속된 삶이라면 그것이 비록 사랑이라는 이름으로 우리를 유혹한다 하더라도 끝내 뿌리칠 수 있어야 할 텐데.

하지만 이러지도 저러지도 못하는 순간은 언제나 찾아온다. 특히 '여성'이라는 통념에 갇혀 있다면 사랑은 타인과 내가 풀어야 하는 대화가 아니라 나와 내가 풀어야 하는 자문자답일 경우가 많다. 그렇다고 우리는 생각한다. 저기 팔십칠 층 철탑, 완성되지 않은 미래의 랜드마크에서 과거와 미래 어느 쪽으로도 쉽게 발을 내딛지 못하던 수동적인 '나'가 J의 재킷 주머니에 들어갈 정도로 작아졌을 때, 우리는 어쩔 수 없이 긴 탄식을 내뱉는다. 상황의 곤경을 고스란히 자기 몸으로 감수하는 상상력이 애처롭고, 떨어질 것 같은 이 위태로움에 마음을 졸인다. 우린 어디로 가야 할까. 삶의 방향을 알려주는 절대자 앞에 엎드리기에 우리는 연약하지만, 뼛속 깊이까지 연약하지는 않다. 그렇게 믿어보고 싶다.

뒷덜미를 채어가는 듯 강력한 에너지가 느껴진다. 우리는 다시 상승한다. 갑자기 문이 나타난다. 거기 희미하게 글자가 보인다. '너구리 소녀의 실연클리닉'. 풋풋하고 센스 넘치는 작명술이다. 명랑이 첨부된 순정만화의 첫 페이지를 넘기고 있는 기분이라고 할까. 호기심 호기심. 너구리를 닮은 소녀가 실연에 몸살을 앓는 우리들 마음을 치료해줄 수 있다면 좋다. 잠깐 들여다보자. 어떤 신기한 대처법을 배울 수 있을까. 우리는 무거웠던 몸의 리듬을 바꾼다. 마음먹은 대로 바뀌는 것은 아니지만 최대한 밝아지려 애써본다.

"아, 그러니까 면도칼은 선빵의 ABC라는 거지, 꼭 그렇게 하라는 게 아니죠. 언니가 갖고 있는 모든 게 무기가 된다니까요. 머리핀, 빗, 하이힐 굽, 헤어스프레이, 핸드백에 짱돌 넣고 내리쳐도 되고요, 너클 끼고 원 펀치는 너무 센가? 오버나이트 두툼한 생리대를 입에 쑤셔 넣으면 바로 기절하는 애도 있다고요."

— 명지현, 「목표는 머리끄덩이」 중에서

면도칼과 하이힐 굽과 짱돌이 난무하는 클리닉에는 처음 와본다. 이 정도면 과격한 선생님이다. 롤러코스터는 키킥, 흔들린다. 딴 남자를 만난 어떤 여자는 재킷 주머니 속으로 들어가지만 애인의 바람을 목격한 어떤 여자는 피자 두 판을 사주면서 좀 더 에너지 넘치는 클리닉 선생님을 모신다. 고통에 처했을 때, 목적이 있고 계획이 분명하다면 아직 완벽하게 고통스러운 것은 아니다. 헛된 꿈일지라도 그것이 있는 동안은 다른 걸 잊을 수 있으니까. 그동안 고스란히 껴안은 고통을 상대편에게 되돌려줄 수 있다는 예감에 우리는 벌써부터 짜릿하다. 그것도 이쪽의 도덕적 우위를 바탕으로 저쪽의 비도덕적인 잘못을 단죄하는 심판관의 입장이라면! 면도칼은 이쪽이 다칠까 조심스럽고 생리대는 저쪽에게 너무 과격하다. 목표는 머리끄덩이. 이 정도면 불편부당, 보편타당. 머리채를 잡고 시원하게 흔들면 지난 원망이 다 씻겨나갈 것만 같다. 천장의 화면은 속도감 있게 바뀐다. 타이포그래피는 톡톡 튀고 가벼운 잽을 날리며 뒤따라오는 글자를 격파하고 이 모두를 그러모았다가 내던지며 힘차게 돌진하는 여자의 씩씩거림은 유쾌하다. 타이슨의 브로마이드를 보고 근력 운동을 하고 직속 상사의 노회한 태클도 가볍게 뛰어넘어 드디어 결전의 날. 최근에 우리가 이만큼 가벼웠던 적이 있었던가.

상처 받은 이 여자의 잘못이 있다면 엄마를 너무 그리워하였다는 점, 애인보다 그의 가족을 더 사랑하였다는 점인데 우리가 '초원의 집' 유의 목가적인 꿈에 파묻혀 있는 사이 짠돌이 애인은 제 카드로 괌 여행 경비를 댔다! 그 계집애를 위해! 단막극 드라마를 관통하고 시트콤을 관통하였지만 힘을 잃지 않은 타이포그래피가 몰려든다. 오랜만에 단단하게 주먹에 힘이 들어간다. 롤러코스터는 360도 회전을 선보이며 빙글빙글 돌아간다. 더 날카롭게 모든 힘을 모아 주먹을 뻗어라! 목청을 높여 외쳐라! 롤러코스터에 탄 우리는 한목소리로 환호한다. "다만 응징이다! 나를 함부로 대했던 수많은 인간들, 세상의 모든 불합리와 부조리, 외롭고 어두웠던 나날 모두를 이놈의 몸뚱이에 구겨넣고 힘껏 밟을 것이다. 비겁한 애인을 뒤쫓는 수천 명의 내가 있어 이 순간만은 외롭지 않다. 물러가라! 물러가라! 군중의 함성 속으로 곧장 들어간다. 처절한 복수, 그 절정은 이제부터다." 아아아아아아! 함께 탄 모든 사람들이 박수를 친다.

그러고는 돌연한 고요. 롤러코스터의 회전이 멈춘다. 평탄한 길을 가듯 남은 것은 덜그럭거림, 움직이고 있다는 사실뿐이다. 피를 진정시키고 우리가 고개를 돌리자 화면 저쪽에서부터 낯선 타이포그래피가 번져온다.

인간의 삶이 불유쾌한 것은, 인간이 향해 가는 곳이 무nada이며 비존재noser이기 때문이다. 인간의 '결핍' 혹은 '부재'는 원천적인 것이지 후천적으로 연유되는 것이 아니며, 결핍 그 자체가 인간의 존재 방법이다.

—옥타비오 파스, 김은중 역, 『활과 리라』, 솔, 1998

이런, 왜 우리는 마음 놓고 유쾌해지지 못하는가. 흥분은 쉽게 가라앉지 않는다. 롤러코스터는 천천히 글자 밑을 지난다. 잠깐의 활력 뒤에 어울리지 않는 진지함이다. 마음이 무거워진다. 이를테면 이런 생각이 뒤따르기 때문이다. 주먹을 뻗은 후 여자는 어떻게 되었을까? 속이 후련했을까. 처절한 응징이 끝나고 몇 달 뒤, 혹시 그 애인을 다시 만나지 않았을까. 연애의 횟수가 늘어날수록 우린 상대방 속에 존재하는 무와 비존재의 영역을 감지하게 된다. 우리 뇌 속에서 사랑에 관련된 호르몬이 지속되는 기간이 18개월에서 최대 30개월뿐이라고 하지 않는가. 그다음에는, 없다. 사랑은 철저하게 유물론적인 사건이다. 사랑의 기운이 다하면 이제 어떻게 하란 말인가. 모든 비극은 여기서 출발한다. 결국은 완벽한 사랑이란 어디에도 없다는 것을 깨닫기 위해 우리는 사랑을 하는 것인지도 모른다. 어쩌자고 그 많은 시간을 흘려보냈단 말인가. 서운하고 애잔하여도 인간의 존재방식이 변하는 것은 아니다. 롤러코스터는 다시 하강하기 시작한다.

비가 내린다. 마음속의 비다. 아니다. 자세히 살펴보니 짙은 안개 속이다. 진짜 안개다. 우리의 롤러코스터는 오래 묵혀두었지만 여전

히 생생한, 잔잔히 물결치는 어느 흐린 기억 속으로 들어간다. 지금부
터는 완만한 경사다.

> 이제는 나도 알지만, 익숙함이란 한 알 진통제와 같은 것이다. 통증
> 의 근원까지는 치유하지 못해도, 당장 아픈 구석은 달래주는 진통제.
> 아빠의 뒤늦은 성장통을 달래준 것은 다름 아닌 엄마가 주는 익숙한
> 애정이었을 테다. 또 한 번 고향행을 거르고, 풍금을 치는 그녀와 데
> 이트를 끝내고 하숙집에 돌아왔을 때 엄마는 빨래를 널고 있었다. 하
> 얗게 삶은 아빠의 속옷과 이불보가 바지랑대에서 팔락이고 있었다.
>
> —김서령, 「이별의 과정」 중에서

가본 적은 없지만 꿈속에서라도 꼭 한번 지나갔을 것만 같은 익숙
한 골목길. 우린 평상에 앉아서 뛰노는 아이들을 바라본다. 롤러코스
터는 어느덧 장난감 기차가 되어버렸다! 뿡뿡! 작은 기적을 울리며
철로 위를 지나간다. 곧 아이들을 부르는 소리가 들리고 이 골목은 순
식간에 텅 비어버리겠지. 녹색 철대문 뒤로 희디흰 것이 어른거린다.
손에 잡힐 것 같다. 실꾸러미가 풀려나오듯 이야기가 펼쳐진다. 젊은
시절, 시인을 꿈꾸었으나 생활의 남루에 뒷덜미를 잡힌 아빠는 "풍금
을 치는 그녀"와 헤어지고 다시 익숙한 엄마의 풍경 속으로 되돌아왔
다. 저리 하얗게 팔락이는 이불보를 보며 무슨 생각을 했을까 그는?
이불보는 순백의 기다림, 청결의 표지가 아니라 차라리 창백한 분노
와 잃어버린 미래, 그리고 무와 비존재의 표지라는 점에서 우리의 불

길한 미감을 충족시킨다. 다가올 사랑은 어떠한 결실도 맺지 못하고 천천히 지워질 뿐. 키 작은 고집쟁이 여자가 아니라 풍금 치는 그녀에게 갔다면 전혀 다른 삶을 살 수 있었을까? 미련은 욕망을 흔들고 추억은 흐려진다. 여긴 따뜻하고 영원히 그리운 곳인 줄 알았는데 그렇지 않구나. 우린 장난감 기차의 차가운 동체를 어루만지며 불행한 예감 속으로 더 미끄러져 들어간다.

때로 우리의 선택은 그것이 전혀 다른 길을 고르는 것 같은 착각 속에서 이루어진다. 하지만 다른 길에 대한 아쉬움은 다만 환상일 뿐 지금 걸어가는 이 길의 끝에서 다른 길로 걸어왔음직한 풍금 치는 여인을 만났을 때, 남자는 아마도 짙은 허무에 사로잡혔을 것이다. P시의 똑같이 생긴 사택들과 똑같은 말투를 쓰는 사람들과 다시 만난 그녀는 우리가 어디로 가든 결국 같은 자리로 되돌아오게 된다는 점을 보여주는 예정된 미장센인 셈. 그러나 딸은 아빠가 이루지 못한 이별의 과정을 대신 완수하려 한다. 이 고집은 어떤 의미일까? 그러지 마. 굳이 그럴 필요 없잖니. 장난감 기차는 딸을 말리는 것처럼 뿡뿡 기적을 울린다. 그런데도 딸은 마음을 돌리지 않는다. 이미 선험적으로 이해한 결론을 확인하려는 듯 딸은 태연하게 이별의 과정을 밟는다. 도대체 왜? 라는 말을 할 수밖에 없는 K의 심정. 우리가 모른다고 잡아 뗄 수 있을까. 다른 사람이 생긴 것도 아니고 싫어진 것도 아니지만 이십 대의 대부분을 함께 보낸 K와 결국 헤어지는 '나'를 바라보며 우리는 조금 울었을까.

하지만 금세 평정심을 되찾는다. 탕탕탕, 누군가 동체를 두드리는 나무막대기 소리를 진혼곡처럼 들으며 마음을 다잡는다. 짧은 눈물 뒤 오랜 평정은 인간이라는 존재가 가진 근원적 허무에 대한 우리의 예의라고 밝혀두자. 죽음은 아빠를 놀라게 하고 풍금 치는 여자의 죽음을 발굴한 뒤 딸의 이별을 완성시킨다. 다른 길에 대한, 다른 사랑에 대한 열망이 헛된 것임을 알고 있는 우리에게 이별 뒤 아크릴 화를 배우고 영어회화 과외를 받고 연금보험에 가입한 것으로 즐거워하는 '나'의 웃음이 얼마나 허전한 웃음인지 알아채는 것은 어려운 일이 아니다(동시에 아빠에 대한 사랑의 책임을 완수한 애인처럼, '나'의 즐거움이 진짜 즐거움일지도 모르겠다는 생각을 한다). 조용하지만 쓸쓸한 확신으로 가득한 문장은 나와 당신을 가로지르는 심연 속으로 고인다. 피크에 도달하지 못해서 슬픈 것이 아니라 이미 피크가 지나가버렸다는 것을 확인했을 때 절망은 더 크다. 전깃줄이 바람에 흔들리는 것처럼 고인 글자들이 웅웅거린다. 우리는 장난감 기차 대신 망망히 흔들리는 롤러코스터를 타고 목적지 없이 같은 자리를 맴돌고 있다. 아니, 어느새 정지해 있다. 그런 것처럼 망연해진다. 쉬고 싶어. 당신은 내게 말한다.

3. 티타임―전장의 기억

그래 우리, 조금 쉬어도 좋겠다. 전원이 나간 롤러코스터는 희미한 열기만을 간직한 채 아무렇지 않다는 표정으로 멈춰 있다. 사람들은 짧은 휴식을 즐기기 위해 롤러코스터에서 내린다. 서둘러 흩어진다. 우리들만 불 꺼진 극장에 들어와 있는 사람들처럼 조용하다. 사람들을 따라 우리도 여기서 내려야 하는 것이 아닐까. 아무 일도 없는데 벌써 인생의 비밀을 다 보아버린 사람처럼 애달프다.

여행이 진행될수록 더 자주 목이 마른다. 가져온 물을 나눠 마신다. 숨을 고른다. 이제 시작인데, 우린 너무 긴장한 채 달려왔다. 잠깐이라도 하늘을 볼 수 있다면 좋으련만. 롤러코스터에 오르기 전까지 사방 찬란하던 가을 하늘은 여기서는 전혀 보이지 않는다. 여전히 거대한 송유관 안에 들어와 있는 기분이다. 이럴 줄은 몰랐다. 저 앞쪽으로 검은 바람이 머리칼 매듭처럼 묶였다가 순식간에 풀어지며 빨려나간다.

그런데 어둠 저쪽, 별빛인가? 우리는 밤의 하늘 속을 달려온 것일까? 자세히 들여다보니 마치 누군가 플래시를 들고 다가오는 것처럼 흔들리는 불빛이다. 차르르. 불빛은 이리저리 요동치다가 규칙적인 진동으로 변하더니 차츰 하나의 영상을 만든다. 우리들 눈앞으로 두 개의 영사기가 돌아간다. 먼저 눈에 들어오는 것은 왼쪽 영사기다. 눈꺼풀을 깜빡이며 우리는, 누군가의 은밀한 밤 산행을 따라간다. 눈꺼풀의 움직임이 느려지고, 가만 보니 이 사람 뭔가를 끌고 간다. 뭔가 땅에 질질 끌린다.

여자의 두 팔을 잡고 갈대밭 속을 헤쳐나가는 것은 김에게는 지나치게 힘에 겨운 일이었다. 그 힘겨움이 모든 정신과 근육을 긴장시킨 나머지 별것 아닌 것에도 민감해진 것일까.

'여자가 이렇게 무겁다는 것을 여태껏 몰랐다.'

그는 내내 그 생각이었다.

'죽는다는 것은 얼마나 허망한 것인가 말이다. 이렇게 쓰레기가 되어 버려지는 것이 아닌가.'

—양유정, 「유학산」 중에서

이 부조리한 미스터리 범죄물은 예고도 없이 6·25전쟁을 다룬 시대물로 변한다. 티타임의 극장 안에서 이 정도면 굉장한 점프 컷이다. 전쟁 하면 우리는 으레 전쟁을 거친 사람들이 다시 예전으로 되돌아갈 수 있을까라는 질문을 떠올리게 된다. 대부분의 전쟁물이 이러한 주제를 통과한다. 그럴 수 없다는 것이 시대물과 전쟁물의 오랜 전언이었다. 그렇다면 앞에서 본 사람은? 우연히 누군가를 살해한 그 사람은? 우리의 몸은 굳는다. 목이 뻣뻣해진다. 전쟁 통에 아이를 잃고 정신이 나간 여자의 절규와 유학산 839고지에 올라가 국군이 남아 있는지 살피고 없다면 불을 피워 신호하라는 명령을 성공적으로 완수하는 인민군 '김'의 안도감이 보여주는 묘한 위화감 때문이다.

불길하다. 절규와 안도, 인과를 비웃듯 군데군데 끊어진 기억, 결단 없이 맺어진 무심한 마무리. 이건 혹시 편집이 잘못된 페이크 다큐멘터리가 아닐까. 그러나 훗날의 김—즉 여자를 살해하여 유학산 839고지에 묻으려 하는 김—이 여자를 파묻다가 발견한 것이 인민군 김의 수첩이라는 점을 상기해본다면 안도하는 인민군 김에게 닥쳐올 비극이 어떤 것인지 우리는 몸을 떨며 예감한다. 인간은 끝내 예정된 운명 앞에서 좌절할 수밖에 없는 것인가? 여전한 무와 비존재다. 50여 년 전이나 지금이나 태연하게 이 지독한 망명정부를 살아가는 인간들이 신기할 따름이다. 지금 우리가 탄 롤러코스터는 미로 속을 헤매고 있다. 알고 있었는가? 멈춰 있는데도 지독하게 헤매는 것 같다. 우리는 모두 입을 다물고 숨을 쉬지 못하고 있다.

무와 비존재의 끝에 당연히 죽음이 있다. 아니 오직 죽음만이 있다. 인간이라면 어떻게든 죽음을 해결해야 한다. 어떻게? 이제 오른쪽이다. 왼쪽 눈이 감기고 오른쪽 눈의 거대한 눈꺼풀이 올라간다.

왕의 몸은 천천히 단두대를 걸어 내려와 두 팔로 눈밭 위에 떨어진 자신의 머리를 주워들었다. 그리고 무릎을 꿇고 있는 우리 쪽으로 걸어왔다. 왕의 알몸은 온통 붉은 피를 뒤집어쓰고 있어서 차라리 유령 같았다. 족쇄의 쇠사슬이 소리를 내며 한발 한발 다가오자 우리 뒤에서 창칼을 든 병졸들이 하나같이 겁에 질려 뒷걸음질을 쳤다.

— 해이수, 「絶頂」 중에서

6·25보다 더 오래전이다. 구체적인 연도를 짐작할 수 없는 공간. 사극에서 들을 수 있는 관제와 호칭과 말투가 강력한 리얼리티를 보증하는 것 같지만 그럴수록 더욱 기묘하게 추상적인 느낌을 주는 풍경이다. 대부분 죽을 것이고 살아도 온전한 몸으로 걸어나갈 수 없을 것 같은 등장인물만 가득한 필름이라서 그럴까. 비장하다. 그러나 역

시 비현실적이다. 고개를 저어보지만 변하는 건 없다. 우리는 서로의 손을 잡는다. 우린 이렇게 죽음을 관람한다.

이들 중 한 사람은 앉아서 죽음을 기다리지 않고 나서서 죽음을 맞이한다. 단두대에 목을 얹은 왕이 그 사람이다. 왕은 죽음을 자초하였기에 자살자나 다름없다. 한 인간이 자신의 죄를 보상하기 위해 자살한다는 것이 국가와 교회의 기능을 탈취하는 것(알프레드 알바레즈, 최승자 역, 『자살의 연구』, 청하, 1990)임을 알고 있는 자라면 자살자가 스스로 자신의 판관이 되어 법을 집행하고 그 법 집행을 통해 마침내 자신을 구원하는 신의 위치에 오른다는 것을 무리 없이 이해할 수 있을 것이다. 자발적 죽음이 보여주는 숭고한 비장미를 최대로 끌어올리기 위해서 시대적 배경은 몇백 년 전인 과거를 지향한 것. 죽음은 지금 이곳이 아니라 손에 닿지 않는 저곳에서 수행되어야 숭고해진다. 가까이 갈 수 없다는 것이야말로 종교적 이미지의 핵심이기 때문이다. 이로써 왕은 신이 되고 왕의 죽음은 순교가 되며 남은 자들은 구원을 얻는다. 이 타이포그래피는 예배당에 그려진 제단화와 같은 인상을 풍긴다. 군데군데 많이 낡았고 인물의 형체는 불분명하다. 가벼운 바람에도 떨어져나갈 것처럼 들떠버린 물감들. 우리는 아스라한 기분에 사로잡힌다. 이들이 모반을 꾀한 것은 정말 사실이었나? 죽음으로써 모든 것이 해결된 것인가?

저기 사람들이 돌아오고 있다. 그사이 예정된 시간이 지나고 롤러코스터는 급유를 끝냈다. 우리는 다시 출발하기로 한다. 해결되지 않은 질문들은 어지럽게 우리 머릿속에 남아 있을 것이다. 그러다가 또 어떤 일을 계기로 명확해지는 때가 있을 것이다. 그렇게 믿기로 한다. 휴게소를 빠져나오는 순간, 타이포그래피 표지판이 보인다.

4. 삶과 죽음의 이중주

> 회상이란 인간이 혼자 힘으로는 빠져나올 수 없는 허무로부터 인간을 구출하기 위해서 찾아온 천상의 구원인 것이다.
>
> ―조르주 뿔레, 『인간의 시간』, 서강대학교출판부, 1998

회상. 고개를 돌려 멀어져가는 타이포그래피 표지판을 바라보며 가장 행복했던 시절과 꿈에 대한 회상에 잠긴다. 그래야 가득한 죽음의 이미지에서 벗어날 수 있으리라. 우린 너무 어둡고 여전히 어둡고 계속 어두울 것만 같다. 그건 불행하다. 롤러코스터는 상승과 하강이 있어야 한다. 그런데 계속 하강한다는 건, 너무 슬픈 일이다.

그래서다. 우리는 살아온 매 순간순간이 전부 의미가 있었다고 믿고 싶어한다. 아니 너무도 자신있게 그렇게 믿는다. 그렇다면 천상의 구원이란 일방적인 시간의 흐름에 기대어 상처와 절망을 견딜 만했던 어떤 것으로 바꾸어버리는 우리의 연약하고 이기적인 기억술을 가리키는 말이 아닌가. 그것도 가장 게으른 자의 기억 변형술. 그래도 좋다. 그렇게라도 상처를 견디고 지금 삶을 살아갈 수만 있다면 우리가 만들어낸 환상은 제 역할을 다하는 것일 터이다. 하지만 우리의 회상은 짧은 위안으로 끝난다. 환상의 봉인을 뚫고 과거에서 뚜벅뚜벅 걸어나온 한 여인이 자기 삶을 끝내는 데 도움을 줄 마지막 구원자로 옛 애인을 선택한다면 우리의 기억술은 이 사건을 나중에 얼마만큼 이기적으로 각색할 수 있을까. 이제 회상은 현실에 영향력을 행사하는 치명적인 계기가 된다. 우리는 슬프고 싶지 않은데 더 슬퍼질 것만 같다.

여자는 인간이 아니라 한낱 실습대 위의 동물처럼 어떤 의지도 저항도 없는 상태였다. 삶이 연장되고 있다고 말할 수 있을지 의문이었다. 더구나 여자에게는 그녀의 삶을 지지해줄 단 한 사람도 없었다. 심지어 여자는 그녀의 남편에게조차 병을 알리지 않았다. 남자는 여자를 고통에서 놓여날 수 있도록 도와주고 싶었을 뿐이었다. 남자에게 있어 여자는 꽃이었으니까. 그의 심장에서 자라는 꽃, 꽃이었으니까.

강진, 「너는, 나의 꽃」 중에서

여자와 남자는 학교 동아리에서 처음 만나 사랑에 빠졌고 함께 살았다. 하지만 남자가 옭아매는 것이 싫었던 여자는 자유롭기를 원했고 남자는 여자를 완벽한 자신의 꽃으로 만들지 못해 늘 불안했다. 피폐한 삶의 끝에 여자는 휴학을 하고 먼저 떠났고 남자는 군대로 도망쳤다……. 대학 시절을 지나온 사람이라면 누구나 어렵지 않게 경험했거나 한번쯤 들어보았음직한 연애담은, 그러나 그 흔한 보편성에도 불구하고 그것을 체험한 사람에게는 절대적인 상처로 남는다. 표면적

으로는 여자와 남자를 객관적으로 처리하는 시점으로 씌어져 있음에
도 불구하고 우리는 이 타이포그래피가 필연적으로 남자 쪽의 회상일
수밖에 없음을 깨닫는다. 버려진 자로서의 상처가 너무 컸기에 닫을
수 없는 상자처럼 어둠 속에서 빠끔히 열려 있던 상처의 기억을 완벽
하게 닫아버리기 위해 남자는 여자의 죽음을 돕는 것이다. 남자의 입
장에서 여자는 죽어야 했지만 완전하게 죽지 못한, 결국 죽을 수밖에
없었던 여자였던 셈이다. 여자의 혈관에 치사량의 프로포폴을 주사하
는 순간 남자는 '꽃'을 생각한다. 꽃은 활짝 피는 것이 아니라 검게
죽음으로써 존재를 완성한다. 이 죽음은 종교적 죽음과는 거리가 먼
것처럼 보이지만 어찌 보면 한 개인이 자신의 추억에 안녕을 고하는
'매우 사적인 제의'인지도 모른다. 그러나 자신의 추억을 말끔하게
닫아버리기 위해 여자의 죽음을 호출하는 과정은 우리 마음에도 깊은
상처를 남긴다. '꽃'은 얼마나 아팠을까. 죽어가면서 '꽃'은 남자를
어떤 마음으로 바라보았을까. 우리는 쉽게 이 죽음을 극복할 수 없을
것 같다. 손끝이 저리고 발밑이 축축하게 젖는다.

그런데 롤러코스터는 어디로 사라졌을까? 언제 우리는 이렇게 남
겨졌나. 정신을 차려보니 우린 지금 걸어가고 있다. 롤러코스터에 같
이 탔던 사람들은 뿔뿔이 흩어지고 우리만 남았다. 이럴 수도 있는가.
이럴 수도 있다. 어느새 길은 질척질척한 땅으로 변한다. 한 발을 빼
서 다음 발로 연결시키기가 쉽지 않다. 습한 땅을 걸어가는 동안 멀리
서 슬픈 재잘거림이 들려온다. 더 이상 가지 마. 더 이상 가지 마.
……처음 우리가 기대했던 상승과 하강의 드라마틱한 여정은 어느덧

음산하고 축축한 도보여행으로 바뀌었다. 인정하기 싫지만 이미 오래 전에 그렇게 바뀌었다. 빨리 갈 수 있다고 생각했는데, 그래서 롤러코스터를 탄 것인데, 이제 그것이 어떤 장면이건 간에 여행자의 시선으로 감상하기는 어렵게 되어버렸다. 우리는 메마른 두 손으로 얼굴을 감싼다. 그냥 이 타이포그래피 파노라마의 여행을, 편안한 롤러코스터에 탄 채 구경만 하면 안 될까. 우리와 상관없는 자들의 냉염이 가득한 몽상 세계를 멀리서 지켜보기만 하면 안 되는 것일까. 이것은 픽션이고, 이것은 놀이이며, 이것은 나의 꿈이 아니다. 그러나 지금 우리가 발 딛고 서 있는 질척한 땅과, 온몸을 적시며 파고든 피와 절망의 비린내. 뒤를 돌아보지만 아무것도 보이지 않는다. 다시 고개를 돌려 앞을 바라본다. 갈 수 있을까? 이쯤에서 포기하고 돌아가는 게 낫지 않을까. 흔들리는 사이에 시간은 우리 곁을 스쳐간다. 우리의 결단은 언제나 늦고 뒤늦은 결단은 후회로 남는다. 우리는 이제 타이포그래피 파노라마를 구경하는 것이 아니라 몸으로 살아야 한다.

　　제가 선생님을 찾아온 이유는……. 네, 그래야지요. 다 털어놓겠습니다. 선생님…… 언젠가부터 파괴적인 충동이 불시에 저를 방문하기 시작했습니다. 그럴 때면, 무슨 짓이든 저지를 수 있을 것 같은 기분이 들어요. 여자를 해방시켜주었던 그날처럼 말입니다.

　　어느 저녁 무렵이었습니다. 텅 빈 사무실에서 창문 밖으로 거리를 내려다보는데 한 사내가 유독 눈에 띄었습니다. 그런데 느닷없는 충동이 머릿속을 휘저어대는 겁니다. 저는 반사적으로 만년필을 손에 쥐었습니다. 손이 부르르 떨리더군요. 아무런 이유도 없었습니다. 그냥 그자의 가슴에 칼을 찔러 박고 싶어지는 겁니다. (…) 지금의 제겐 미워하고 증오할 만한 어떤 대상도 남아 있지 않습니다. 분노도 없고, 웬만해선 화도 잘 내지 않아요. 슬프지도, 기쁘지도 않아요. 감정이란 게 사라져버렸단 말입니다. (…) 그렇습니다. 파충류처럼 말이죠.

— 태기수, 「파충류」 중에서

  절망의 끝에 이르면 어떤 모습이 될까. 바로 그 자리에서 자신과 관련 없는 아무 죄 없는 사람에게 갑작스런 분노를 폭발시킨 사람들의 이야기를 들을 때가 있다. 황산 테러, 차량 돌진, 지하철 방화. 사실 우리가 그들의 이야기를 전해 듣고 놀라는 것은 피해자의 상처가 아니라 그들이 보여준 테러의 상상력 때문이다. 그들을 그렇게 만든 구조적 모순이 아니라 사건의 화려한 선정성에 경악한다. 각각의 사례는 우리의 파괴적 성향을 충족시키며 어느새 우리를 은밀한 공모자로 만든다. '어떻게 그런 일이'가 아니라 '그렇게도 사람을 죽일 수 있'다는 공감이다. 사악한 쾌감이다. 비도덕적으로 모욕당했는데 찾아오는 마조히즘적인 음울이다. 덕분에 저널의 보도는 윤리를 가장한 선도와 캠페인으로 치닫게 마련이지만 우리는 포르노그래피 대신 뉴스를 보며 우리의 관음증을 최대한 충족시킨다. 엄마를 방에 가두고 수시로 매를 때리다가 결국은 엄마를 죽인 남자의 고백. 남자는 자신의 이야기가 시대의 구조적 모순을 증명하는 사례로 남기를 거부하고, 엄마를 때리고 죽이는 것은 사실 엄마와 성교하고 싶다는 욕망의 변형이라는 정신분석적 해석에 고정되는 것도 거부한다. 그래서 길들일 수 있으면 자신을 길들여보라는 남자의 도발은 질척질척하다. 벗어나고 싶지만 계속 달라붙는다.

　하지만 우리는 알고 있다. 순수한 파괴의 욕망이나 어찌할 수 없는 처절한 절망보다 더 무서운 것은 감정이 없는 상태라는 것을. 사랑도 증오도 미움도 없이 표정 없는 어떤 사람의 얼굴을 바라보는 것처럼 무시무시한 일은 없을 것이다. 몸이 떨린다. 이것은 쾌감인가 불안인가. 그가 자살도 생각하지 않고 속되게 살고 싶다는 생각도 없이 그저 우리 앞에 무심히 존재한다면 이 지독한 균열을 우리는 어떻게 해결할 것인가. 균열 안에서 파충류들이 기어 나온다. 딱딱하고 차갑다. 소름끼친다. 깜빡거림이 전혀 없는 파충류의 눈. 생각에서 벗어나기 위해 달린다. 차라리 우리는 더 전진해야 한다. 이 길의 끝에서 늪이 나타난다면 빠지고 싶다. 그래서 우리의 몸을 더럽혀야 한다. 이 기괴한 도발에서 벗어나야 한다.

　고로 나는 절실히 소망하는 것이다. 나는 누군가 되고 싶다. 나는 자꾸만, 누군가가 되고 싶어 미칠 지경이다. 하지만 나는 끝내 나일 수밖에 없지 않은가. 지워버린 뱃속의 핏덩이를 낳아 기를 수 있었던 건, 결국 나란 여자가 아니었나.

　거절……한다면.

—너는 파괴될 것이다.

아아, 하고 나는 고개를 끄덕였다. 마른침이 목을 타고 넘어갔다. 나는 다시 풀어졌던 자세를 고쳐 두 발을 어깨 너비로 벌린 상태에서 왼쪽 다리만 한 보쯤 뒤로 물렸다. 천천히 양 주먹을 쥐고 상체를 앞으로 기울여 복서의 자세를 취했다.

—염승숙, 「적敵의 꽃잎」 중에서

어린 딸을 버리려고 했다가 그러지 못하고 평생 일차적인 생존을 위해 살아온 여자는 62도에서 76도에 이르는 고열에 시달린다. 그렇게 시달리지 않고 덤덤히 살아왔다면 그것은 거짓이다. 하지만 어쩌면 시달린다는 표현은 부적절한지도 모른다. 여자는 성취하지 못한 욕망을 제 몸의 고열로 대신 증명하면서 평생 딸을 위협한다. 그렇다. 이것은 위협이라고 보는 편이 옳다. 조금 보태면 말없는 증오요 속절없는 자학이라고 해도 좋겠다. 그러나 문제는 퇴행성 치매에 걸려 위협을 그만두었을 때다. 이젠 위협과 증오와 자학이 아니라 포기가 문제가 된다. 여자는 자신의 육체를 포기해서 딸에게 되돌려주는 것이다. 여자는 이렇게 절정에 도달한다. 이것은 부정하고 싶은 현실이다. 도망치고 싶은 현실이다. 반송된 육체를 어찌한단 말인가. 서른셋에 결혼해서 서른다섯에 이혼했지만 아이가 들어섰다는 것을 알고 바로 낙태한 딸. 그리고 서른아홉이 되었지만 여전히 기억에서 자유롭지 못하다는 듯이 젖을 쏟아내는 바로 그 딸. 딸 앞에 낙태한 아기처럼 시신에 가까운 상태로 도착한 엄마는 과거를 해결하지 않고서는 한걸음도 앞으로 나갈 수 없다는 과거사위원회의 마지막 소환장이다.

인파이팅 복서처럼 결전을 준비하는 딸의 태도는 옳다. 그러나 옳은 대답은 너무 옳아서 쉽게 받아들이기 힘들다. 우리의 삶이 옳은 방식으로만 전개되지 않는다는 것을 잘 알고 있기 때문이다. 그러나 이 선택 앞에서 우리는 쉽게 뒤돌아서거나 고개를 가로젓지 못한다. 지금까지 걸어온 길이 너무 힘들어서일까. 희망은 어떤 것이라도 좋으니 없는 것보다는 낫다는 생각 때문일까. "나는 이제 겨우 서른아홉이고, 진짜 이야기는 바로 지금부터란다"라는 타이포그래피가 늪의 탁한 물 위로 떠 있다. 손을 대면 기다렸다는 듯 우리를 잡아끌고 깊은 물속으로 들어가버릴 것 같지만 이렇게 두고 보면서 멈춰 있는 시간도 필요하다. 우리는 서 있는다. 그냥 바라보며 서 있는다. 그러다가 서서히 팔을 움직인다. 슬쩍슬쩍 다리를 움직인다. 우리 이 춤을 넋을 위한 춤이라고 해두자. 희망을 버리지 못한 넋. 죽음 앞에서도 대적하고자 했던 넋을 위한 춤. 그러나 우리 스스로를 위로하는 춤. 롤러코스터와 씻김굿이라니. 이렇게 어울리지 않는 조합도 오랜만이다. 온몸이 흠뻑 젖는다. 그럴수록 늪의 진흙이 단단하게 굳어간다.

5. 오지 않은 피크

롤러코스터는 아주 오래전부터 롤러코스터였지만 우리의 회상 속에서 그것은 장난감 열차이기도 했다가 불 꺼진 극장이기도 했다가 진혼을 위한 제단이기도 하였다. 게으른 자의 기억 변형술은 롤러코스터와 씻김굿과 돔형 천장을 아무렇지도 않게 한자리에 불러 모을 수도 있다. 그러나 오해 없길. 이 모든 과정은 결코 우리 능력의 위대함을 자랑하려는 것은 아니었다. 사실은 변명이었다. 어떻게 해서든 이 무질서한 세계에 구조를 부여하고 싶어서였다. 우리 손에서 달아나기만 하는 소우주들을 어떻게 해서든 해석하고 싶어서였다. 그렇지 않으면 미지의 땅 위를 영원히 헤매고만 있을 것 같지 않은가. 우리는 헤매임을 싫어한다. 미아가 되는 것을 두려워한다. 각각의 신세계는 그대로 두어도 충분히 존재 그 자체로 의미있는 것인데도 기어이 서로 통로를 내고 하나로 연결하고 싶어한다. 과학도 종교도 도덕도 마침내는 예술까지도 결국 의미 있는 형식을 만들어내기 위한 우리들 스스로의 눈속임이 아니었는가. 세계는 근본적으로 '의미 없음' 그 자체라는 것. 이토록 처절하게 받아들이기 힘든 사실은 세상에 없을 것이다. 하지만 한 발 더 나아가 '의미 없음'이 영원히 반복해서 돌아오는 것이 세계이고 그것이 유일한 실체이며 그것을 감당하고 인정해야 하는 것이 인간의 몫이라면? 니체는 이야기하였다. 의미 없음을 받아들인 자는 허무에 빠질 필요 없이 디오니소스적인 생의 긍정을 선택해야 한다고. 하지만 우리는 아직 생이 아무 의미 없다는 것조차 쉽게 받아들이지 못하는 범인에 불과하지 않은가.

지금, 롤러코스터가 되돌아온다. 롤러코스터는 우리를 버렸다가 이제야 데리러 돌아온다. 미안, 내가 너무 오래 버려두었지? 무의미는 어땠나. 삶과 사랑과 죽음이라는 무의미, 견딜만 했나? 이것 봐. 화 풀어. 너무 심각해지지는 말라구……. 그런 이야기라도 해준다면 좋 으련만 롤러코스터는 아무 말도 없이 멈춰 서 있을 뿐이다. 우리는 미 아가 되고 싶지 않아 롤러코스터에 올라탄다. 다시 안전바가 내려온 다. 비로소 긴장이 풀린다. 얽매여야, 우리는 비로소 안심한다.

출발과 동시에 안내방송이 나온다. 이제 곧 기내식이 제공될 예정 입니다. 그래, 뭐든지 가능하다면 롤러코스터가 비행기가 되지 말라 는 법도 없다. 우리는 정말 허기를 느낀다. 깊은 허기다.

올해로 28세인 그는 비로소 누군가를 이해타산을 떠나 진심으로 사 랑할 수 있게 되었고 나아갈 삶의 방향도 결정했기 때문에 앞으로는 그저 순항을 하면 되는 선장처럼 여유롭기 그지없는 모습이었다. 도저 히 제 나이로 보이지도 않았다. 벌써 성공한 실업가처럼 적어도 서른 은 훌쩍 넘긴 것처럼 보였다. 뉴스를 보며 쌓아온 정치에 대한 관심으 로 곧 국회의원에 출마할지도 모른다는 헛소문마저 떠돌 정도였다.

하지만 누가 뭐래도 청년 방호식이 세상에서 가장 좋아하는 것은 맛있는 음식을 먹는 것이었다. (…) 이때만큼은 그도 냉정하고 이기 적인 상태에서 벗어나 그 기분을 모든 사람들과 함께 공유하고 싶다 고 진심으로 생각했다. 그가 풍기는 풍성하고 기름진 훈향의 비결은 바로 여기에 있었던 것이다.

—김설아, 「청년 방호식의 기름진 반생」 중에서

한 청년의 반생이 차르르 넘어간다. 변사의 목소리는 구수하고 능청맞다. 인생의 파노라마를 이런 식으로 감상할 수도 있구나. 우리는 기내식을 먹으며 파노라마를 감상한다. 갑자기 찾아온 일상이고 갑자기 찾아온 평화다. 우리는 평화가 믿어지지 않아 빵을 뜯으면서도 잠깐 놀란다.

상류 사회의 일원이 되고 싶어하는 이 청년은 학벌, 외모, 유머 감각까지 모든 것을 갖춘 사람. 게다가 자기 욕망을 더욱 북돋워줄 여자까지 만나 승승장구, 거칠 것 없는 성공가도를 달린다. 그러나 세속적이고 위태로운 비전과 산산이 깨어진 가족 관계는 언제든 청년을 무너뜨릴 수 있는 잠재적 위협이 된다. 이때 꿈처럼 새로운 연애를 시작하고, 애인은 사회적 성공보다는 잘 먹고 잘 사는 데에 더 관심이 많은 사람. 청년은 생전 처음으로 사랑이라는 감정을 느끼게 되고 이제 이야기는 이번 여행의 드문 해피엔딩을 선사한다. 기름진 훈향이 후광처럼 배어 있는 사람. 세상에서 가장 먹음직스러운 분위기를 풍기는 한 청년이 탄생하는 것이다. 이야기가 끝나고 우리는 웃는다. 비로소 웃는다. 이제 막 늪지대를 빠져나온 우리가 농담을 받아들일 준비가 되어 있다는 것이 신기하다. 지상에 내려서기 위해서는 유머 감각을 기를 것. 그렇지 못하면 평생 무거운 삶의 무게를 그대로 껴안고 살아가야 하는 것이다. 그런 의미에서 유머란 의미 없음에 대적하기 위해 인간이 할 수 있는 유일한 반격인지도 모른다.

롤러코스터는 유머를 통과하며 마지막 하강을 시작한다. 이제 타이포그래피 파노라마 롤러코스터는 '스냅사진 코스'를 통과할 예정이다. 롤러코스터에 오르기 전, 우리는 기념 촬영을 주문해두었다. 빠른 속도로 내려오는 마지막 코스, 자동감응장치에 의한 생생한 순간 포착이 이루어진다. 우리는 두 손을 머리 위로 추켜올리고 환호성을 내지르기 시작한다. 다른 사람들도 마찬가지다. 기념사진은 웃어야 한다. 두고두고 꺼내볼 것이므로 그렇게라도 우리들 자신을 속여야 한다. 천장이 열리기 시작한다. 저 끝에서 화려한 가을 하늘이 밀려들어오고 있다. 이제 세상으로 나간다. 바로 지금이다. 아아…….

"이거, 이거 말이야……. 정말 팬티야?"

침대에선 아무 소리도 들려오지 않았다. 주사선은 쉬지 않고 계속 좌에서 우로 흘러갔지만 내겐 그저 그 자리 그대로, 멈춰 있는 것처럼만 보였다. 나는 계속해서 형에게 물어보았다.

"속옷은 속에 입는 옷이 맞잖아? 그치, 형? 그래야 속옷이 되는 거잖아, 응?"

나는 조금 더 목소리를 높이며, 계속 형에게 묻고 또 물었다. 대화도 통 없던 형이었지만 그 순간만큼은 그 누구보다도 소중한 존재처럼 여겨졌다. 나는 오래전 헤어졌다가 다시 만난 이산가족처럼 두서없이 말을 했다.

한데, 깊이 잠들어 있는 줄로만 알았던 형이 갑자기, 툭, 한마디 던졌다.

"미친 새끼……."

그걸로 끝이었다. 형은 더 이상 말하지 않았고, 나도 그 순간부터 입을 닫아버리고 말았다. 형의 그 말 이후, 갑자기 모든 것이 원상태로 되돌아온 것만 같았다.

—이기호, 「내겐 너무 윤리적인 팬티 한 장」 중에서

……아아아아아! 이것은 반바지인가 팬티인가. 웃으면서 운다. 때로는 아무것도 아닌 질문이 한 사람의 생애를 결정짓기도 한다. 우리가 생각할 때, 이 질문은 '의미 없음'을 받아들이지 못한 사내가 펼쳐 보이는, 자기규정에 관한 서러운 우화다. 반바지면 어떻고 팬티면 어떤가. 입으면 그만인 걸. 하지만 사내가 입은 옷이 다른 사람에 의해 팬티로 규정되었을 때 '나'라는 존재는 아무것도 아닌 것이 되어버린다. 자신의 의지와 관계없이 범법자로 의심받고 성폭행범으로 낙인찍힌다. 그렇다면 적극적으로 자기규정을 해야 하지 않겠는가? 내가 입은 이것은 반바지예요. 팬티가 아니란 말입니다. 제발 그런 식으로 날 보지 말아요. 나는 나고, 나대로 의미가 있단 말입니다! 나라는 존재 의미를 구성해내기 위해 예술은 탄생한다. 서럽고 웃긴 한바탕 퍼포먼스다. 지워지지 않는 지난 시절의, 우리를 만든 기원이다.

그렇다면 우리는 끝내 초인이 될 수는 없는 것일까? 결핍 자체가 인간의 조건이라는 사실을 인정할 수가 없다면 다만 범인으로 살면서 우리 존재 조건을 인정할 수 있을 때까지 기다릴 수밖에 없는 것일까. 고개를 흔들어보지만 역시 정답은 없다.

기다릴 수밖에. 피크가 찾아오기를 간절하게 기원하는 수밖에. 이 과정이 우리 삶의 전부라고 한다면 지금으로서는 차선으로 이 삶을 견디는 수밖에. 우리는 삶의 조건을 인정하고 이 삶을 뛰어넘을 수 있을까? 그때가 비로소 우리 삶의 '피크'일 텐데 그것은 과연 가능한 일일까? 초인이 되어 같은 생이 수없이 반복된다는 것을 받아들이고 그럼에도 불구하고 생을 사랑할 수 있을까 우리가? 고통은 기어이 환희가 될 수 있을까. 열 명의 현대 작가들을 따라오면서 피크를 꿈꾸었지만 결국 우리는 피크에 도달하지 못한 것인지도 모른다.

이제 롤러코스터는 출발 지점으로 되돌아간다. 덜컹덜컹 브레이크가 걸리는 소리가 들린다. 안전바가 올라가고 왁자지껄 사람들이 내린다. 나는 문득 내 옆자리를 돌아본다. 그 자리에는 오랫동안 당신이 앉아 있었는데 당신, 이 글을 읽고 있는 당신, 당신에게도 쉬운 여행은 아니었을 것이다. 그러나 나는 당신이 있어서 행복했다. 당신이 함께해주어서 이 여행을 시작할 용기를 내었고 당신이 있어서 이 여행을 끝낼 수 있었다. 기꺼이 내 옆에 앉아준 당신이 고맙고, 또 고맙다.

살면서 꼭 필요한 거짓말이라면 필연처럼 다가왔으면 좋겠다. 그래야 속아주어도 기분이 좋을 테니까. 가을 하늘. 거짓말처럼 파랗고 투명한 하늘이다. 거짓말처럼 다시 돌아온 이곳이다. 대기를 답답하게 채웠던 묵은 먼지까지 모두 휩쓸려간 하늘. 우리가 죽음만큼이나 깊은 어둠을 지나 여기까지 왔다는 사실이 믿어지지 않는다. 이상하다. 출발 때보다 마음은 조금 더 청신해졌다. 슬픈 일이 없는 사람에게도 분명 안타깝게 좋은 날. 사랑과 죽음과 삶과 아직 오지 않은 우리들의 피크. 가을 하늘에 마지막으로 떠가는 타이포그래피가 보인다.

예술이 이렇게 어려운 길인 줄 일찍이 알았더라면 안 했을 것이다. 그러나 후회하지는 않는다. 평생 아름다움을 추구했는데, 아름다움은 끝내 알 수 없는 것임을 이제 알았다. 그래서 서두르지 않을 수 있었다.

—화가 최종태(김행숙·이원 대담, 「꿈의 뿌리는 몸에 있고 몸의 뿌리는 꿈에 있다」,

《시안》, 2005년 겨울호 중에서 재인용.)

삶을 먼저 겪어낸 한 예술가는 말년에 이르러서야 자기가 추구한 것이 결국 찾을 수 없는 것임을 깨달았다. 그도 삶의 의미 없음을 극복하기 위해 아름다움을 추구했을 것이다. 그런 방식으로 삶을 견디었을 것이다. 그런데 아름다움의 추구 끝에 찾아낸 것이 아름다움은 끝내 알 수 없는 것이라는 깨달음이라니. 묵직하게 가슴을 때리는 타종이다. 슬픈 진실이다. 다시 한 번 우리를 각성시키는 것은 그다음 타이포그래피다. "그래서 서두르지 않을 수 있었다." 그렇다. 그곳에 도착할 수 없고, 도착했다고 해도 우리가 무엇을 손에 쥐었는지 끝내 알 수 없음에도 불구하고 우리는 그곳을 향해 '천천히' 가야 한다. 서두르지 않고. 다만 묵묵하게. 열 명의 작가들은 도달할 수 없는 아름다움을 위해 쓰고 또 쓸 것이다. 타이포그래피 파노라마는 평생 오지 않을 피크를 위해 또다시 씌어질 것이다. 롤러코스터는 다시 우리들을 위해 초대권을 발송할 테고.

준비는 끝났다. 손을 내놓고 하루 종일 햇빛에 앉아 있어도 부족할 것 없지만 야구모자와 생수 한 병을 챙겨들고, 스냅사진을 주머니에 넣은 채 우린 다시 걷기로 한다. 공원을 빠져나와 사거리를 지난다.

지난 계절, 우리는 우리들 자신을 위해 살지 못했고, 그것조차 일말의 보답은 없었고, 속절없이 사람을 잃고 시간은 흘렀다. 아직 젖어 있는 보도블록을 밟을 때마다 한숨을 쉬듯 길은 꿈틀댄다. 모퉁이의 작은 슈퍼에서 길가 쪽에 내다놓은 철 지난 파라솔을 보며 쓸쓸하고도 다정하게 잠깐 웃는다. 플라스틱 의자는 그 빛깔이 하도 생생해서 손을 대면 찰랑이며 몸이 물들 것 같다. 하지만 그렇게 더 가보기로 한다.

피크

지은이 | 태기수 외
펴낸이 | 양숙진

초판 1쇄 펴낸날 | 2008년 9월 25일

펴낸곳 | ㈜현대문학
등록번호 | 제1-452호
주소 | 137-905 서울시 서초구 잠원동 41-10
전화 | 516-3770
팩스 | 516-5433
홈페이지 www.hdmh.co.kr

값 10,000원

ISBN 978-89-7275-421-3 03810